我是男儿
当自强

黄鹏飞  著

九州出版社
JIUZHOUPRESS

图书在版编目(CIP)数据

我是男儿当自强 / 黄鹏飞著. —北京：九州出版

社，2010.12

　ISBN 978－7－5108－0777－0

　Ⅰ．①我… Ⅱ．①黄… Ⅲ．①自传体小说－中国－当

代 Ⅳ．①I247.5

中国版本图书馆 CIP 数据核字(2010)第 242638 号

我是男儿当自强

作　　者	黄鹏飞　著	
出版发行	九州出版社	
出 版 人	徐尚定	
地　　址	北京市西城区阜外大街甲 35 号(100037)	
发行电话	(010)68992190/2/3/5/6	
网　　址	www.jiuzhoupress.com	
电子信箱	jiuzhou@jiuzhoupress.com	
印　　刷	北京市通州富达印刷厂	
开　　本	710 毫米×1000 毫米　16 开	
印　　张	15	
字　　数	192 千字	
版　　次	2010 年 12 月第 1 版	
印　　次	2010 年 12 月第 1 次印刷	
书　　号	ISBN 978－7－5108－0777－0	
定　　价	32.00 元	

推荐序：活出精彩的人生

《法治快报社》社长、总编辑　李峻峰

2002 年的秋天，桂西北天峨县人民法院的一名书记员给我寄来一封信，诉说自己在部队坚持笔耕不辍，退伍后回到家乡法院做了一名书记员，非常渴望做一名法治新闻记者。这位未曾谋面的小伙子对法治新闻工作的热爱之情，让我深受感动。

2003 年，报社新招一批采编人员，这位未曾谋面的小伙子从大山深处来到了首府，连过笔试、面试两关，终于成为报社的一名记者。他就是黄鹏飞。当时觉得他在部队锻炼过，又在政法部门工作过，文字功底比较扎实，具有法治新闻记者的基本素质。回望他所走过的路，我欣慰当时的"考官"们慧眼识珠，成就了他人生旅途的一次华丽转身。

黄鹏飞的经历颇具传奇色彩：他成长于残缺的家庭，父母在他很小的时候就离异，中学时因故辍学，为了生存，他进过工厂、做过矿工，从部队退伍后当过私人保镖，凭着自身的努力又进入公安、法院等政法部门工作，然后靠自己的实力成为一名为公平正义呐喊的法治新闻记者。踏上法治新闻之路后，黄鹏飞与报社其他记者一样，每天忙碌于各种采访活动，不遗余力地为党的法治新闻事业努力工作。

黄鹏飞的人生如小桥流水般潺潺流淌，看似柔弱，但却有自己坚定的流向。在记者生涯中，他以军人的果敢和正直，以一名中国特种兵的胆略和身手，用笔作剑，与不公不义抗争，为弱者说话，为底层呼喊：为了将野外赌博窝点公之于众，他与不法分子展开生死搏斗；为了揭开黑店的骗人面纱，他深入"虎穴"身临险境而不惧；为了山区里的贫困学子，他跋山涉水将孩子们的处境告知人们而换来社会的帮助；为了维护群众的合法权益，他承受压力将拆迁"钉子户"的状况呈现给读者……纵观黄鹏飞采写的新闻稿件，相当大的部分属于舆论监督范畴，这从一个侧面表现了一个法治新闻记者的担当与使命。

　　法治新闻事业是党的新闻事业的重要组成部分。在推动民主法治进程中，在维护公民合法权益中，在彰显公平正义中，法治新闻舆论监督具有不可替代的作用。近些年，舆论监督成为一个热词，从普通民众到政府官员乃至政府工作报告，"舆论监督"频入公众视野。这既表明改革开放带来的社会环境、新闻语境的宽松，也表明在利益博弈下公众对公开透明知情权的渴求，舆论监督已经成为推动社会进步的一种力量。

　　舆论监督是有风险的。从全国近期发生的多起记者因采写舆论监督报道而被殴打、被恐吓乃至被非法拘留、逮捕来看，舆论监督任重道远。正因如此，黄鹏飞采写的大量舆论监督稿件实在难能可贵。

　　黄鹏飞，一个普通平凡的退伍军人，一个敢于挑战困难的法治新闻记者，用责任、正义和执着书写了一段不平凡的人生历程。读者可以从书中那流畅的笔触、飞扬的文采、传奇的人生，倾听到不屈不挠、自强不息、激流勇进的精彩人生赞歌。

　　是为序。

自序：梦想带我去飞翔

时光似水，岁月如歌。

拧开三十多个岁月的记忆闸门，这段用青春作纸、血汗作墨的历程依然让我心潮起伏，热血沸腾，它总是不经意间将我带回那一段段磨难、挣扎、抗争、拼搏、奋起的青春岁月。这是一段让我从自强、自立、自勉到自进的人生，这又是一段荡气回肠而又令人难以忘怀的青春岁月！

人生，谁都希望功成名就，然而，从生命诞生的那一天起，谁都无法预知自己将要走怎么样的道路，也无法预知自己将遇到什么样的艰难困苦。我们就像蒲公英，生命的种子随风四处飞舞，如果幸运，也许会掉到肥沃的土地上，然后幸福快乐地成长，直到生命的尽头；如果不幸，那么就有许多可能：要么掉到海里，随波逐浪，了却一生；要么掉到贫瘠苍凉的黄土地，苦苦挣扎，为生命而歌……无论我们遇到哪一种情形，我们都应在幸福中奋进、在困境中崛起、在绝境中突围，这样才能彰显一个生命的力量，体现人生的价值！

回望如烟的往事，那段遭受老师误会而失学的日子，我曾经痛心哭泣、徘徊；当面对人生的第一次流浪他乡，我也曾茫然而不知所措……十多年间，我从一个失学的孩子到一名打工青年；从一名保家卫国的特种兵，到异地他乡的私人保镖；从一名维护社会治安的110队员，到法院干警，再从一名基层通讯员到记者，我生命的白纸被浸染太多的色彩，而在这十几年间，我默默而又固执地为理想而拼搏，为那被青春的热血点燃的梦想而苦苦追求，那一段路程，承载了太多的压力和苦恼。

青春是一串梦想和跳动的音符：我不甘心命运的捉弄，在失学的无奈中寻找生命的延伸。艰苦的打工生活，我默默承受繁重的体力劳作，用仅存的梦想点亮生命中那一抹濒临泯灭的心灯；枯燥的军营生活，我刻苦自学，努力奋进，让青春的翅膀变得更加坚毅，为承载未来的梦想而苦苦挣扎；当保镖的日子，我恪守人生的底线，在灯红酒绿、纸醉金迷中不迷失自己的人生方向；在公安和法院工作中，我一边与不法分子作斗争，一边笔耕不辍，为梦想积蓄飞翔的力量……几经挣扎和拼搏，我这个没有文凭没有社会背景的农家子弟，终于成为一名为民请命的法治记者。

从来好事天生俭，自古瓜儿苦后甜。一个人要取得一定的成绩，都离不开老天的磨难，人生的沧桑。古话说得好，天将降大任于斯人也，必先苦其心志，劳其筋骨，饿其体肤，空乏其身……

有人说，丰富的人生经历是一笔财富，而我认为，饱受磨难的经历也是一笔财富。因为，磨难对人们来说是一种精神财富，一帆风顺的人常常是浅薄的……而磨难却可以令人深思从而领悟人生的真谛。面对磨难，勇往直前地与其作斗争，能使一个人变得伟大，使一个人的思维日益高洁和完美，生命永远不会麻木。人总是从平坦中获得的教益少，从磨难中获得的教益多；从平坦中获得的教益浅，从磨难中获得的教益深。

据说，美国第34任总统艾森豪威尔年轻的时候，有一次晚饭后跟家人一起玩纸牌游戏，连续几次他都抓了很坏的牌，于是就变得很不高兴，老是抱怨。他的妈妈停下来，正色地对他说："如果你要玩，就必须用你手中的牌玩下去，不管那些牌怎么样。"他一愣，母亲又说："人生也是如此，发牌的是上帝，不管怎样的牌你都必须拿着，你能做的就是尽你的全力，求得最好的结果。"

很多年过去了，艾森豪威尔一直牢记母亲的这句话，从未再对生活有过任何抱怨。相反，他总是以积极乐观的态度去迎接命运的每一次挑战，尽力地做好每一件事，从一个默默无闻的平民家庭走出，一步步地成为中校、盟军统帅，最终成为美国历史上第34任总统。

有时我想，命运就像打牌，不管手里的牌怎么样，都要认真地玩下去，争取最好的结局。因为这些牌是我们手中仅有的资源。

经历了生命中的种种挫折和磨难，很多人对我说："你很能吃苦。"我说你错了，我是一个最怕吃苦的人。我就是怕我以后的日子贫穷、艰苦、让人看不起，才奋力地去挑战目前的困境，去扭转目前的艰难困苦，就是希望我以后能过得好一些。因为我知道，只有现在去拼搏，我的未来才可能有出路，我的前程才会出彩。面对艰苦的处境，我别无选择！

当了记者后，我的胸中时刻涌动着一种"手有一支笔，敢写天下事"的英雄气概和豪迈，为此，我的足迹几乎遍布广西所有的县市区。当我面对那一双双渴求帮助的泪眼，他们让我感到心焦、灵魂无法安宁，也让我无法躲避。因此，在弱势面前，我为他们奔波；在冤屈面前，我为他们呼吁；在邪恶面前，我为他们举笔。然而，我只不过是以笔为剑，真实地记录了一些人的喘息、泪水、祈求和不幸罢了。我只不过是为他们做一些力所能及的事情，尽管有时是徒劳无果的。

记者，也像普通老百姓一样，为了自己的生活，为了自己的梦想，每天疲于奔命，苦苦工作。他们用"铁肩担道义，妙笔著文章"的责任感和悲天悯人的情怀，勇敢地与丑陋、不公作抗争，当他们面对那一双双渴求、孱弱无助的眼睛，作为有正义感、有社会责任心的记者，怎能无动于衷呢？

用眼睛观察社会，用头脑思考现实，用文字、图像记录社会发展进程，这是新闻人的工作；做历史的记录者，社会的了望哨，党、政府和人民的耳目喉舌，这是新闻人的职责。然而，时代在不断前行，社会各种矛盾和问题也相继出现，新闻人的使命也被不断赋予新的内涵。

"书生报国无他物，惟有手中笔如刀。"记者作为整个社会的良心，职责就在于发掘真善美、鞭挞假恶丑，揭露不法情状、弘扬公平正义。在记者工作中，当我用手中的笔批露某些问题或丑陋时，我所面对的不仅仅是诱惑、恐吓、诬陷、打击、甚至生死搏斗，但这些并没有阻止我以笔为剑，做着行侠仗义的迷梦。

2006年7月17日晚，这是一个令我难忘的夜晚。我到南宁火车站接一位从百色来南宁学习的朋友，在经过华东苏州路口旁时，不料与一家黑店的捎客相遇，于是我顺水推舟前去暗访。

由于事前对该店估计不足，没想到里面暗哨重重、打手云集，我们进入黑店后，差点成了"冤大头"。服务员将两个女孩和6杯饮料送入包厢后，这两个女孩连忙把刚刚送上来的6杯饮料一饮而尽，还没等我们反应过来，店里的老板就过来收取每杯78元的"酒水费"。

当时我们知道上当了，连忙抽身要走，但被早就守候在门外的四五个打手拦住了去路，他们拿着铁棍向我们威胁道："不给钱，休想走出这个门！"无奈之下，我只好佯装叫老板结账，然后趁他们不备，躲过打手的跟踪，迅速从二楼纵身往下跳，并立即向警方报了警。警方很快赶到，随后将这个黑店予以查处。

事后，一位警察对我说："警察有《警察法》、检察官有《检察官法》、法官有《法官法》，你们记者有法律保障吗？"他的这句话对我触动很大。是的，目前我国《新闻法》没有出台，我们记者没有真正意义上的法律保障，我们不能像警察一样见不法分子就抓，也不能像检察官一样，发现腐败分子就去调查，更不能像法官那样，证据确凿就给你定案、判刑。

"笔可焚而良心不可夺，身可杀而事实不可改。"这句话之所以成为很多记者生涯中的座右铭，是因为记者们用对社会对民众的高度责任感，以笔为剑，与黑暗作斗争，与不公进行搏斗，将丑恶曝露在阳光之下，把文明不断向前推进……真实是新闻的生命，新闻人甘冒生命危险去追求。在新闻事业里，我力求把自己抛到"最前线、最现场、最群众"的地方去，因为从那里才能得到最真实、最可信的东西，这也是记者的职业要求，也是许多新闻人孜孜不倦的追求。

新华社解放军分社社长兼《世界军事》杂志和《中国军队》杂志社社长、高级记者贾永认为，决定一位记者的成功有 10 个关键词，那就是：正义、勇敢、亲民、公正、律己、敏锐、求实、创新、超前、博学。无论时代如何变幻，这都是决定记者成功的关键。而能否秉承这些词汇之所指，也就成了检验一名记者是否优秀的试金石。

"舞笔为民伸正义，法治田园挥铁臂。从记生涯不言悔，人生得失当飞絮。"我的笔耕是从部队开始的，开始写稿，没有想过自己要当记者，更没有想到自己会当上法治记者。干记者这一行，有过鲜花掌声的愉悦，有过冷嘲热讽的悲愤；有着成功的豪迈，也有过失败的伤感。总之，当上了记者，你才能从中体会到它的酸甜苦辣。但是，我从没有后悔过自己的选择，因为，生命中有了一段记者的经历，我为此而感到自豪！

也许是职业的原因，我的性子有些急，书里的那些故事情节进展得太过仓促，以至于不能尽情展开人物的面貌和情致，当然更谈不上文笔的美妙和深奥了。而且，我的写作又多是在每晚深夜，书成之后，总不免让人看出字里行间的困乏潦草。

这一部纪实性作品，是我人生中一段不平凡的境遇，也是我生命中一段值得回望的过程，但愿能与读者朋友们共享。

目 录

第一章　塑造灵魂的故土

10 斤红薯换来的新娘

　　这个社会充满了残酷的竞争，有的人竞争是为了活得更好，而我竞争是为了活着。

　　桂西北，一直是广西最贫穷落后的地方，却也是人间的山水画廊：山青水秀、绿树成荫，山上常年烟雾弥漫、遍地野花。

　　1977 年初冬一个晨曦初开的早晨，在一间小木楼里，一个小生命"呱呱"地来到了这个世界上。当接生婆为婴儿接生时，婴儿不断地挣扎和哭叫，那哭声简直是惊天地泣鬼神，四邻八舍的乡亲们都被这哭声震得双耳发麻，咽喉肿痛，甚至引起了一只公鸡不断地打鸣，村里的狗狂吠不已。那便是我，一个不甘沉默的生命。母亲告诉我，我出生时个子很小，她将我抱到怀里时，我差点就从她的两个大腿之间掉了下去。乡亲们见我这么弱小，都认为这"小不点"肯定活不了多久，但事实证明，再小的婴儿也有其顽强的生命力，别把"小不点"不当回事！

　　我出生的这个小村子名叫高俭屯，村里的祖祖辈辈们都驻扎在这座形如巨龙腾飞般的大山上，山上星罗棋布般地镶嵌着东一家、西一家高低不一的小木楼，大山的两侧有两条常年清澈如洗的溪流，"巨龙"犹如横卧在溪流之间，千百年来岿然不动。

　　在我的记忆深处，每当夜幕降临，小村庄才开始热闹起来，这是因为上山干农活的乡亲们回来了。村里的乡亲们，每天都过着日出而作，日落而息的生活。小时候，我喜欢在傍晚时分爬到村口的一棵桃树上，看着大人们劳作归来的情景，抑或倚靠在窗前，看高山落日，睹夜鸟归巢，那是一幅多么和谐而又有诗意的乡村画卷啊！

小小的村庄，有着与外公外婆千丝万缕的联系。外婆告诉我说，50年代初期，新中国刚刚解放，人民还处于水深火热之中，土匪又多，到处都在闹，连吃饭都难，由于太贫穷，外公当年是用10斤红薯就将外婆娶过门的。由于动荡不安，外公就带着外婆四处躲难，后来就在这个山头上扎根住了下来。那时，这里荒无人烟，野兽四处出没。外公外婆两人就在那里开荒种地，渐渐地，很多逃难的人也来到了这里，后来就形成了一个村庄。

有一年，外公外婆到山上干活去了，一头300斤重的野猪拱开房门到家里觅食，发现墙角边有一坛泡好的糯米甜酒，饥不择食的野猪便将那坛30斤重的糯米甜酒全部吃光，最后，这头野猪醉得一败涂地，倒在了墙角边呼呼大睡。外公外婆从地上干活回来后，突然发现家里睡着一头野猪而惊慌不已，后来知道这头野猪醉酒后，赶紧叫乡亲们将野猪宰杀饱餐了好几顿。

由于这里山高，而来这里的人都是穷苦的逃难者，大家都在勤俭中过日子，于是，这个村子就因山"高"而起，因勤"俭"而名。

外公外婆只有我妈妈一个孩子，受"嫁出去的女孩，泼出去的水"思想的影响，外公外婆为了能老有所养，同时也为了拯救一个鲜活的生命，就领养了一个穷人家即将丢弃的一个男婴作养子。母亲20岁时，从外地流浪到这里的父亲与母亲相识，经乡亲们撮合，父亲与母亲结了婚，当上了入赘女婿。

母亲是一位传统的女性，老一辈那份勤劳、诚实、贤慧的本性在她的身上全部得以传承。父亲书读得不多，却是一位手不离卷的书生，平时他喜欢吟诗作对，笑看人生。他每天总是喜欢坐在桌前，手不释卷，或执笔圈点，或颔首低吟，日复一日，年年如此。

由于父亲身体不好，干不了农活，结婚后就常常外出做生意去了。在那个年代里，男人就是家里的顶梁柱，家里没有了男人，就等于失去了生活的支柱。因此，外婆时常与母亲吵架，说她嫁了一个懒汉。

在我出生5年后，外婆与母亲的吵闹逐步升级，以至于达到了一天一小吵，三天一大吵的地步，最终外婆与父母分了家。说是分家，其实也只不过是将那个三厢房的小木楼隔了一个厢房出来给父母住罢了。在我7岁时，父亲在另一个边城小镇有了自己的一家百货店，并把我带到他的身边上学读书，而母亲却坚守在外公外婆的身边。

一年一年地过去，由于很少在一起，母亲与父亲的感情越来越淡，双方的裂痕也越来越深，每当逢年过节父亲回家时，他们之间总要爆发一场"口水战"。我10岁那年，父母间的那座情感之墙轰然坍塌——父母离婚了！

父母婚姻的搁浅，对我来说好像并没有带来多大的影响，我依然随父亲生活、学习，依然过着无忧无虑的童年生活，其实，幼小的我怎能知道，我们这个家已经分散了，再也没了往日过年过节时的团聚和欢乐。当年龄逐渐长大，我才从《世上只有妈妈好》那首歌中感受到单亲孩子的可怜。父母离婚几年后，不堪生活磨难的母亲经人介绍改嫁到了县城。

在父亲身边的日子里，尽管生活、学习各方面的条件都很好，但我不喜欢那里混乱的治安环境，每到圩日总有人相约来到这里打斗，就像电影里的《和平饭店》一样，小小的集镇犹如古代的战场，刀棍飞舞、腥风血雨，我曾经目睹过一个刚刚为人父的青年被一群人用棍棒活活打死……我时刻惦记着那个生我养我的小山村，尽管那里很贫穷、很落后，但那里有一片宁静的乡土，我的梦时刻绕过村前的小路、田间的小屋，还有那一颗颗挂满枝头粉红诱人的果树……于是，我偷偷作好了离开的准备。

一个暑假的早晨，乘父亲出去进货之机，我悄悄地跑回了自己的故乡。

那是一次艰难而危险的出走之旅，年幼的我，身上只带有父亲平时给我的20多块零花钱，因为曾经跟父亲回过几次家，所以我依然记得回家的路。一路上我换了两次车，又坐了渡船。渡船是一个小小的木舟，在渡到河心时，因为人太多，那个小小的木舟被一阵激浪打翻，木舟上的人全被打翻到了河里，我瞬间也跟着掉进了深水中，慌乱之中，我紧紧地抓住了一个大人的衣服，这人水性非常好，他一边奋力向岸边游去，一边叫我不要松手，不一会儿功夫，他便将落汤鸡般的我救上了岸。

经过一天一夜的行程，我终于回到了那个魂牵梦萦的小山村。父亲进货回来时，发现我不在家后非常着急，顾不上劳累一路追到了外婆家，并动员我回去跟他读书，但我没有答应，而是留在了外公外婆的身边。

外公是个诚实重义的男人，他为人正直，办事公道，深得村里人的爱戴，因此他一直担任村里的生产队长。而外婆则是一个刀子嘴豆腐心的人，她非常勤劳，看不惯懒散的人，于是与家人的关系总是不太好，特别是对舅舅懒散的习性更是指责有加，因此他们之间也常常发生矛盾。

　　我的到来，为这个并不富有、但又阴霾重重的家庭更增添了不少的麻烦。由于我年纪尚幼，调皮好动，每天除了读书认字，就是与小伙伴们嬉笑打玩，并没有体会到大人们那面朝黄土背朝天的艰辛。放学回家后，我还嚷着要吃好的。

　　那时候，农村的生活条件非常不好，有的家庭连温饱问题都无法解决，然而，为了能让我吃得好，外婆每天都要把从鸡窝里摸出来的几个鸡蛋偷偷地煮给我吃，平时有什么好吃的也要先考虑到我。没想到这更激怒了本来就与外婆关系不好的舅舅，他以此为借口说："每天累死累活的人，吃的都不如不干活的好，我还干活做什么？"于是，刚结婚不久的舅舅懒散习性一发不可收拾，整天不下地劳作，也不在家里帮助干家务活，每天游手好闲以发泄他对这个家庭的不满。

　　有一次，舅舅故意刁难我，他拿着一个空酒壶对我说："去帮我买壶酒！"我问他钱呢？他说有钱谁不会买，没钱能买酒才有本事。由于我身上没钱，但又不好当面拒绝他，只好拎着酒壶就走了。过了一会儿，我拎着空酒壶回来递给他："酒来了！"他拿着酒壶张开嘴要喝，发现里面一滴酒也没有，他恼怒地问我："怎么没酒啊？"我说"有酒谁不会喝，没酒能喝出酒来那才算本事呢！"说完，我撒腿就跑了。

　　一天夜里，舅舅到村里与人喝酒回来，外婆说了他几句，发了酒疯的他竟然把怒火烧到了我身上，他拎起地上一把锋利的斧头向我睡觉的床上狠狠地扔了过去。也许命不该绝，斧头在离我不到20公分处便深深地扎进床板上，当我从外婆的惊叫声中惊醒，我也吓得毛骨悚然。无奈之下，外公外婆最后作出了妥协，与舅舅分家另过。

　　分家以后，繁重的农活成了外公外婆最大的负担，在农忙的季节里，已年过半百的外公外婆依然得迈着蹒跚的脚步到田里耕种。他们有时为了抢到雨水灌溉农田，一旦下了雨，他们就不管半夜三更、雨天路滑、山高路远，披着雨衣、拎上耙田的工具，借着天空闪电的光芒赶着牛屁股就上路了。有时耙完田后，外公外婆还要扛着一大捆柴回来，全然不顾劳作的艰辛。有一年大旱，田里的粮食失收，外公外婆宁愿勒紧自己的裤带，忍饥挨饿，也要从牙缝里挤出粮食让我吃饱……几年间，我是在外公外婆这样艰苦、辛劳的抚养下得以渐渐长大的。

　　13岁那年，父亲见我一直不肯到他的身边去读书，他不忍心年迈的外公外婆这样辛辛苦苦地抚养我，于是回到村里离外婆家几公里外的一处山青水秀、交通方便、离学校也很近的地方给我盖了一座房子，每个月给我生活费让我独自生活。就这样，从 13 岁开始，我就开始了孤单一人的生活，那时候，我家的附近没有一户人家，小偷又多，家里也没有电，点的都是煤油灯，每当从学校回到家里后，我最担心的是夜晚的来临，那是一个个漫长而又恐怖的夜晚。

每每这时，我都要早早吃晚饭，然后将家里的门窗关得死死的，不敢到外面去游走，如果到其他村子去玩，那个晚上我肯定不回来了，因为，离我家不到 100 米的地方就是一块坟地，这个坟地传说有很多饿鬼，每到夜幕降临，这些饿鬼都会披头散发地出来，有人经过时，这些饿鬼会跟在人的背后，喊声阵阵，脚步声声。这块坟地不但离我家近，而且又是我上学放学的必经之路，这些被大人们传得神之又神的饿鬼故事让我心惊肉跳，坐立不安。每次经过那里时，我都不敢往后看，哪怕是白天也感觉背后总是凉飕飕的。

外公得知我的恐慌后，就教给我一个法子。他说，想要不被饿鬼缠住，每次经过坟地时，只要用手从前至后梳理着头发，同时口中默念："天灵灵，地灵灵，千军万马伴我行，是鬼的走，是人的停，否则别怪手下不留情。"外公说，人的头发就是千军万马，饿鬼见到人梳理头发就害怕了。于是，每当我经过那个坟地时，我都要按此要领默念好几次。长大后，我才明白这不过是当年外公为了不让我害怕而编的顺口溜罢了。

如今想起那段往事，无法想像当年自己是如何熬过来的！也就是从那时起，我开始学会了忍受寂寞，也学会了品尝孤独，更学会了坚强做人。

一年冬天，一个风水先生来到外婆家，热情好客的外公外婆好酒好菜款待他一番后，这个风水先生悄悄地对外公说："你们家的风水太凶了，最好能搬走，不然家里人会常年吵架，导致家人不和而四分五裂。"外公问他为什么？这个风水先生说，你们这座山是一条猛龙，而你们又偏偏住在龙头上，这不是在太岁头上动土吗？外公外婆若有所悟！

过后不久，外公外婆也把家搬到了我家的附近，他们在这里盖了一座大房子。从此以后，除了上学住校外，有空的时候我都会往外公外婆家跑，有时干脆吃住都在外婆家里，但他们没有任何怨言，像冬天里的一盆火一样，燃烧自己温暖别人。

涌泉之恩难相报

随着时光的推移，在外公外婆的精心呵护下，我从一个无知少年逐渐成长。懂事后，这段往事时刻萦绕在心头，成为我永远挥之不去的心结，我决心好好读书，长大以后有所作为回报养育我的外公外婆。

时光流逝，斗转星移。当岁月将我磨炼成一个能够承担社会责任、能够扛起家庭重担的大男孩时，当我想尽一份心、出一份力为我至爱的亲人作回报时，已是"树欲静而风不止，子欲孝而亲不在。"1999年5月份，我进入县公安局工作不到一个星期，外公便因病撒手而去。匆匆料理完外公的后事，我忍受内心的悲痛默默地投入到新的工作中，为的不仅仅是自己的理想，更重要的是还要报答外婆那份厚重的恩情。此后，我每个月的工资除了留作自己所需外，都拿来给外婆买各种生活用品和她喜欢的东西，有时也接她来县城住几天，让她在有生之年享受到人世间的幸福和快乐。

后来，我到了省会城市南宁工作，离家乡越来越远了，平时除了每个月给外婆寄钱物外，逢年过节我再忙也要回去看看她，跟她说说话，谈谈心，抚慰她老人家那颗备受折磨和沧桑的心灵。有一年春节，我从南宁回去跟外婆过春节时，我对她说，等我在南宁稳住了脚跟，有了自己的房子，我就接你去南宁享清福，让你看看这座美丽的城市。那时，她乐呵呵地说："我到县城都差点迷路，大城市那还了得，还是不去的好，只要你过得好就行。"尽管外婆这么说，但我心中有一个愿望，那就是要带外婆来南宁走一走、看一看，然而，这一愿望却成了我生命中最大的遗憾。人生啊，总是有那么多的遗憾，而最让人遗憾的，莫过于理想的未实现就生离死别了！

见到外婆最后一面是2007年的中秋，我回去与她过节时，她好像得知自己不久即将离开人世，她拉着我的手颤抖地对我说："我死后，你要把我葬在屋后的那座山头上，与你外公的坟墓并排在一起，那座山高，我要看着你在南宁活得好好的……"我哽咽着点点头。

我知道，外公和外婆的那个墓地是外婆几年前就找风水先生选好了的，但让我没有想到的是，当初外婆选这个位置，不仅是能站得高，望得远，更重要的是为了日后还能和外公看到我远在他乡的身影、惦记着我是否过得好？人说可怜天下父母心啊，可外婆的心也能让我动容！我掩饰不住内心的激动，"扑通"一声给外婆跪了下来："外婆啊，你把我从小拉扯到大，吃了那么多的苦，受了那么多的委屈，你却无怨无悔。你活着为我操劳，死了也要为我操心，叫我如何报答你的大恩大德啊……"外婆用无力的双手紧紧地抱着我，然后呜咽着说："你有出息了，就是对我最大的报答。"

中秋节过后不久，外婆的身体开始出现不适症状，尽管到医院里进行了治疗，但仍时好时坏，这也是我一直担心的。让我奇怪的是，外婆的生命好像与我的心相互连系着，一旦有什么不适，彼此的心都会有所感应。

2007年12月13日，我到柳州参加一个全区的交通会议，当天晚上躺在舒适的五星级酒店里，却怎么睡也睡不着，半夜里内心突然绞痛，眼泪扑嗽嗽地自个儿往下流，我预感到外婆可能有事了，于是拿起电话往家里拨了过去。家里人慌忙地告诉我："外婆病情恶化，可能不行了，你赶快回来看她最后一眼吧！"

次日凌晨，我顾不上参加会议，连忙驱车二百多公里赶了回来。当我马不停蹄地回到自己那个熟悉的小村庄时，外婆家里已聚满了乡亲们，在烛火通明的厅堂下，外婆静静地躺在大厅里，身上覆盖着一床崭新的被子，好像睡着了一般。这一年，外婆刚满75岁。

是啊，经历了人世间的那么多苦难，外婆太累了，该好好歇一歇了。从此，外婆的天堂里不会再有世事的纷扰、人间的苦难，愿外婆"阳间多磨难，天堂享荣福"吧。

家里人说，外婆临走的时候，得知我正从路上赶回来时，已昏迷不醒的她，脸上突然闪过一丝笑容，两颗泪水随即顺着她满是皱纹的脸庞流淌。家人说，那是外婆兴奋的泪水。而我知道，那是外婆在弥留中给我的最后一笔财富啊，她永远激励着我永攀高峰。

外婆走的那几天，山村的天空一直下着小雨，冰冷的雨点拍打着我痛苦的心扉，那种撕心裂肺般的疼痛，至今仍常常掠过我的心房，勾起我对外婆无数的想念。

为外婆守灵的那几天，与外婆赌气了20年的舅舅迫于面子也来了，他牵着一匹高头大马，驮着一头20斤的小猪过来送行。让大家觉得奇怪的是，这匹马在送小猪的途中突然口吐白沫而死去。后来有乡亲说："这是报应啊，外婆将他从呀呀学语抚养长大，并为他娶了媳妇成了家，而他就给去世的老人送这点礼物，肯定是外婆不甘心，于是就连同这匹马也要去了。"

守灵三天三夜后，该送外婆上山了。邻村一户村民知道外婆要葬在那座山上，他说那是他们家的土地，于是组织人员企图过来阻挠不让葬在那里。其实，那块地是一块荒芜多年了的土地，只是这两年他们家在那里种植林木罢了。刚开始，我叫亲戚们找他们好好商量，愿意给他们一些钱就算了，我不想在送外婆的途中节外生枝，让老人不安心。但他们却不依不饶，致使协商工作陷入了僵局。

埋葬在这里是外婆生前的遗愿，我不可能就此妥协，不然，我怎能对得起养育我长大的老人啊？于是，我扔掉身上的雨衣站到墓旁，悲愤地说："你们同意也行，不同意也罢，谁今天敢来阻挡，我就将他葬在这里。"说着，马上指挥乡亲们给外婆下葬，看着我被雨水淋湿而屹然不动的身影，阻挠的人灰溜溜地走了。

给外婆下葬时，我慢慢地铲起一铲泥土，轻轻地放在外婆的灵柩上，然后轻轻地说："外婆，你安心休息吧！在这座青松翠柏簇拥的高山上，你将与青山共存，与大地同在！好好歇息吧，我会时常来看望您的。"

2010年清明节，我回老家给外公外婆扫墓，望着外公外婆亲切的遗像，不禁触景生情，泪流不止，赋诗缅怀："风生云动雨如帘，清明深山祭先贤。多少忠骨成黄土，薄命人生似纸钱！"

扫墓后，我从外公外婆的坟茔上抓了两把泥土，带到了南宁。当天下午，车子进入南宁时，我没有直接回家，而是开车绕了南宁所有的繁华街道、商务区、高档建筑群、公园……好让外公外婆看看这座流光溢彩的现代化城市。我以30公里的时速慢慢地一边开车一边说："外公、外婆，你们生前我没能带你们来这里看看，如今，我只能以这种方式完成我的愿望，以感激你俩对我的养育之恩，请原谅外孙的不孝！"

回到家里时已是华灯初上，我轻轻地在香炉上点燃两根蜡烛，将这两把泥土——哦，应该是外公外婆的魂灵，轻轻地放在香台上予以供奉。我想，从此以后，外公外婆将永远伴随着我，直到永远、永远……

第二章 苦涩的打工经历

天灾人祸倍折磨

穿越时空的隧道，回到那个不堪回首的 1994 年初春，那个改变我一生命运的年份，将永远载入我生命的史册。17 岁，是人生的豆蔻年华，有钱人家的孩子还在父母面前撒娇，同龄的孩子还在校园嬉戏。而一场莫须有的"罪名"骤然降临到我的身上，我开始了生命中一段苦涩的爬行。

那一年春天，还在读中学的我，因为班主任的一则"桃色新闻"在同学间传来传去，班主任以为是我带头传播的，最后他不问青红皂白地跟我吵了起来，上课的时候，他把我的书本从课桌上全部扔到了门口，然后叫我"滚"出校门不要上他的课，年少无知加之性格倔犟的我随后与他吵翻了，此事迅速在校园里引起了轩然大波。事后，学校把一切错误全都强加给了我，并将我冠以"调皮捣蛋"之名勒令退学。

那时，在我故乡母校师生们的眼中，我是一个因"调皮捣蛋"而被开除的学生。学校老师把我当作反面教材去教育学生时，总是一副痛心疾首的样子："你们不好好学习，不好好读书，就会像黄鹏飞一样，回家去'修理地球'……"

依然记得离开学校的那天上午，天阴沉沉的，我也悲伤到了极点。望着学校每一张熟悉的脸孔，看着自己每天进出几趟的教室，再看看自己已打好了的背包，一阵酸楚之感瞬间涌上心头，眼睛好像被雨水打湿，我舔了舔滑落在我嘴角的"雨水"，却是一丝咸咸的味道……

回到家里时，农村正进入耕田耙地的农忙季节。由于自小以来我很少摸过劳动工具，而且家里的田地都是租给别人来做，我根本不会操持那些笨重的家伙。有一天，我到外公外婆家里看小说，正在我与小说中的主人公同喜同悲，梦想自己将来也成为一名作家，写尽人间喜怒哀乐时，却被村里人看到了，本来看不起我的他就对我指指点点说："都被学校开除了，还看什么小说呢？你现在就像拔了毛的鸽子——看你咋飞。"随后他向我挑衅道："有本事去田里跟我比试比试？"我听后很不是滋味，心想，你这沟渠之水怎能映我明月之心！但我还是咽不下这口气，气愤地对他说："比就比，我就不相信比不过你这个文盲！"

耙地，这是个笨重而危险的活儿，人要抓着耙子，手牵牛缰绳，驾牛在田里来回耙地。两排锋利的耙齿就在脚下，如果稍微不慎，被耙齿扎住，脚就可能被刺穿。而此时正是烈日当空，炎热难奈，也让我深深体味到了那种"赤日炎炎似火烧，野田禾稻半枯焦。农夫心内如汤煮，公子王孙把扇摇"的滋味。没想到村里的人看不起我，连耙田的牛也牛眼看人低，见我一副瘦弱的身躯，那只耙田的小公牛竟对我发起了威风，拉着我在田里飞跑，让我差点被耙田的工具犁伤，无奈之下，我只好弃耙而去。

真是"读遍诗书千万卷，却从邻父学春耕"。没办法，我只好向村里的前辈们学习耕作方法，但那些连文盲都会做的事，我这个起码也读了几年书的人却无从下手，真是够讽刺的！

人生在世，世态炎凉，家境贫穷，备受欺凌。我突然明白了要想受人尊敬，就必须为自己争一口气。争气不是与别人比高低，而是为改变自身命运去搏击。

父亲知道我被退学后非常震惊，但他并没有过多地责怪我。我知道，父亲在我的身上寄予了太多的厚望。一直以来，他都认为我是一个能有出息的人，从小到大，他把光宗耀祖的重担全都压在了我的身上，希望我长大后能有一官半职，不要再受农村生活的悲苦。因此，自小以来父亲总是要求我多看书，教导我在学习上要"流水不废点滴，方能汇成浩瀚江海；学习抓紧分秒，方可成就学问"。在父亲的影响下，我养成了勤学好问的习惯，从小就喜欢上了看书，经常将父亲堆在枕边的书本偷偷地拿来看，尽管那时对书本里的故事并不十分理解，有的字句也不认识，但依然如痴如醉。

在学生时代，我养成了一个习惯，发现好书就买，见到同学或朋友有一本好书我就千方百计地找他借，有时连别人丢在厕所里的小人书我也会不失时机地捡回来。在我进入中学后，父亲一位在外地工作的朋友到我家小住，发现我满满一书柜的课外书籍，如《红楼梦》、《西游记》、《唐诗宋词》以及各类小人书等。当他看到我的读书笔记时，惊讶不已，他万万想不到，一个才10多岁的农村小孩能拥有这么多的课外书，而且大部分都已阅读过，有点不可思议。事后，他用"必成大器"四个字来形容我，并在我的一本笔记本上写下这么几个字："怀揣锐器，终有脱颖而出之时。"

这次被学校勒令退学后，我知道父亲很伤心，尽管父亲要求我转学，但我却拒绝了。看到我如此固执，父亲也就不再强迫我，而是对我说："树经风雨方成材，人多磨难才成器。孙悟空在炼丹炉里经历七七四十九天炼成火眼金睛，取经路上才能排除万难，或许你也要在人生的路上历经重重磨难，才能在未来的事业上有所作为！"

我想也许吧！自从呱呱落地我的生活就没有平静过，曾无数次从死神手中逃脱。

在我不到1岁时，有一次母亲去地里干农活，因家里无人看管，她把我带到了地里，为了方便干活，母亲把背带垫在地上，然后将熟睡中的我从背上放在了地上，再用背篓把我罩在一个平地上，一是担心我被太阳晒，二是怕我从地上滚动，因为那块地是在一片呈80度的陡坡上，一旦滚下坡去，后果不堪设想。可是，令人担心的事情最终还是发生了。就在母亲埋头干农活时，不安份的我抓住背篓的边沿爬了起来，哪知背篓失去重心，一下子就将我连同背篓向坡下滚去……

"那背篓就像一个球似的，从我身边滚过，速度非常快，我想抓它都来不及，只好眼睁睁地看着你在背篓里滚动，我想这孩子完了。"母亲当时吓坏了，她一边呼喊我的乳名，一边连滚带爬地追下去。由于我个子太小，背篓滚了50米远，我竟然没有从背篓里抛出来，最后背篓被两棵树给挡住了。让母亲倒吸一口凉气的是，两棵树的下面则是一个深100多米的悬崖，如果再滚下去，小命肯定完了。当母亲将我从背篓里抱出来时，我虽然已遍体鳞伤，哭闹不停，但总算没有大碍。

5岁那年，我跟父亲去亲戚家玩，晚上就跟父亲和几个人睡在二楼的阁楼上，半夜里我不知道为何爬了起来，不幸从2米多高的阁楼上摔了下去，人一下就昏死了，连哭喊一声都没有。该死的是，整个晚上竟然没有一个人发现我的不存在。早上父亲醒过来后，发现我失踪了，赶紧起来寻找，当父亲从楼下的泥地上抱起我时，我已气若游丝，人事不醒，嘴巴和眼睛还出了血。那时农村医疗条件很差，要医治一个病人至少要到乡卫生院，而我所在的那个村庄离乡政府还有60多公里，而且交通非常不便，还是原始的跋山涉水、肩挑马驮。大家以为我死了，都说把我埋掉算了，而父亲不忍心，守到中午，我竟奇迹般地又缓缓地苏醒了过来。事后，大家都说："这孩子的命真大！"后来我在想，这也许是上天为我操练钢筋铁骨的初始，但这样的开端，给我的重创也太大了吧？

10岁时，已经上了小学的我，在一个炎热的夏天和同学到村里的水库游泳，不慎滑入深水区。当时我不会游泳，"咕、咕"地一直呛水，身子不断往下沉。情急之下，我用力在水下挣扎、蹬腿，奇迹突然出现了，我的身体开始浮了上来，正在这时，我看见一位同学在我旁边游泳，慌乱之中，我一把抓住他的裤衩，哪里想到他一转身，裤衩"涮"地一直往脚下滑，差点被我脱掉，我那同学当时并不知道我不会游泳，还以为我在逗他玩，他奋力地向浅水区游去，并不断地叫我"放手啊，放手啊！"我哪里肯放，直到他将我拖到浅水区才罢手。

13岁的时候，学校放暑假后我去帮外婆家放牛，不料，在一座山岗上不小心踩到了"地雷"（地雷蜂），那马蜂个子有大拇指那么大，这种马蜂非常毒，据说一个成年人被这种马蜂蛰三次就会"西到阴山无故人"了，而那次我竟被蛰了四下，都是头上和背上，每一下好像是被针头直接扎下去的感觉，当时头昏眼花，天昏地暗，全身无力，我一边跑它一边在头上盘旋，不断地寻找下手的机会，那声音就像歼七战斗机一样"嗡嗡"作响。

我当时的处境非常悲惨，瘦瘦的身子一会就被蛰得不像个人样，大大的眼睛变成了一条缝。不过，当时我清醒地知道，如不及时被大人发现就没得救了，于是顾不上看牛，没命地沿着蜿蜒的小路往村里跑。从此，我生命中开始了第一次五公里越野，也为我此后的军旅生活奠定了基础。

刚到家门口，我已经不行了，脸红肿得像个大南瓜一样，身体肿涨得将本来就肥大的裤子挤得差不多破了，人也昏倒在了门槛上。外婆知道我被马蜂蛰后，她很着急，由于农村的医疗条件差，她只能用土办法给我治疗。她每天细心地用酸笋水来为我擦洗，一遍又一遍，一天好几次。看着我肥头大耳、奄奄一息的身体，家里人以为我没救了，都准备好了棺材。没想到半个月过后，我逐渐地恢复了元气……

走出大山寻梦去

离开学校的那些日子，我闷似蛟龙离海岛，愁如猛虎困荒田。我不断地想，我是不是没了出路，是不是注定要像村里的乡亲们一样开始了日出而作，日落而息的生活？父亲是不是已给我准备了一把大大的"7"号锄头？然后在那片贫瘠苍凉的黄土地上"哼嘿、哼嘿"地刨食一生呢？

不信苍天终负我，堂堂岁月任蹉跎！在床上煎了几天"烧饼"后，我不堪如此沉沦下去，于是用毛笔在书房里写下"拼搏"两个大字，然后爬了起来开始与父亲商量。父亲望了望我那稚嫩的双眼，陷入了深深的思索之中。良久，他才语重心长地对我说："你命中带贵，出去闯闯或许人生会有所改变。古有鸟名鹏，翅若垂天之云，抟扶摇而上者九万里。记住，无论遇到什么困难，你要像一只大鹏鸟一样，不畏艰辛地搏击长空，永不言败！"

我万万没有想到，我那个只读过几年学便因文革而四处流浪的父亲，竟然给我起了个如此响亮的名字，我突然明白了父亲的良苦用心，当初他给我起的这个名字，就是希望我像一只大鹏鸟一样，翱翔在广阔的天空里，我对父亲顿生感激之情。

是啊，大鹏之所以敢上云天，还不是凭借一腔勇气？鸡鸭空有双翅，而连上天的念头都不敢生，还不屈居于平地？就是凭借着一腔勇气，那年春天，我提着一个简朴的行李袋。开始了第一次流浪。

临行前，我望着小屋对面那座烟雾笼罩、高耸云天的大山足足有三分钟，从未单独出过远门的我，此时心里开始暗暗地担忧：我这只羽翼未丰的小鹏鸟，能否飞越这座高耸云天的大山，到外面精彩的世界里搏击云天呢？彷徨之余，我挥毫写下了这样一首诗："三月油菜正开花，别离学校走天涯。满眼热泪一路洒，人间何处是吾家？"这首诗表达了当时自己对学校的深深眷恋，以及自己对未来前途担忧的复杂心情。

从此，我开始了为梦想拼搏、为苦难命运而抗争的艰苦岁月。我想，无论起点多低，只要心中希望之花永不凋谢，只要胸中的激情之火永不熄灭，我一定会出人头地!

没有送别,村口,"之"字形的公路穿山越岭看不到尽头,苍茫的群山犹如耸立的巨人锁住了我的视线。

村口的凉亭下,一个孤单的身影在一条弯弯曲曲的公路旁等待客车的出现,血红的残阳将我的身影拉得好长好长,我心中充满了无尽的惆怅。像一片在秋风中飘舞的落叶,无助地随风飘零,不知命运将飘向何方!

每天经过我们村里的客车有三趟,我选择最后那趟,因为这时的乘客少一些,自尊心极强的我不想过于抛头露面,让人看到我这副失魂落魄的样子。

车来了,它像一头困兽从村子的盘山公路上头急驶而来,所经之处扬起的灰尘犹如滚滚浓烟,路边的青松绿树刹那间披上了一层厚厚的尘埃。我冲出亭外,站在路边用空空的背囊使劲地挥舞着,担心司机看不见瘦小的我而狂奔而去。

车,在距离我不到两米处嘎然而止,随着它停止的惯性,一股龙卷风般的灰尘席卷而来,差点将我卷到路外……

现在想想,那段的漂泊生活,绝不是李白随舟,陆游骑驴般的浪漫,也不是随风东西、与云朝暮般的潇洒,而是穿越艰苦的磨难和人间的层峦叠嶂,在复杂的社会和人生的历炼中,寻求生命的延伸。

第一次离家出远门,就像一个被大人责骂后负气出走的孩子,盲目而又任性。那时,我属于一种陷于绝境,不得不挣扎的人。身上没钱,父亲没有给我一分路费,却给我一句意义深刻的赠言:"人生的道路是走出来的,而不是用钱铺出来的,你要远走高飞,必须自己打工筹路费,一步一步地往前走……"我知道,父亲从小就要求我自立自强,做一个生活独立的人,不要有依赖思想。因为家庭的缘故,我从小就一直很坚强,每天放学后就自己打柴、煮饭、洗衣,从不用别人操心。这培养了我坚强的意志和不屈的性格。

离家时自己年纪尚小,加上瘦弱的身体和"负罪潜逃"的精神压力,我颠簸在灰尘滚滚的乡村公路上,到了熟悉的县城却不知道要去何方,身心倍感孤独和悲伤。

母亲知道我来到县城后,她帮我在县城一家火柴厂找到了一份搬运工的活来干。火柴厂里大多是青年女子,女工们的工作程序是将分散的火柴装进盒子,然后打成包放进纸箱里,再由我抱到推车上,一车一车地运到成品库。整天推着这些火柴盒,完成着简单而又危险的运输工作。年长的大姐姐们对我挺好，不断地提醒我："别推得太多，摔下来会炸伤你的脸，这样你就很难找到媳妇了。"

在火柴厂的那些日子，我骑着母亲帮我弄来一辆除了铃声不响，其它地方都响的自行车往返于住地和单位之间，我不断地调整自己从一个学子到打工仔的心态，还有自己的承受力。常常在休息的时候，独坐在车间一隅简陋的纸箱上面，流淌着汗水，感受着夏天炎热的天气。

我每天穿着厚重的工作服，小心翼翼、挥汗如雨地搬运着那些笨重的火柴，伴随着周围巨大的机器轰鸣和噪音，重复着这个车间机械单纯的体力劳动。在工作间歇，我有时也会坐在女工们的身边，听她们神采飞扬地谈论一些花边新闻，或是回味和憧憬着自己在这个国企单位的未来和价值。

一晃两个月时间过去了，我每天闻着陈旧的车间里面充满着的机器和火药的味道，至今在我回味那段岁月的时候，仿佛依然可以嗅到其中火药那刺鼻的味道，而这样的味道，又是怎样地唤起我那段初涉社会的艰难时光的回忆啊？

血泪洒满打工路

在这个火柴厂做了两个月的苦工后，我用自己细嫩的双手筹到近 400 元血汗钱，我不想将自己的青春这样挥霍掉，后来，听朋友说到矿区去容易赚钱，于是我就辞掉了这份工作。在朋友的帮助下，我来到了一个叫上朝镇的矿区，又开始了一段苦涩的打工生活。

上朝镇位于环江毛南族自治县西北部，境内矿产丰富，可这里远离城市的繁华，缺少城市的高楼大厦，尽管这里一切的一切都远离城市，连哪怕是一丝一毫的城市气息也没有，但因为这里矿源丰富，所以吸引了全国各地的投资者和打工者。

在朋友的引领下，我走进了这个矿山。矿山蜿蜒在一座绵延起伏的大山上，由于常年开采，山上已是沟洞密布，满目疮痍了。

在一间用蛇皮袋包裹着的千疮百孔的工棚里，几张高低不平的木板床连接在一起，七八个三十来岁穿着破旧衣服的矿工正在床上玩扑克，床下堆满了乱七八糟的水鞋、安全帽、脸盆，一股混淆不清的臭味扑鼻而来。见我走进工棚，他们的脸上显得很漠然而好奇，用一种惊奇的目光上下打量我，但一个也没有说话。几秒钟以后，他们才转动那双迷茫的眼睛，继续着他们的扑克。我想，也许是我年龄与他们相差太大的缘故吧？

随后，我被安排与几个贵州民工在一个工作小组，组长是一位30来岁的贵州人，他曾在武警部队当过兵，人长得帅气而高大，他时常穿着一套橄榄绿军装，尽管那套军装没了肩章和领花，但依然将他衬托得精神而干练。在打工的日子里，那位退伍兵吃苦耐劳和团结互助的精神给我留下很深的印象，遗憾的是，由于时间久远，我忘了他家的具体住址和叫什么名字了，只知道他是贵州人。

组长对我很好，他时常对我说，物体要吸收热量，首先得冷却；人要跳跃，首先要蹲下。冷却和蹲下不是目的，目的是为了变得更热和跳得更高。在工地里，组长见我个子瘦小，就让我负责最轻松的运输工作，他从铁轨上给我推来一个四个铁轮的翻斗车，并丢给我一根1米多长的铁棍。见我傻傻地看着那根铁棍，组长说，那铁棍是用作刹车用的。于是，他还给我作了一番示范。刚开始，我觉得开这个玩艺肯定很好玩，没想到一个班次下来，手脚就酸得不行了。特别是在运送矿石的时候，车里装着近一吨的矿石，从矿窿里往外运，车子随着惯性越驶越快，我就不得不用那根铁棍插进铁轮里，以控制它的速度，这时，这根铁棍就会火星四溅、吱吱作响。

有一次，我在运送矿石时，由于操作不当，矿车飞快地顺着铁轨往外奔去，在准备到达终点时，车速太快刹车不及，我预感不妙，立即丢下矿车跃出铁轨外，不到5秒钟，整个矿车连同矿石飞下矿场。刹那间，矿场下轰轰隆隆、火星四起，车翻矿石飞，我惊呆在那里。正在矿场下运送矿石的汽车司机们闻声四处躲避，骂声连连，好在那辆矿车没有伤到人。

在矿窿的那段日子，我们不论白天黑夜地在那幽深的矿井里工作，繁重的体力劳作，让我这个初出茅庐的年轻人开始变得结实，身上也有了男子汉特有的线条美。然而，矿工生活简直不是人干的活，干干净净走进矿井，出来时都变成了"黑人"。虽然我生活在农村，但从小根本没有吃过这样的苦，它让我懂得生活的艰苦、幸福的来之不易。工作中的苦大家还能挺得过来，但精神上的空虚却让这些远离家人的打工仔们难以承受。工作之余，他们除了打牌下棋外，更多的年轻人就到录像厅里去看录像，有的独自跑到山上唱山歌。

"多情阿妹你莫走，请让哥哥牵牵手。鱼有水伴多欢愉，哥无妹依难开口。"

"深山野岭苦闷多，想找妹妹唱首歌。望穿秋水人不至，独上枯树掏鸟窝。"

……

好多年过去了，至今我仍依稀记得矿工们那些发自内心的情感独白。其实，我的家乡河池市，本来就是一个山歌之乡，"歌仙"刘三姐便是我们河池人。据有关资料记载，刘三姐是唐朝时壮族杰出的民歌手，被誉为"歌仙"、"歌圣"。关于刘三姐的传说很多，有民间口头流传的，也有古籍和地方志所记述的，流传于广西宜州、柳州一带。

传说刘三姐家里贫穷，她和哥哥靠打柴和种田养母。三姐聪明美丽，能歌善唱，财主莫怀仁想娶她为妻，遭三姐拒绝，莫怀仁便请来三位能歌的秀才，企图唱败三姐。三位秀才撑船来刘三姐的家乡——广西宜州，先遇着在河边洗衣的三姐之"妹"，听她唱歌已够厉害，后来，三秀才与刘三姐对歌，大败而返。莫怀仁于是在民间强行禁歌，但始终禁不住，恼羞成怒的莫怀仁阴谋暗害三姐，三姐巧扮成乞妇来告诉莫仁怀，说三姐又在岩洞里唱歌，并领着他去看。当莫怀仁走进洞口时，三姐用拐杖在洞口边一敲，洞口立即关闭起来，把他夹死了。后来三姐和一青年又到柳州鱼峰山、桂林七星岩去唱歌。最后两人化作一对黄莺飞上了天。这个故事优美生动，是建国以后对刘三姐传说最先整理出来的一篇。

小时候，我们村里的山歌也非常盛行，村里的大人们时常自编自唱一些朗朗上口、意味深长的山歌来表达自己的内心情感，这些山歌常常让我过耳不忘，牢记于心。

在打工的日子里，每当有空的时候，我都会捧着书本在破烂的工棚里、或是在叮咚的小溪旁寻找人生的梦想，编织自己美好的未来。

我所在的工作小组有一个贵州工友叫老江，由于家里太贫困，都40岁了还没有成家。听他说，他家在邻村帮他讨了一门媳妇，但女方要他家给5000元礼金，由于没有钱，他不得已就来矿区打工了。为了早点赚些钱回去娶媳妇，他没日没夜地干。尽管他说话有口吃，但为人诚恳，工作也非常的勤快。在寂寥的矿工生活中，他常常编些诗歌来抒发自己无奈的处境："三月清明谁不知，何苦题诗引人回。娶妻钱财无半褛，何日风光返故乡？……"

休道西川蜀道险，须知此地是矿山。在矿区，社会治安非常复杂混乱，抢劫、打架可谓明目张胆。一些矿窿的护矿队割据一方，常常为了一些个人利益相互殴斗，有时地方黑势力的各类派系也争相鱼肉争霸，把矿区扰得人心惶惶，稍不注意都要引来杀身之祸。

一次，矿窿的两个护矿队又为了争地盘，在矿区上大打出手，双方手持棍棒相互挥舞着，鲜血在他们年轻的脸孔上流淌。那时，走出学校不久的我根本不知道打群架是多么的危险，我远远地看到后，还跑过去凑热闹，最后被他们误以为是帮另一边打架，几个家伙挥舞着砍刀向我扑来，我见势不妙，连忙拔腿就跑，幸好我跑得快，否则后果就惨了。

而每到发放工钱的时候，也常常遭遇不法分子的掠夺。领到工地给我发的第一笔工钱，是我来到矿窿工作一个月后的一天，当我捧着生命中第一次厚厚的百元大钞，我的心乐得像开了花，于是利用休息的时间独自去集市上买生活用品，没想到，半路突然杀出了个"程咬金"，一个青年男子持刀将我一个月辛辛苦苦用血汗、乃至生命换来的800多元钱全部劫走，这让我郁闷了好长一段时间。

矿区的环境让人担忧，而矿窿内的工作更让人恐惧，鲜活的生命稍不注意就会被那个黑黑的洞口所吞噬。还记得进入矿井做工三个月后的一天，当隆隆的几声炮响后不久，我与六个工友就戴着安全帽，穿着雨鞋走进了那个深不见底、灰尘滚滚和缺氧严重的矿井，根本没有想到死神就在我们的身边。

就在我忙着将矿石往外运的时候，毗邻矿井的几声炮响，震得我们矿区里的泥石像飞沙走石飞滚而来。"不好了，快跑啊！"带班的一个工友叫喊着向井外飞奔而来，我也连忙推着矿车往外飞速而去，尽管泥石不断迎头而下，砸在我的安全帽上咣咣作响，但我的两手仍紧紧抓住车壁不放。几分钟后，当我满身污血地出现在井口时，众工友惊呆了。

这次事故造成了两个工友死亡，那个贵州工友老江就是其中一个，还有四个工友不同程度受伤，我是受伤最轻的一个。想起刚刚还谈笑风生的几个工友，眨眼之间有的已是阴阳两隔，有的成了终身残废，我的心被抽得紧紧的……当工友们将老江的尸体抬出来时，他两手仍死死地抱着一把铁锹，两眼圆睁，脸上血肉模糊……当时的画面一直在我的脑海中挥之不去。令人感慨的是，老江的媳妇还没娶到，自己却在矿难中遇难了。事后我常想，如果他地下有知，他该为自己的人生哀叹什么呢？是贫困，还是命运的不公？

　　自从经历了那次生死劫难后，稚气未脱的我才真正体会到了底层打工仔过的是怎样的生活，才知道那一张张鲜红的人民币是打工仔们用鲜血乃至生命换来的。正因为有了这段打工生活，在我的记者生涯中，我的笔端总流淌着打工仔们血与泪的故事，总在为他们的血汗钱、为他们不公的遭遇鼓与呼。

　　事后，一个老矿工对我说，在矿井里会时常遭到塌方、透水等死亡事故的威胁，"你这么年轻，没有什么经济负担何必来吃这份苦？"后来，我才真正地发现，来矿区里打工的都是一些二十七八岁以上的青年人或近四十岁的中年人，像我这样的"年轻人"很少，他们大多为了偿还家里的债务，为了孩子不辍学，才被迫到矿区里"淘金"的。

　　一个多月的伤痛疗养，不仅将我的伤疗养好了，而且，老矿工的那番话也久久地在我的脑海里回荡着……

　　坐在摇曳的烛光旁，望着空空的背包，我一遍遍地在心里扪心自问："我究竟为了什么？难道我要在矿山里寻找我的梦想吗？"最后，我决定离开这里，到真正的大城市里去磨炼和摔打。听说广州就是一个黄金遍地的地方，我决定到那里去闯一闯。

　　七月的天气，南方的天空喜欢下雨。一天早上，我将自己仅有的几件衣服装进了背包，拿着打工得来的1000多元血汗钱，然后冒着细雨，开始踏上梦想的地方——广州。

　　从矿区到广州没有直达的客车，我必须到金城江转一次车，然后才能乘坐客车赶往目的地。由于是雨季，车子随着弯弯曲曲的山路一步三晃地向山外驶去，不知是到了什么地方，车子堵了大半天后到达金城江时已是凌晨3点。乘客下车后，一个个像脚下抹油一样全溜了，而我在这人生地不熟的地方，孤独地用渴望温暖的眼睛在这个陌生的城市里扫视着，多希望有一个伯伯或阿姨出现在身边，能怜惜地给我哪怕是一个小小的被窝让我温暖一夜，也足以令我温暖一生啊！可是，在这片黑压压的街道下，除了偶尔跑出的几只野狗外，街道上就是死寂一般。

　　顾影自怜，我当时发现自己连一只野狗都不如，孤伶伶地徘徊在冷漠的街头，疲倦、饥饿一起袭上我的心头。身上没有太多的钱，我不想住进旅店，于是在黑暗中寻找每一线灯光，想融入有灯光的地方感受那一丝丝温暖。

　　在路边的一家旅馆旁，我找到了一个小小的角落，角落里散落着几张报纸，我裹着行李袋，屁股无力地瘫坐在报纸上，然后开始倚墙睡了起来。

夏天的晚上不算冷，凉风吹拂着我瘦弱的身躯，身上一片凉爽。经过一天的奔波后，我很快就进入了梦乡……

人生的恶运，总是不期而至。不知过了多久，朦胧中，突然感觉有几双手同时向我身上四处游走。我惊诧地睁开双眼，看到三个身材矮小、全身脏兮兮的小青年正在搜看我的行李包，见我醒来，那三个人立即作鸟兽散，一下子就消失在夜雾中。

当我翻开我的行囊，焦急地寻找放在包里的1000多元钱时，却发现一分都不见了，我冲向前去，声音带着哀伤地呐喊："我的钱，你们偷我的钱……"无论我如何叫喊，回应我的，只有那空荡荡的夜空里传来我沙哑的回音。我伤心得无语泪先流——那是自己连一碗米粉都舍不得吃的寻梦费用啊！此时，我心中涌起了愤怒的火焰，我不断地用拳头击打着地板来宣泄自己内心极度的痛苦。面对身无分文的自己，我开始担心了起来，我该怎么办？黑夜里，我焦急地问自己，可是没有答案。此时真是"闭眼听见乌鸦叫，睁眼看见扫帚星"——倒霉透了。

社会的复杂，让我有一种惶恐不安的无奈。先回家再说吧！我有些自问自答，然后极力地支起因落难而摇晃的身体，就像支起一根几百公斤重的树根，沉重得让自己几乎要窒息。可是，从这里回到我们县城还有一百多公里的路程，车费还要好几十块钱呢！我一下倦意全无，两眼迷茫地看着逐渐发亮的夜空，多希望这个天一直都黑着！

早上7点钟，当天空阴沉的脸慢慢地向我舒展笑意时，我才拖着蹒跚的脚步无力地向车站走去，心里像打翻了五味瓶，酸涩苦辣咸一道袭来，很不是滋味。

我挪着沉重的脚步来到一辆开往自己家乡的客车旁，此时乘务员已开始在门口检票了。许多拎着大包小包的乘客匆匆地从自己的身边擦身而过，我无心去看他们，像小偷一样紧紧地盯住乘务员检票。

乘务员检完票后，她返回了售票处，趁着这个空隙，我连忙跳上车去。车子的客位并不满，我找到最后一排的一个空位坐了上去。心想，如果被查到了，我再把自己的境况告诉她，到县城再找亲戚拿钱给她也不迟。

命运是一个古怪的精灵，它总在不轻易间戏弄我们的人生。没想到，"粗心"的乘务员几次来到我的身旁，她都没有查我的票，让我一路提心吊胆地回到了县城。

"谢天谢地!"要下车时,我望着万里无云的蓝天默默地说,然后告诉乘务员自己没有买票,并跟她说过后再拿钱给她。她看了看我,秀丽的脸上荡漾着可爱的笑容,然后用她那双白皙的手抚摸着我的头说:"我知道你没有买票,但看得出你是落难了,出门在外谁都会有困难的时候,车票的事你不必放在心上。"那时,我发现那是我有生以来最让我感到温暖、最令我感动的一次抚摸,我永远不会忘记!

算命先生指迷津

打工狼狈而归后,我在县城静养了一段时间,在郁闷的生活里虚度光阴。母亲是一位很迷信的人,也特别喜欢算命。有一天,母亲找到我说;"你这么年轻,书也不读了,以后能做点什么呢?"面对母亲憔悴的脸,我一时不知道说些什么好,感觉前途一片渺茫。这时,母亲对我说,街上有一位算命先生,听说算得很准,我带你去看看。

刚开始我并不同意,因为我深知算命是一种迷信活动,人们之所以笃信算命,无非是希望在工作、前途、婚姻、身心健康、经济状况等不甚明了,自己又极为关切的情况下,想靠算命来指点迷津。算命先生或巫婆正是抓住人们急于先知和防范的心理,口若悬河,将人百般捉弄,最终目的只有一个:掏你的腰包,肥自己的私囊。而算命先生的信口开河,不知断送了多少人的好日子,甚至让人无辜地蒙冤受害。

我们村就发生过这样一个活生生的例子:一个夏天的晚上,村里一个妇女独自睡觉时,被人强奸并偷走了她为儿子借来的几百元学费,因为晚上太黑,她看不清强奸她的人是谁,于是找村里一个算命先生帮算是谁干的"好事",这个算命先生假装掐了掐手指后对她说:"强奸你的人,不是远方来的人,也不是路过的鬼,而是我们村的韦某。"这位妇女深信不疑,于是她便找到韦某说:"都是乡里乡亲的,只要你退还孩子那几百块钱学费,强奸的事就算了。"

韦某一头雾水,在了解原因后一再表示自己没有干过这个事,并在她面前诅咒，表示自己的清白，但这位妇女就是不相信，说"算命先生都说是你干的，证据充分。"韦某于是与她发生争执，这位妇女见韦某不承认，于是就在村里将韦某如何强奸他的事传出来了，并到公安机关告状。公安机关随后将韦某予以刑事拘留，在多方调查下，确认韦某没有对这名妇女进行强奸，于是将韦某予以释放，这时韦某已被关了整整一个星期。韦某被释放后，便以侵犯名誉权为由将这名妇女告上法庭，要求赔礼道歉和赔偿各种损失。法院经过审理后，最后判令这位妇女向韦某赔礼道歉，并赔偿韦某的精神损害抚慰金及误工费共 2000 多元。

……

因算命导致的各种事件不胜枚举，所以，我对算命一直没有好感。但在母亲的一再游说下，出于好奇，我还是去了。

挤过拥挤的人群又拐了好几个弯，在一家名叫"兴宁旅社"的一楼过道旁，我们找到了这个算命先生的住处。这是一间不足 15 平米的房间，房间里昏暗而杂乱，门口立有一块用红纸黑字歪歪扭扭写的"算命请进"的招牌。此时，大门正敞开着，我们径直走进了这个房间，房间里有一张床，一位四十多岁的中年男子坐在床沿上，一个年纪相仿的妇人正在给他喂水。床的对面有一张桌子，桌子上方镶着一面方框镜，房间的地上有些潮湿，一种怪怪的味道扑鼻而来，让人差点作呕。

走近一看，我这才发现这个算命先生是个瞎子，矮胖的身子，白皙的脸庞，一身素雅的打扮，见我们到来，给她喂水的妇人连忙停下手中的活儿，慢慢将他搀扶下床，然后对我们说："坐吧"。

我当时很诧异：一个瞎子怎么会算命呢？本来就不迷信的我，这时更让我的脑海打起了一个大大的"？"号。还没等他从床上下来站稳，我气得转身就走出门去，就在我即将转身离去时，算命先生叫住了我，"朋友，不要急着走嘛，如果算得不准，我绝不收钱。"听他这么一说，我又来兴趣了，既然如此，那就让他算算吧，看他的本领到底如何？于是，我将信将疑地按他的要求坐在他的面前，然后将自己的生辰八字告诉了他，他口中念叨后，又伸出双手抚摸着我的双手和脸部，他细嫩的手指让我有点惊异。

他的手不断地游走在我的脸部和手掌之间，口若悬河地讲述我的过去和将来："……朋友，你有贵人之相、文星拱命，以后要走文人这条路啊。古歌云：文星拱命向南离，凶煞应无会遇时，翰墨纵横人敬重，手攀丹桂上云梯……"听他这么一说，我好像被愚弄了一般，脸一瞬间就红了起来。"你不要胡说八道，我书都不读了，何来的文人之说？"我生气地指责道。"别急、别急，听我慢慢说来，如果你不读书了，今年去当兵，当兵是你一条不错的出路……"

当兵，保家卫国，做一名英勇顽强的革命军人是我自小的梦想。被他这么一说，倒激起了我自小从军的愿望。"当兵要求很严，而且要靠关系，我什么关系都没有，能行吗？"我好奇而又有些期望地问道。

"今年一定能行！"他斩钉截铁地说。听他这么一说，我当时非常高兴，好像命运真的如算命先生说的那样一帆风顺，前程似锦了。这一刻，我忽然觉得阳光明媚，前景一片明朗了。同时也感到了前所未有的轻松，简直有仰天长啸的冲动。算命后我对这位算命先生说，如果你算得准，我将来会重重地感谢你！在出门前，我很大方地给他20元钱"辛苦费"。那时，他给人算一次只收5元钱。

后来，我从部队退伍回到家乡后，我曾去找过这位算命先生，无论他给我算得对与否，最起码是他点燃了我从军的热情，而且我到了部队后，在刻苦训练的同时，也不忘了对文学的追求和努力，最终在文学和新闻写作上取得了一些成绩。然而，当我再次来到这个旅馆时，却再也找不到这位算命先生了，听说他已经搬走，具体回哪里去这里的老板也不知道。据说他是湖南人。

从旅馆回到家里后，看看离征兵工作的时间不远了，我就放弃了再次外出打工的念头，每天盼望着征兵工作早一天到来。

10月份，随着征兵工作的开始，带着当兵的愿望，我与村里不少适龄青年都到乡里报名应征。村里到乡里有20公里左右的路程，当时路不好走，也没有什么车。去初检的那天早上，我们10多个人是搭乘一辆拖拉机一同前往的。那时候，拖拉机对我们而言就是现在的快巴车，能坐上去就是一种享受。

我们这些热血青年带着对从军的愿望，搭着这辆"铁牛"在弯弯曲曲、灰尘滚滚的乡村土路上飞奔着，好像插上了梦想的翅膀，飞过高山、飞进梦想的世界。一路上大家欢声笑语，顾不了路途的颠簸和满天尘土……到乡里时，我们头上、脸上、衣服上尽是灰尘，好像刚刚从泥堆里爬出来一样，全都是灰头土脸，大家站在拖拉机旁，相互拍打着身上的泥土，然后再洗个脸后这才到乡卫生院体检。

没想到来乡里应征体检的人特别多，足足有 50 多人，而这次乡里的名额只有四个，也就是说，一个村只有不到一个人的名额，要想在这么多人中竞争胜出，那是多么的不容易啊！

量身高、体重、血检、尿检，我一路过关，没有什么毛病。体检结束后已是下午，我们还是搭乘原来那辆拖拉机返回村里。在回来的路上，一同去参加体检的同村一位教体育课的老师很有把握地对我们说："武装部的领导对我说了，我文化高，体质好，又有关系，你们没有希望了！"我们听后很羡慕也很自卑，不知道说什么好。

初检结束后，我们又被通知到县里进行复检、政审，没想到我一路过关，顺利地接到了入伍通知书，而村里那位体育老师却因身体原因被淘汰了。

离开家乡前夕，父亲特别高兴，专门设宴邀请村里的父老乡亲们为我送行，乡亲们捧着大碗大碗的"土茅台"酒（农村自酿的米酒），吃着那拳头大的猪肉，猜码声此起彼伏，将并不大的小山村整得好热闹。

没想到，与我闹矛盾的班主任知道我参军后，也特地赶到我家为我送行，他说："武装部的人前几天到学校了解你在校的表现，我说你是一位聪明而且很优秀的学生。"最后，他还感慨地对我说："大鹏鸟真的要高飞了！"

我知道，自从我离开学校后，班主任知道误解了我，他觉得心中有愧，才特地来为我送别的，但那时我仍对他耿耿于怀，没有理会他，连晚宴时都没有敬他一杯酒，他匆匆地吃完饭后就悻悻地离去了。1999 年，我从部队回到县公安局工作时，我利用执勤的机会特意去学校找他，好想与他叙叙旧，可是他担心我去报复，一直不愿与我相见。其实，那时我是想当面去感谢他，感谢他在我年少的生命里给了我一次痛苦的磨难，让我在懵懂的岁月里就懂得了人生的艰难，才让我在以后的人生岁月里更坚强地面对新的生活，挑战新的考验，我的生命也被注入更多的色彩。

没想到事隔 10 年后的 2009 年初夏，我回老家省亲时，在县城的一家酒店里碰到了他，他当时刚参加完一个同事的婚宴，当他匆匆地从我身边走过时，我依然一句"老师"叫住了他，不管我在他心目中是一个坏学生也好、不成器也罢，毕竟，过去还是师生一场！

他回头望见我，脸上带着一丝惊讶的表情，他问我"还在县公安局工作吧？"我摇摇头后静静地说："不在了，谢谢您当年的关照。"但我并没有告诉他我已到省城做了记者，因为我觉得我的何去何从对他来说已无关紧要，重要的是我该如何活着。

短暂的对视、然后握手告别，时间不到 1 分钟。在说"谢谢"的时候，我是发自内心的，这是埋藏在我心里已有 10 多年的一句话，一直没有机会说出口，如今总算完成了自己的一个夙愿。

父老乡亲在为我入伍的送别晚宴中，没有华丽的词句，朴实无华的话语道出了发自内心的真诚，他们希望我到部队后好好努力，为家乡父老争口气。那一晚，我平生第一次喝了酒。乡亲们散场后，我倚靠在墙角边，望着山村幽静的夜晚，想到那个帮我算命的瞎眼先生，我竟自言自语地说："真他妈的神了！"

第二天上午，平时一个对我很有成见的"表哥"突然很"友好"地找到我说："去部队三年，要当三年和尚，你受得了吗？趁着现在还没走，赶紧离家逃走吧，这样他们就拿你没办法了。"我听后心里很不高兴，但不想扫他的面子，于是对他说："当兵是我的梦想，我不会因为你这么说就当逃兵。"然后转身离去。他呆在那里，一脸的尴尬。他一计不成又生一计，后来竟跑到县武装部去说我的坏话，企图坏我当兵的大事，可是最终他还是没有得逞。

离开山村时，我借用日本明治维新时期政治家、军事家西乡隆盛的一首诗向父亲言志：

男儿立志出乡关，学不成名誓不还；

埋骨何须桑梓地，人生何处不青山。

据说，1909 年毛泽东离开故乡时，也曾将此诗赠予他的父亲，题目是《七绝·改西乡隆盛诗赠父亲》，这首诗是少年毛泽东走出乡关、奔向外面世界的宣言书，表明了他胸怀天下、志在四方的远大抱负。

第三章 参军报国展风采

日夜兼程赴军营

"为军魂而去，为梦想而走，回望故乡挥挥手。有志男儿，雄心血铸，从今踏上军旅路；铁轮滚滚，汽笛长鸣，长风万里伴我行。亲人之泪，报国之情，一腔热血保和平。"离开家乡的头一天晚上，我坐在明亮的烛光下，在自己的笔记本里写下了《出征》这首诗，表达自己即将奔赴军营的激动和豪迈之情。

作者（中）与战友们在野外进行军事训练

1994年12月10日早上7时，我们全县48名新兵集结在县武装部的操场上，县里为我们举行隆重的欢送仪式，学生们为我们佩戴大红花，县里各级领导分别过来跟我们握手告别、叮嘱，场面热烈而激动。

就在这时，情况发生了戏剧性变化，一名新兵突然失踪了，这可急坏了接兵干部和县里的领导，各专武干部纷纷分头去找，然而，大家只在武装部的宿舍里找到了他扔下来的背包和军装。更戏剧性的是，有一位体检合格但由于名额不够被刷下来的应征青年，知道新兵第二天要走时，他依然依依不舍地来到操场为我们送行，接兵干部知道后，连忙把他的档案替换上来，连他家里的人都没有来得及通知，他就这样跟我们来到了部队。

后来，听武装部的人说，那个当逃兵的青年在准备走时，他的女朋友突然跑来找到他说："如果去部队的话，就不等你了。"这个新兵为了他的女朋友，最后选择了不去当兵，后来听说他被县里处理得很严重，至今在当地都抬不起头来。

8时整，新兵们胸佩大红花，雄赳赳、气昂昂地从武装部列队往汽车站方向走去。好在我们出发前武装部的同志操练过我们的队列动作，走起路来还有那么点军人的形象。我们队伍前面是接兵干部和为我们开道的警车，全县干部群众在并不宽畅的马路两旁夹道欢送，我们每经一处，两旁的群众就掌声雷动、鞭炮齐鸣，让我们感到无尚光荣和自豪。

队伍走到大桥头的转盘路口时，我们在那里上了车，这时送别的人群里三层外三层将送兵车辆围得水泄不通，有的拉着儿子的手鼻零泪落，有的母子紧紧拥抱嚎声一片，有的新战友与自己的女朋友泪眼婆娑地隔窗相望……那场景好像是生离死别，或是此去再也不相见了。我却兴奋地坐在车厢的一隅，有一种如释重负的感觉！

尽管已到了冬天，但南方的天气仍如春天般的温暖。那时县城还没有通往外面的二级公路，一辆大客车载着48名新兵如蜗牛般沿着盘山公路吃力地往前爬行，凹凸不平的山路一路免费帮我们"按摩"。刚开始，大家相互并不很熟识，而且还沉浸在与亲人离别的伤感之中，话也就不怎么多，大家在各自的座位上默默地坐着，有的还不时地向车窗外张望……

车到南丹县小场镇逗留了一夜，我们随后被安排在武装部的一个小旅馆里吃饭和休息。来到武装部的这天下午，刚好碰到从部队退伍回来的好几个退伍老兵，他们穿着野战靴，精神抖擞地从我们身边经过，我们这些新兵不由地多看了他们几眼，欣佩和羡慕都写在我们的脸上。

武装部的旅馆不大，一个房间只有两张床，我和一个同乡新战友住在同一个房间里。由于经受一天的旅途奔波，那一夜我睡得特别香，一觉就到了天亮。

第二天早上，我们梳洗完毕后，接兵干部给我们发了几袋面包和矿泉水，叮嘱我们那是路上的干粮，要求各自携带好。中午12点，我们才从南丹小场转乘火车往柳州方向驶去。这时，大家都熟识了很多，我们这些新兵一路狂呼，一路歌唱。

"那一天知道你要走，我们一句话也没有说，当午夜的钟声敲痛离别的心门，却打不开我深深的沉默。那一天送你送到最后，我们一句话也没有留，当拥挤的月台挤痛送别的人们，却挤不掉我深深的离愁。我知道你有千言你有万语却不肯说出口，你知道我好担心我好难过却不敢说出口。当你背上行囊卸下那份荣耀，我只能让眼泪留在心底，面带着微微笑用力地挥挥手，祝你一路顺风……"那一首《祝你一路顺风》的歌曲不知由谁领唱，我们一直从南丹唱到柳州站才停止。

车子驶入柳州站后，我们又被转到另一辆列车上。几十节的车厢里全是从四面八方汇集过来正要奔赴全国各地的新兵，那时自己根本不知道那就是军列，而且也不知道什么时候到达目的地，听接兵的军官说，我们将要去的地方是江苏徐州。可我们这些山里的娃子，谁又知道徐州在什么地方呢！车子一路往北飞疾而去，白天黑夜星夜兼程，寒风开始像刀一样在削刮我们稚嫩的脸蛋，而我们就得一路加衣服。

经过三天三夜的长途奔波，车子驶过了柳州、汉口、郑州，列车驶入徐州火车站时已是中午，我们的全身已被棉衣棉裤棉鞋棉帽外加一件棉大衣包裹着，整个身体大得像巨人一般。这对我们南方人来说，简直是一种负担，下车走路都觉得很不方便，但呼呼的北风和不断飘散的雪花不得不让我们把这些笨重的衣服紧紧裹着自己的身体。

徐州是一座历史悠久的文化古城，它地处苏、鲁、豫、皖四省交界，为北国锁钥，南国门户，地理位置十分重要，自古便为兵家必争之地。四千多年的文明史为徐州留下了大量文化遗产和名胜古迹，宛如斜挂于历史苍穹中的璀璨星河。其中尤以"汉代三绝"——汉兵马俑、汉墓、汉画像石为代表的两汉文化最为夺目，集中体现了古人的非凡创造力和深邃智慧，极具艺术欣赏和考古价值。

这里春暖夏热秋凉冬冷，一年四季季候分明。我们这些南方的新兵，很多人都是第一次出远门，从来没有体验过北方冬天的寒冷，身处其境后都叫苦不迭。

看着灰蒙蒙的天气，飘落在自己身上、脸上的雪花以及自己嘴里因寒冷而呼出的"烟雾"，刚把头伸出车门外，"哇，好冷啊！"我又赶紧将头缩了回去。

"到站了，快下车，快点下车！"接兵干部在车外喊叫着。有的新兵一边下车一边在唠叨："妈呀，这鬼地方这么冷，以后咱们怎么活啊！"但谁也没有回答，一个个面色惶恐地随着接兵干部下了车。

在车站门口，早已有五、六辆军用141卡车在等候着我们，而车的旁边也站着几个军官模样的军人。接兵干部相互敬礼后，拿着我们的花名册开始点名，点到名字的就被分开带走了。这时，我旁边的一个新战友悄悄问我："他们是不是有关系，都挑到好部队去了吧？"我望着他，不知道怎么回答。接着，他又说："听我哥哥说，部队有农场，有的兵是去农场养猪种菜的，这还不如在家做农活呢！"我"啊"的一声，差点被接兵干部听到，我连忙用手捂住了自己的嘴巴。

随着他们一个个被接兵干部带走，见剩下的人不多了，接兵干部却没有叫到我的名字，我心里开始不安起来："难道我们这些被挑剩下的真要去农场养猪种菜吗？"

最后只剩下17个人了，我们另乘一辆141军用卡车在一条不知名的公路上飞奔着，灰蒙蒙的天空笼罩着四野，除了公路边低矮的民房和青翠的麦子外，什么也看不清楚。约过了两个小时左右，车子终于驶入了一个有哨兵荷枪实弹站岗的大门口，门口两侧的围墙上用红笔写着"提高警惕，保卫祖国"八个刚劲有力的大字。

兵之初

车子驶入军营大门的刹那，持枪哨兵"叭"的一声行了一个举枪礼，手中的五六式半自动步枪的刺刀闪过一道寒光，在灰蒙蒙的天气里依然显得那么刺眼，令人不不寒而栗。

走进军营，笔直的马路、整齐划一的营房开始出现在我们的面前，训练场上有很多老兵正在进行硬气功训练，他们有的在进行头部碎瓶，有的是掌下碎砖，训练场上龙腾虎跃，喊声震天，好一派繁忙的训练景象。

我们在一位一杠两颗星的年轻军官带领下向一个营房走去，在另一条笔直的马路两旁，站立着四五百名新战友，他们见我们到来，手中的锣鼓在不断地敲打着，嘴里也在不断地喊道："欢迎，欢迎，热烈欢迎！"而有的新战友则跑上前来帮我们拎东西，热烈的场面让我们很受感动。原来，这里就是我们的新兵训练营，我们要在这里接受3个月的强化训练后，才能分下连队，成为真正的军人。

"我叫戎忠立，你跟我走吧，从现在起就是你的新兵班长了。"刚到连部不久，一个高个子军人帮我拎着背包口若洪钟地对我说。

班长笔挺的身躯像根挺立的柱子，让人一看就知道他是一个训练有素的军人。我跟着班长绕过一条笔直的马路，马路两旁是一排排红砖青瓦的营房和一排排翠绿的冬青树，地上已结了厚厚的一层冰，脚踩在上面发出一阵阵"咔嚓、咔嚓"的脆响。

拐了几个弯后，我和班长走进了排房，班长一进入排房就向大家介绍，"这是我们班新来的战友，以后大家多多关照他……。"

"是"，新战友们站起来回答后，两个新战友就跑过来帮我铺床叠被去了。另外一个新战友则给我端来了一盆热水，然后叫我"洗洗"。

真没想到部队这么热情，想到还没有入伍前，有不少人曾对我说，新兵刚到部队时常常被老兵欺负，这时我的心里却有了一种暖暖的感觉。

不一会儿，哨子吹响了，新兵们像被马蜂蜇屁股一样一个个向门外奔去。

"你刚到部队，先到床上休息一会，下午就不用参加训练了，顺便给家里写封信，报个平安。"班长朝我看了一眼后说。

"嗯！"我小声地回答着。

"以后在回答问题时不要说'嗯'，而要说'是'，你现在已不是老百姓了，而是一名军人，明白吗？"班长一字一顿地对我说。

"是，班长！"望着班长那炯炯有神和声若洪钟般的话语，我全身有些抖动，但我明白这不是因为天气寒冷的缘故。班长瞅了我一眼后，腰扎精神带风一般地出去了。

"向右看齐，向前——看……"门口传来了此起彼落的口令声，我觉得好奇，迅速蹿到窗口去看，班长整理完队形后，连忙带着队伍向训练场跑去。那"呱、呱……"掷地有声的脚步声由近及远而去。

这时，排房里只有我一个人了，除了远处训练场上传来的训练口令声外，空荡荡的房间显得异常安静。在这个陌生的环境里，我无心睡觉，两眼环顾四周，发现排房里的脸盆、洗漱用具摆放得非常整齐、地板上拖得锃亮，而床上的被子大衣也叠得像豆腐块一样方方正正、线条分明。我觉得好新鲜，心想部队的被子叠得多整齐啊！如果在家里，我一起床就一脚把被子蹬到旁边去了，叠什么被子啊，简直是浪费时间！

我见邻床的一件大衣叠得非常好，于是想看看人家是怎么叠成这样的，便轻手轻脚地来到床边，然后拎起大衣，本来叠得整整齐齐的大衣经我一拽全都打开了，我不知道如何整好，只好将它扔在了床上。

而后，我从包里拿出纸和笔，给家里十来个亲人各写了一封信。十来封信只用了不到半个小时，每封信不过两三百个字，内容都是"我已顺利到达部队，请大家放心之类的话"。

一个人在房间里真是无聊，而房间里又很冷，没有暖气也没有火炉给人烘烤，写完信后我只好钻进被子里"取暖"去了。刚钻到被窝，却发现有点内急，我看了看排房里，没发现哪里有卫生间，于是我又爬起来向门外走去。排房外的天气仍是灰蒙蒙一片，北风像刀一样狂风怒号着，我转到了墙角边，发现没有人，于是就想在墙角边偷偷方便，但由于天气太冷，风又不断地在刮，我只好作罢。

这时，一个列兵刚好抱着一筐萝卜从我身边匆匆经过，后来才知道他是炊事班的战士。见我狼狈的样子，他向我吼道："你在干什么？"

"天气太冷，差点找不到命根子了，请问哪里有厕所？"这列兵被我一句话逗乐了，他笑哈哈地对我说："新兵蛋子，连厕所在哪里都不知道，喏……"

我顺着他手指的方向看去，在两百米开外有一个红砖蓝瓦房伫立在营区的围墙之下。来到厕所刚刚蹲下去，突然发现厕所的墙壁上写着："脚踏黄河两岸，手拿机密文件；前面机枪扫射，后面炮火连天"几行字，我看毕不禁扑哧一笑，不知道是哪个捣蛋兵写的！

回到排房里，我连棉衣棉裤都舍不得脱下便钻进了被窝里，被子上还盖有大衣毛毯，但仍觉得不够暖，只好把被子从头到脚全都裹了起来。

大概过了3个小时，新兵们训练结束后大家都喘着粗气陆续返回排房里。睡在我旁边的新兵见自己的大衣被我弄得乱七八糟的，他有些恼怒，眼睛直直地瞅着我，然后气呼呼地拉着长长的河南口腔对我说："呀——你个鸟兵，怎么把我的内务搞成这熊样？"说着"啪"的一声把大衣扔到了地上，并扑在大衣上像饿虎扑食般用双手来回在大衣里掏着、用力拉着，不到一分钟时间就把大衣整回原形了，让我看得目瞪口呆。后来，新兵分下连时，这小子去了导弹连。新兵下连的那一天，他打电话告诉父母时说："俺被分到导弹连了"，在乡下的父母不知道部队竟有"捣蛋"这样一个连队，于是说："儿子啊，去捣蛋连就去，但千万别捣蛋啊！"我们在旁边听到后，笑得扭弯了腰。

晚饭开始了，全排战士列队后向饭堂里跑去。在饭堂门口，全连战士齐刷刷地站立着，在值班员的指挥下，大家还得唱完一首歌后才能进去吃饭。部队那歌不叫唱歌，而是吼歌，吼叫声真个儿地动山摇！

部队是个令行禁止、以服从命令为天职的地方，大家唱完歌曲后，各排依次跑步进入饭堂，然后来到本班桌子旁的位置站好，直到全部新战士进入饭堂后，值班员下达"坐下"和"开始吃饭"后才能依令而行，不然得站在那里纹丝不动。有时值班员在下达"坐下"的口令时，发现大家坐下整体动作不整齐，还得重新再来过，直到大家坐下只有"叭"的一个声音为止。我看了看椅子，幸好部队的椅子都是钢板做的脚，不然一天不知道要换多少张凳子呢！

晚饭吃的是馒头和萝卜青菜，菜里没有一颗肉，只有几颗油渣漂浮在上面，新兵们开始吃饭时，大家都很客气，小心翼翼地夹菜，显得还挺斯文。班长见菜太少了，他夹了一点菜放到饭盒里后，独自到外面吃去了。这时，桌上没了头儿，新兵们就没有那么规矩了，大家像抢篮球一样，谁都想把油渣抢到手。在新兵连里，部队为了磨练战士们吃苦精神，在伙食上除了节日或周六给你加菜外，平时能吃到肉的很少，所以，一旦见到肉，大家伙都是毫不客气的。

我们这些从南方去的新兵根本吃不惯面食，加上旅途的劳累，我那餐饭只喝了一点菜汤就不吃了。班长见我不吃馒头，以为我们壮族人吃东西有所忌讳，于是就问我喜欢吃什么？我也不知道吃些什么，他就问我："鸡蛋面可以吃吗？"我点点头。

过了一会儿，班长就叫炊事班给我弄来了一碗热腾腾的鸡蛋面，味道还真不错。后来就很少有这样的待遇了，除非你生病了才可以享受。

第一次走进军营，首先被部队那种"静如处子，动如脱兔"的威武气势所震撼，早晚时分，总能听到那嘹亮的军号和训练的口号，犹如远方大地的咆哮。执勤的哨兵挺拔标准的军礼让我感到一种敬畏，看到哨兵，我就想起了在矿山打工时的那位贵州退伍兵，他身上总有一种与众不同的气质，做事雷厉风行，坚强勇敢，吃苦耐劳，团结互助。即使没有了那身军装，他也在用自己的那种气质诠释着军人的风采。

士兵，一支射出去的利箭

部队是一个特殊的战斗集体，高强度的训练、快节奏的工作、重大的任务时刻摔打煅造着战士们。现在很多父母都愿意把孩子送到部队，看重的就是部队这种特殊的环境，能够打造人的特殊品格。纪律严明、管理严格是部队最鲜明的特征。在当前社会不断追求科学管理、高效运作的情况下，军人的这些品质更显宝贵和重要。

艰苦的军营生活磨练了军人逆境不弯腰，穷途不掉泪的刚毅品格（图为作者）。

到部队没几天，新兵集训正式开始了。在开训动员大会上，新兵团的首长对我们说："你们的到来，为我们这支英雄的部队注入了新的活力，我们这支英雄部队也为你们提供了健康成长、施展才华的广阔天地。这就是说，部队的长久建设离不开你们，你们的成长进步更离不开部队。而要在部队增长才干、有所作为，从现在起就要以部队建设为己任，适应转折、经受锻炼、不畏艰苦，使自己早日成为一名合格战士。但是，有个别新战友对依法服兵役的意义认识模糊，立志军营、建功立业的决心还不够坚定，尤其是适应不了部队生活，怕苦怕累，思家恋家，有了'向后转'的念头。在此，想和新战友们谈谈心，顺便提醒大家：开弓没有回头箭！

"在这里，我请新战友们记住，我们这支英雄的部队要的是：'义胆忠诚的豪气，舍我其谁的霸气，蓬勃向上的朝气，无所畏惧的勇气，敢打敢拼的杀气。'你们要知道，特种兵不知道休息，特种兵不知道困难，特种兵不知道痛苦,特种兵不知道饥饿,特种兵不知道疲劳。黄埔军校大门两侧张贴着:'升官发财请走他路,贪生怕死勿入斯门'这样一副对联,意在告诫来这里学习的每一位军人要以国家和民族的利益为重,甘于吃苦、勇于献身,扶倾倒之大厦,救人民于水火。因为一开始就有这样严格的要求和崇高的目标,匡正了他们的人生航向,再加上经过'苦其心志,劳其筋骨'的锤炼,使我军有一大批智勇双全、能征善战的将帅从这里脱颖而出,成为国之栋梁,民之救星,为新中国的诞生建立了不朽的功勋。因此,要感到当兵尽义务是义不容辞的责任,祖国的召唤是有志青年的最佳选择;相反,逃避服兵役,国法难容,定会受到惩处。所以,只有珍惜这次当兵的机会,一门心思当个好兵,才是唯一的出路,就像射出去的利箭,向着目标,永不回头,用执著和坚毅铸造人生新的辉煌……"

从此,新兵 3 个月的艰苦训练拉开了序幕:早上 5 点 40 分起床,5 点 50 分开始出操,吃完早餐后整理内务,打扫卫生,然后便进入了一天中最紧张而又艰苦的训练,晚上 10 点熄灯睡觉。

渐渐地我才知道,我所在的部队是南京军区赫赫有名的某装甲王牌师,该师曾参加过许多有重大影响的战斗,也涌现出了许许多多的英雄人物。而我所在的部队是该师最有名、训练最艰苦的某特种部队。

据史料记载,该师前身是 1947 年 3 月 3 日在山东沂水组建的华东野战军特纵特科学校坦克队,1947 年 3 月坦克队暂归胶东军区炮兵团领导,1948 年 9 月 16 日坦克队配属渤海纵队首战历城,22 日又配属华野 9 纵主攻济南,共摧毁敌碉堡 8 个,火力点 20 余个。10 月 21 日坦克队扩编为华野特纵坦克大队,下辖两个中队,一个侦察排,装备坦克二十一辆。

在淮海战役中,该部的"朱德号坦克"被华东军区授予功勋坦克称号(该坦克现陈列在军事博物馆),该车炮长沈许被授予"坦克英雄"称号。1949 年 3 月 17 日,坦克大队扩编为战车团,装备坦克 55 辆,战车 10 辆,23 日该团进驻南京,5 月上海解放,该团进驻上海。11 月 17 日扩编为三野特纵战车师。

1950 年 1 月 1 日,改番号为华东军区战车第 2 师,8 月 30 日整编为华东军区装甲兵坦克 2 旅,10 月奉命接受 2 个坦克团的苏式装备。11 月 3 日根据军委命令,坦克 2 旅改为坦克 2 师,1951 年该师赴朝参战,该师第 215 号坦克,战绩显著,配属步兵作战 8 次,击毁敌坦克 5 辆,击伤 1 辆,摧毁地堡

26 个，炮 9 门，汽车 1 辆，7 月被志愿军总部授予"人民英雄坦克"称号（该坦克陈列于军事博物馆），该车（班）记集体特等功，车长（排长）杨阿如记一等功，授予"二级人民英雄"。

1955 年 7 月 1 日，根据总参命令，该师隶属济南军区领导。1961 年 8 月，该师奉命到达天津静海县抗洪救灾。1964 年 7 月，该师坦克 3 团 1 连在北京受到叶剑英元帅，许光达大将，杨得志上将的接见。1965 年 7 月 14 日，该师工兵营 1 连 5 班班长王杰同志为救人而扑向炸药包壮烈牺牲，同年 10 月份，周恩来，朱德，董必武等领导人为王杰题词，11 月 27 日，国防部命名 5 班为王杰班，毛泽东主席高度赞扬了王杰"两不怕"精神。

1967 年 9 月 18 日，68 军 203 师坦克自行火炮 331 团转隶该师建制。9 月和 12 月该师抽调部分官兵参加组建坦克 8 师和坦克 13 师。1968 年该师团以上干部在北京受到毛主席的接见。1969 年 10 月坦克 3、4 团和 331 团改番号为坦克 5、6、7 团。1977 年 10 月 1 日，该师调归南京军区装甲兵建制。1979 年 2 月，该师抽调军官 110 人，士兵 1579 人参加对越自卫反击战。1981 年 4 月 8 日，总政治部主任韦国清将军视察该师，1983 年 1 月 1 日，该师调归 12 军建制。1989 年 12 月至 1990 年 1 月，该师完成了协助八一电影厂拍摄《淮海战役》的任务。

1991 年 7 月 11 日，刚从军校毕业到部队报到的见习排长周丽平，当时，正值他所在连准备开赴安徽省颍上县执行抗洪抢险任务。连队考虑周丽平刚到部队，行李还在托运途中，决定让他留守。但周丽平坚决请求参战。7 月 19 日下午，颍上县境内的沙家洼河面上，一艘装运救灾物资的百吨民船触滩搁浅，面临断裂的危险。上级下达抢救遇险船只的任务后，周丽平主动担负危险性很大的泅渡断后任务。当他奋力游向遇险船只时，被突然涌来的巨浪冲向下游，英勇献身，时年 23 岁。周丽平牺牲后，中央军委发布命令，授予周丽平烈士以"抗洪救灾模范"的荣誉称号。1992 年 1 月 19 日，时任中共中央总书记、军委主席江泽民为其亲笔题词："学习周丽平，献身为人民。"

苦乐新兵连

部队营区处于一个偏僻的郊区，营区里有两个大大的训练场，前临一片开阔地，后靠一座绵延起伏的山峰。我们这些新兵每天都要集中在这两个训练场上操练，要从一个普通的老百姓向一名真正军人的转变，这期间我们要付出许多常人难以预料的代价。部队每天的军事训练安排得紧紧的，让我们不断地去磨炼和适应，其强度和难度几乎让我们难以承受。

北方的天气不但很冷，而且非常干燥，由于不适应这里的环境，我刚到部队没几天，手脚和耳朵都冻疮了，手肿得像馒头一般，又痛又痒，尽管非常疼痛，但班长在训练场上不会因为你手肿而给你手下留情的，他常教育新兵们："打仗的时候，敌人会因为你手肿而对你有所照顾吗？"所以，新兵们在训练时必须从实战出发，除了休息时间给你搓搓手部、揉揉耳朵，疏通一下血脉外，训练中你要是私自乱动一下，那你就有"苦果"吃了。

有一次，新兵们在训练正步走的定位动作时，我们班的一个四川新兵忍不住放了一个屁，他当时以为这个屁不会响，悄悄地放就算了，哪知道这个屁偏偏跟他过不去，"啵"的一声就炸开了，新兵们听到后都"扑哧"地笑了起来，训练也就停了下来。

"谁叫你放屁的？"班长不容多说，黑着脸一个飞腿旋风般向四川兵屁股上卷了过来……"班长，人吃五谷杂粮，哪个不放屁撒？"四川兵挨踢后叫冤道。"这是在训练，你要放屁先得报告，这是纪律！"从那以后，在训练中新兵们一个个都扳着脸，好像别人欠他钱不还似的。

新兵连还有很多规矩，比如见到老兵或军官要马上立正站好，然后叫"班长好"或"首长好"，等他们走后你才能动。就连上厕所也有规定，小便3分钟，大便5分钟，时间超过了就得罚站或体能训练。每当有新兵上厕所时，班长都会拿着秒表掐时间，而新兵们就得跑步去，跑步回。有的新兵为了能延长点时间，每次去都说是大便，这可惹火了班长："你当我是白痴啊？一天哪来这么多大便！"这时，你就得去墙角边头顶砖头站立着，然后面壁思过，不能让砖块掉下来，直到班长满意为止。

另外，新兵们每天在起床号还没吹响之前 10 分钟，就得起床打扫卫生或整理内务，一些新兵为了表现自己，头一天晚上就要把扫帚或拖把先藏在自己的床下，以备次日有干活的工具……

最让我们承受不了的，就是每天晚上睡觉前的体能训练，那简直就是魔鬼训练。一个排几十号人在班长们的监视下，将宿舍的窗户全部打开，北方的天气很冷，室外温度达零下好几度，要求每个战士只穿一条裤衩在排房里做俯卧撑、仰卧起坐或倒立，规定每个人要全身滴汗，否则不能上床休息。在做俯卧撑时，大家撑啊，撑啊，撑到最后实在没劲了，就跪着双膝，上身伏地，继续撑。

而更令人紧张的是，半夜里那不定时的紧急集合哨，让你防不胜防。记得第一次紧急集合时，新兵们的狼狈状依然令我记忆犹新。

那次紧急集合哨是在一天半夜吹响的，那时新兵们刚刚进入甜美的梦乡。半夜三更，突然一阵急促的哨声刺入了新兵们的耳朵。

"紧急集合!"班长们早已站在排房中间喊道。劳累了一天的新兵们"闻哨而动"，"乒乒乓乓"地起了床，然后在漆黑的夜里按照规定打背包。由于时间太紧，加之班长们老在排房里催促兵们加紧时间，时间到后，新兵们有的背包仍没有打好，有的找不到要携带的物品。

最让我觉得搞笑的是，我邻床的那个河南新兵，由于太紧张，他在打背包时连自己的衣服裤子都打进了背包里，在他意识到自己没穿外衣外裤时，值班员已在门口整理队形了。

"班长，俺的外衣外裤好像打进背包了。"他向班长求救道。

"你个熊兵，光着屁股也要给我滚出来。"班长向他吼道。见再打开背包已经来不及，他只好上穿棉衣，下穿秋裤，腰里扎着腰带，水壶和挂包左肩右斜，然后背着背包混进了队伍里。

随后，队伍沿着营区的大操场跑了两圈，在黑乎乎的夜里，谁也看不清谁，谁也不准说话，只有凌乱的"吧、吧"脚步声和值班员小声调整步伐的声音，但我明显感觉到，有的新兵还没跑多远，背包就开始松松垮垮，他们只好一边跑，一边抱着背包，那样子根本不像是行军打仗，倒像逃难一般。当新兵们跑完全程返回连队，在明亮灯光的照耀下，这时大家才相互发现，有的连裤子和衣服都穿反了，有的背包早就散了架……那样子简直溃不成军，最后新兵们被连队干部熊得头都抬不起来。

　　而令人不可思议的是，在新兵连的 3 个月时间里，头一个月连队几乎没有组织新兵们洗过热水澡，新兵们只能在天气晴朗的时候自个到水房里用冷水洗一下罢了，连队也没有给我们发过新衣服，身上穿的是从武装部来部队时穿的那套作训服。那时，新兵们每天挥汗如雨，风里来雪里去，整天摸爬滚打的，别说一个月不洗澡，就让你三个晚上不洗也会全身不舒服，那滋味真是让我永远难以忘记。

　　在我的相册里，如今还有我新兵连时曾拍下的一些照片，现在依然能看到当时训练时作训服油得可以照出人影的"物证"。直到要过年授衔时，连队干部才给我们发新衣服，然后带我们到军人澡堂里洗澡。那天中午，当 500多名新兵先后涌入那个澡堂，澡堂里清澈的池水一会儿就被弄得浑浊不堪，反正我很快就受不了，连忙爬上来用喷头冲洗。如今想起那段新兵连的生活，觉得既搞笑又令人难忘。

　　新兵入伍的各项训练科目基本完成后，立即进入考核阶段，这标志着新兵生活即将结束。几天来，队列、400 米障碍、5 公里越野、战术、军体拳、手榴弹实弹投掷，随着一项项训练科目考核完毕，最后一项是"56 式冲锋枪100 米胸环靶实弹射击考核"。

　　在进入最后一项考核时，新兵们兴奋异常，昔日在训练场上端着空枪托着小凳、挂着水壶和砖头反复练瞄准的苦和累瞬间烟消云散。

　　靶场上，彩旗招展，靶台、射击台、弹药所、指挥所、救护所、警戒线都设置完毕。

　　"全体就位，准备射击！"指挥员下达了进入射击前准备的命令，信号兵立即用旗语打出了相应手势。

　　我们第一组 10 个新兵跑步到弹药所，在发弹员手中领取装有五发子弹的弹匣，而后，对齐射击台位置跑步立定。所有的射击人员都在做着卧姿装子弹的动作：验枪、装弹匣、拉枪机、关保险、踞枪瞄准。

　　"1 号射击前准备完毕！"

　　"2 号射击前准备完毕！"

　　"3 号射击前准备完毕！"

　　……

　　"目标——正前方 100 米胸环靶，打开保险、开始射击！"指挥员在听到最后的报告后，下达了射击命令。在射击过程中，我们这些平时训练一丝不苟、应对自如的新兵们，一上场就开始犯了迷糊，有的新兵打开保险后直接扳到了连发上，一扣扳机子弹全飞了出去；有的听见周围枪声四起，紧张得分不清自己靶位，全把子弹打到别人的靶上去了……在这次实弹射击考核中，我的成绩竟然是 5 发子弹打出了 85 环，不知道是哪个迷糊蛋朝我的靶位打的黑枪！

如果说部队生活是一次远航，那么，新兵 3 个月的生活只是我们到达理想彼岸的先声，真正的艰苦还在后面。

野外驻训

新兵分下连队后，还没等我们喘口气，全连官兵就要开赴黄海某大型军事训练基地参加集团军进行年度最艰苦的专业训练，这是新兵下连后的必修课。

临行前，各班来到连队的武器库领取枪支弹药，文书拎着一大串钥匙打开库房，然后再打开枪柜，库房里摆放着许多铁柜，满满当当的库房却排放得很整齐。打开一个枪柜，里面密密麻麻地排放着数十支 81 式半自动步枪，它们像在接受检阅一样笔直地站立着，全身上下闪烁着冷峻的光芒。在另外几个枪柜里，分别存放着 56 式冲锋枪、班用机枪、54 式手枪、军用匕首、刺刀等各种武器和刀具。而在另外几个枪柜里，竟然还有外军的枪械及装备！

我们各自领取了一支 81 式半自动步枪、54 式手枪、军用匕首、一个指北针、头盔等武器和装备，然后大家再从炊事班领取一些干粮，将水壶里注满水，然后再将脸抹上了油彩……一切准备就绪后，我们在排房里等待出发的时间。

"哔、哔哔……" 10 分钟后，值班员吹响了哨子，然后喊道："各班按照各自的车辆登车！"这时，操场上已停了七八辆披着伪装网的 141 卡车，每个班一辆。141 卡车的车厢可能是经过精心设计过的，战士们将床板横搭在车厢上，竟然像架在床架上一样恰到好处，四张床板就能将整个车厢铺得平平稳稳，床板下的空隙还可以放置一些战备器材、军用物资。战士们将席子铺上，再把被子放好，行军路上，战士们累了可以在车上睡大觉，这对风里来雨里去的战士们来说，简直像是在五星级酒店睡觉一般。

军车风雨兼程，战士们风餐露宿。车队经过邳州市区时，我们的车队在这里与集团军各部队的车辆汇合在了一起，然后作了短暂的停留，长达几公里的车队有条不紊地停放在辅道上，非常威武雄壮。看到这么多军车停放在这里，当地的老百姓不知道发生了什么，纷纷过来观望。这时，一些战士除了做好安全警戒外，还要将围观的群众驱赶到警戒线以外，不让他们靠近军车。而我们这些经过长途奔波的战士，就利用这短暂的休息时间，在军车的掩护下纷纷下车"放水"，从远处望去，俨然一道亮丽的风景线。

经过一天一夜的急行，当拉着各种武器装备的军车浩浩荡荡地进驻某大型军事训练基地时，上天好像也要考验我们的意志，狂风暴雨突然袭来，我们瞬间就被笼罩在风雨之中。

为了按时达到指定地点，军车依然冒雨而驶、逆风而行，我们坐在军车上，根本分不清方向。当车辆停在一片茂密而苍茫的芦苇地时，连队干部马上下达命令："迅速下车，各班按指定位置搭好帐篷。"此时，风急雨大，战士们顾不了那么多，大家纷纷顶风冒雨迅速下车，侦察排的战士连雨衣都不穿就跃出车外，在确定方位后，各班立即支起了帐篷。

待到天放晴时，在宽阔的训练场上，随处可见一排排整齐划一的帐篷，一群群士兵在各自的阵地上忙碌着。

在这个大型训练场上，集结着来自集团军最精锐的部队，我们在这里比训练、比作风、比士气，我们每天的训练任务是练攀爬、练渗透、练射击、练侦察、练生存、练捕俘、练暗杀，动作疾如电、快如风、猛如虎、来无影、去无踪是我们的训练要求。此外，我们还要学会照相、窃听、通信、泅渡、滑雪、营救等技战术技能，同时还要掌握一些疾病的防治，可食野生动植物的辨别知识。而在这个训练场上，战士们每天都感受到战场所带来的那种艰苦的生活和接近实战的震撼。每天早早起床，每人身上加上 20 公斤的重物跑5000 米。然后进行哑铃、拉力器、臂力棒训练。中午进行抗曝晒训练，手中平举着枪，枪口用绳子吊着一块砖头或注满水的军用水壶，一动不动曝晒 2小时。下午进行射击训练，之后练倒功、散打，硬气功等。饭后半小时，继续负重跑 5000 米。一个星期一次游泳训练，全副武装游完 5000 米。在野外生存训练中，战士们带上 3 天的食物在野外生存 7 天，行军 1000 多公里，还要背上枪支弹药和生存用品，途中还要执行上级准备的突围、反突围、侦察敌情，攀登悬崖等演习任务。平时还要熟悉比如各式枪支到火箭炮的使用，以及摩托车到装甲车的驾驶，反正陆军中的大部份装备都得一一掌握。

基地每天送来的淡水很少，为了节约淡水给炊事班做饭，战士们就在营地周围挖几个水坑，但坑里的水都是海水，味道全是咸的，无法饮用，不过可以勉强用来刷牙洗脸，洗衣服，而晒干后的衣服里里外外都残留着一道道白色的盐迹。

营地里没有厕所，战士要解决"大问题"时，得跑到芦苇地里，并要携带一把军用铁锹跟随，先挖个小坑，人蹲在上面，解决问题后再用土将坑埋上。之所以这样做，一来是不给后来者埋"地雷"；二来也是为了环境卫生着想。芦苇地里的蚊子很多，个体呈白色，虽然蚊子个子小，但对人的气味非常灵敏，你刚蹲下，它们便成群结对地对你狂轰乱炸，让你措手不及。一次蹲坑下来，你要付出不小的代价。

三个多月的野外专业训练结束后，部队才返回连队休整。几个月下来，整日被风吹日晒、蚊虫叮咬的战士们个个都变得黑不溜秋，活脱脱一个非洲人种，但军事技能和身体素质却得到了空前的提高。

刚回到连队，通信员就抱着一大捆书信来到我们的排房里，然后大喊："战友们来信啰！"大家不约而同地迎了上去，乖乖，我竟然有 6 封，有的是两个月前来的，有的刚到不久，都是家里的亲人们写来的，大都是问候或希望在部队好好干之类的话。

信，对部队的战士而言，就是他们的精神食粮，就是他们的精神支柱。收到来信，大家都很兴奋，外出训练的苦和累一下就抛到了九霄云外。

在部队里，为了磨炼战士们各方面的能力，部队官兵每年都要到野外进行七八个月的野外生存和实战训练，很少呆在营区里，有时部队被拉到黄海边、有时在演习场上，千里机动，万米奔袭，不断地磨砺战士们打、藏、吃、住等本领，一年到头呆在连队的时间少之又少，有时家里来了好几封家书都没能回一封，以至于有些官兵的爱人、女朋友因鸿雁回迟而闹别扭或提出分手，有的家里的亲人去世几个月了都不知道。

作为军人，他们付出了青春、血汗甚至生命都无怨无悔，但他们愧对亲人的实在太多太多。而令人感动的是，很多家庭为了支持孩子在部队安心服役，无论家里发生多大的变故，他们都独自默默承受，不会告诉当兵的儿子。

我所在的部队里有个四川籍战士，他的父母在一次车祸中不幸死亡，年幼的妹妹为了支持哥哥在部队安心服役，她放弃了学业，每天靠捡垃圾变卖来养活自己年迈的老奶奶，为了不让哥哥怀疑，妹妹学着父亲的笔迹，每个月定期给哥哥写来平安家书，要他不要挂念家里人。直到有一天，这个战士的一个同乡战友回家探亲时得知了他们家的遭遇后，在归队时遂将此事汇报给了连队干部，才使这件事在战友中传播开来。

部队首长知道后，也积极地与地方政府沟通，当地民政部门随后给予了照顾，而在部队里，战友们也纷纷给他家捐款，这才缓解了他们家的困境。

小荷才露尖尖角

水激石则鸣，越艰苦的环境越能够磨砺人的进取心，正因为有了部队的这些经历，才让我品出了"梅花香自苦寒来"的真正含义，也使我在人生的道路上愈挫愈勇，不轻言放弃。

在部队艰苦的环境里，我在刻苦训练的同时，也在不断地加强自己的文化修养。我想，我没

训练之余刻苦学习

有机会接受高等学府的教育，我不可以妄自菲薄，我没有文凭，但不能没有文化！训练之余，我就到连队的图书室里借阅各类书籍，以弥补自己知识的空缺。我坚信，人是要不断地学习，不断地更新知识，才能不断进步，也只有这样，人才能永不落后。

我们常常赞美鲜花的娇艳，鸟儿的自由飞翔，蓝天的晴朗无比。可是又有谁想过，花朵的种子也要先穿越沉重黑暗的泥土才能够接受阳光的抚慰，鸟儿也要经过无数次的摔打，折断娇嫩的羽毛才能够学会飞翔，蓝天也要经过风雨雷电的考验才能够万里无云。成功从来就没有捷径。所谓的成功人士，无非是比别人多付出、多经历了磨难的人罢了。

古时东吴名将吕蒙，少年时家境贫困，没有条件读书。但他作战英勇，

屡立战功。孙权继位后，就提升吕蒙做平北都尉。

建安十三年（公元208年），孙权派吕蒙为先锋，亲自攻打黄祖，以报杀父之仇。吕蒙没让孙权失望，他斩了黄祖，胜利回师，被提升为横野中郎将。但吕蒙有个缺陷，他从小没有机会读书，识字不多。带兵镇守一方，每向孙权报告军情时，只能口传，不能书写，很不方便。一天，孙权对吕蒙和蒋钦说："你们从十五六岁开始，一年到头打仗，没时间读书，现在做了将军，就得多读些书呀。"吕蒙说："忙啊！"孙权说："再忙，有我忙吗？我不是要你做个寻章摘句的老学究，只要你粗略地多看看书，多了解一些以前的事情。"说着给他列出详细的书单：包括《孙子兵法》、《六韬》、《左传》、《国语》、《史记》、《汉书》等。

在孙权的启发和鼓励下，吕蒙开始发奋读书，后来竟达到了博览群书的地步。

鲁肃做都督的时候，仍然以老眼光来看待吕蒙，以为吕蒙只是一个文化水平不高的武将。有一次，鲁肃路过吕蒙的驻防地区，同吕蒙谈话。吕蒙问鲁肃："你肩负重任，对于相邻的守将关羽，您做了哪些防止突然袭击的部署？"鲁肃说："这个，我还没考虑过！"吕蒙就向鲁肃陈述了吴蜀的形势，提了五点建议。鲁肃听了非常佩服，赞扬吕蒙见识非凡，认为吕蒙已是一个文武双全的人才。鲁肃走到吕蒙跟前，拍拍吕蒙的后背说："真是聪明一世，糊涂一时，吕兄进展如斯，我还蒙在鼓里，先前总以为你只有勇武，不想，听君一席话，茅塞顿开，原来吕兄也是满腹经纶之人，可笑愚弟走了眼。"

吕蒙一笑说："士别三日，理当另眼相看，况且你我之别，远非三日，如何知我有多大变化，今日一叙，老弟你可不能再用老眼光来看我了。"打那以后，鲁肃与吕蒙成了好朋友。不久他又接替鲁肃统率东吴的军队，成为一代名将。

新兵下连队不久，部队掀起了"尊干爱兵"教育热潮，部队领导要求每个战士都要写心得体会，没想到我写的一篇散文被连队干部表扬，并在广播上进行了广播，当自己的文稿被播音员从高音喇叭里传出后，我心里别提有多高兴了。从那以后，我对写作产生了浓厚兴趣。

军营尽管很注重提高官兵的文化知识，但部队毕竟是一个尚武的地方，连队比较缺乏写作方面的人才。分下连队没几个月，连队干部知道我喜欢写作后，就让我参加部队里举行的新闻写作培训班，并将我从战斗班排调到连部，让我当文书兼军械员。

此后，我一有时间就学写身边的好人好事和新鲜事迹，有部分稿件还被地方报纸和军报采用。记得我的第一篇新闻稿件的题目叫做《军嫂剪军报》。那是我们连长已怀有身孕的妻子来部队探亲，由于训练太忙，连长没有时间陪伴嫂子，嫂子只好与军报为伴，每天看报纸打发时间，并将报纸上的带兵经验和一些军人训练的防护常识剪下来给连长作参考，我知道后觉得这是一个比较新鲜的事儿，于是利用训练之余将这篇新闻稿件写了出来，没想到很快就被南京军区机关报《人民前线报》刊登了。

第一次在报纸上发表文章，我兴奋得一连看了好几遍，虽然这篇文章只有"火柴盒"那么大，连标题加起来才有二百多个字，但我像看了一部精彩小说一样，怎么读也读不厌。此后，我对新闻写作产生了浓厚的兴趣，经常利用训练或工作之余采写部队的好人好事，或用手中的笔抒写自己的情感。在一次由长征出版社和《军旅青春文库》编委会在全军举行的以《展军旅风采，唱时代主旋》征文大赛中，我的散文《国防绿情思》顺利入选。

部队里的领导见我所写的新闻报道和散文不断见诸于各大报端，就派了一名新闻干事到连队了解我的情况，问我想不想到机关当新闻报道员。那时，由于缺乏新闻方面的人才，机关里的新闻报道组一直处于无人状态，这次得知连队出了一个"人才"，所以想调我到新闻报道组工作。

其实，部队领导要把我调到新闻报道组工作，这背后还有一个让我难以忘怀的故事。

那是一个炎热的中午，宣传股的徐干事打电话给我，说《解放军报》有位记者到我们部队采访，问我有没有稿子，如果有的话就让他帮推荐推荐，说这是一次难得的机会，让我好好把握。于是，我利用午休时间把过去一些没有发表的稿件整理起来，吃过晚饭后便匆匆地往机关里赶，结果那位记者不在。我就在机关大楼门外徘徊着等待，哨兵见我等得太晚了就对我说："很晚了，明天再来吧。"但我决定等下去。

到了晚上 8 点多，那位记者回来了，我这才快步迎了上去，并把那些已被汗水渗透而有些湿润的文稿交给了那位记者，这位记者看了看我的文稿后并没有对稿件提出什么意见，而是问我"连队到机关有多远？"我说"有三四里路吧"。他听成了 30 里路，很感动地说："这么远，又这么晚了，明天再回吧。"我说，"连队不让战士在外过夜的"。

后来，徐干事告诉我："你走后，那记者一直很感动，说看到你就像看到当年自己在基层的影子，并推荐你到机关当新闻报道员。"

随后，部队领导就派人到连队了解我的情况，要求把我调到机关去，营里的领导得知后非常高兴，也很支持，说我是该营有史以来出的"文人"，营领导决定，待我去机关报到那天，全营官兵要以最隆重的方式欢送我。

艰苦环境是人生的磨刀石

在人生的旅途中，每个人都要面对许多选择，有时在不轻易间，有时在苦思冥想后。有的选择是痛苦的，有的又是那么的幸福和快乐。我觉得，无论是哪一种选择，我们都应该正确对待，虚心学习，找准定位，这样才能更好地实现自身的价值。

一天晚饭后，连队指导员特地找我谈心，征求我愿不愿意去机关工作的问题。

指导员是从地方考进军校的，江苏本地人，是我们连队唯一的本科生，他在机关当了几年干事后才分到连队里。他个子不高，人长得有些瘦小，但为人很大方，是个很开朗的人。他下到连队后，知道我爱写点东西，而且训练各方面不错，就一把将我从战斗班排调到连部当文书。

文书的职责是制作连队花名册、保管连队人事档案、收发和起草有关文件、传送每天的岗哨口令、参加连务会议记录、写大大小小的汇报材料、出连队板报、保管登记日常使用的枪支弹药、组织各战斗班排定时擦拭日常的枪支、干部不在时临时在连部值班等……

文书是一个连队的门面和窗口，要求处事能力、工作水平高，干什么事要利索，不能拖泥带水。说白了，文书在某些方面代表着一个连队，要对连队的情况了如指掌，像军政实力情况，上级领导检查，都能随时知道连队有多少人在位，什么人在干什么等等。

连部配有一个通讯员，通讯员平时接受文书的领导，主要是送取文件、分发报纸信件、打扫连部卫生、协助文书工作等杂事。

还没当文书时，以为文书挺清闲的，又在连队干部身边，非常羡慕，但自己干起来时就有些力不从心了，工作繁杂不说，而且质量要求非常高，连队干部不在时，还得向上级检查部门汇报日常工作，有时还得兼顾连干部的私事。

我跟指导员很"哥们"，有事没事时彼此都会聊上几句，无论是家事、私事，都很聊得来。而且，我们之间都有很多共同点，他喜欢写作，特别是一些评论文章写得很有自己的见解，在写作上，我曾得到过他不少的指点。

记得他刚调到我们连队不久，我就跟他经历了一次不同寻常的"并肩作战"。

那是一个夏天的晚上，窗外繁星点点，月亮很害羞地躲到了树梢后，倾泄的月光洒在朦胧的树叶上，营区除了调皮的风儿来回晃动外，营房就显得非常的寂静。

大概10点多钟左右，我突然听到指导员喊道："文书、文书，你快过来！"他的宿舍离我住的连部只一墙之隔，哪怕是风吹草动我都听得一清二楚。我以为出了什么事，连忙一个鹞子翻身从床上蹦了起来，顾不得穿上外衣直奔他的房间。此时，指导员的房间还亮着灯，而且门还洞开着，他上穿一件白色背心，下穿一条草绿色的军用短裤，手中拿着一个扫帚，一个人呈格斗式站在墙角边。我被他这个滑稽动作搞笑了："哈哈，指导员，这么晚了你还在练武啊？"

"快、快，床下有两只老鼠，刚才我睡觉时竟跑到我床上偷情来了，它奶奶的，开着门让它们出去都不肯，你过来帮忙收拾它！"

"是不是你影响人家谈恋爱了呢？"

"你别开玩笑了，它会咬人的，你也没穿衣服（其实我也是只穿背心和军用短裤），得找个武器啊？"

"指导员，就这些老鼠，难道你要我去枪库取两把枪来不行？"我笑道。

"嘿嘿，你个鸟兵，牛叉轰轰的，抓不到老鼠小心我放你到战斗班去！"

"没问题！"我猫下腰作好了抓老鼠的准备。

指导员的宿舍不大，放了一张床和一张办公桌就占据了一大半。我往他床下看了一眼，没发现有老鼠，只有他的皮箱和一些鞋子。指导员用扫帚捅了捅床下的皮箱，突然，一只拳头大的老鼠"呼"地从床下窜出来，我想一脚踩过去，可能是它们在军营呆的时间太长了，每天看到我们战士摸爬滚打的，也学会了一些"格斗术"，老鼠不但不害怕，而且在距离我不到两米的地与敌接近过程中动作要轻、快，不能发出声响，以免被对方察觉。在距敌约1米左右时，迅速跨步向前近至敌后，右脚在前，左脚在后，两手分开，呈合抱之势，接着猛抓敌踝关节，将敌两腿抬至腰际后猛掷于地，而后可快速跃起骑敌腰锁其喉，将对手制伏。

训练和实战不同，训练中在捕敌时都尽可能抓敌膝关节，不能过快，以防止将假设敌摔伤。同时假设敌也要增强保护意识，在被对方捕俘时一定要使用所学倒功技能中之前倒，按动作要领落地，不能全身着地，否则必伤无疑。

"实战时，要讲究一招制敌，战场上不是你死就是我亡，因此，决不能心慈手软。"教员说，抱敌腿时一定要抓敌踝关节，两手用力猛劲向下扔，以将其摔成重伤。在实战的过程中，要求捕俘手动作快速、准确凶狠，一招制敌。敌倒地后不是动作的结束，要迅即做下一个连续动作即锁敌喉颈，令其无还手余地。

在训练体前抱腿摔动作时难度较大，因为捕俘手的动作是在假设敌的注视下进行的，所以面临的危险很大。这就要求在做动作时一定要以快取胜，否则可能功亏一篑。

训练中，假设敌与捕俘手呈格斗势对立，假设敌先以右直拳向捕俘手面部击打，捕俘手左手呈掌向下格压敌拳，右手展开呈抱敌状。在格压成功之后，捕俘手右脚向前上步，身体向下俯，两手合抱敌双腿。训练时要尽可能抱住敌大腿，之后腰部用力将敌抱起。假设敌要在被对手抱住腿时，双臂张开向后展，以后倒动作要领使背部接地，免得摔伤自己。

侧面绊腿摔动作讲究突然快速，否则极易被对手识破。侧面进攻具有一定的优势，那就是敌人反击的可能性不大。只要捕俘手能够对敌做出第一个扳肩的动作，就已经成功了一半。因此，做侧面绊腿摔的动作，千万不能拖泥带水，要求一击必杀！

格斗中，捕俘手突然跨步快速进至敌前，两手同时扳住敌双肩。在这个过程中一定找好敌我之间最佳距离，不能过近或过远。第一步成功之后，应立即抬右腿至敌背后，用力向下向后猛磕敌右后脚跟，此时我胯顶敌胯，两手向后向左用力，将其摔倒。训练时为避免受伤，我两手要合力抓住敌双肩，防止其倒地摔伤。在敌倒地后，我迅速跃起骑敌腰部，左手卡敌喉，右手摆拳击敌太阳穴。

　　实战中，我两手与腿的配合要更加密切。猛力向后向自己身体一侧将对手摔倒，快速果断，动作要求连续而实用。可采用贴身靠打的方法，令对手没有反击的可能。捕俘手在实战中一定要根据现场情况以变应变。

　　在格斗训练中，教导队采取的是精神和身体素质训练、无负重身体训练、负重身体训练、拉练、在真实的环境中训练，同时还要传授拳掌实用技巧、肘关节实用技巧、膝关节实用技巧、特殊攻击实用技巧、挣脱擒锁、摆脱团伙攻击、硬气功等等。

　　格斗训练是各国特种部队训练的主要项目之一，其训练特点是简单、实用、科学，强调因人而异，注意自己的长处，使用一切可以使用的手段，以达到高效速成。

　　在将近1个月的时间里，队员们每天都在训练擒拿格斗要领，有的队员被摔得全身伤痕累累，吃饭时连手拿筷子都很困难。

　　教导队平时的伙食很差，但我们又不敢提，一天中午，刚刚训练归来的队员们正在排房里休息，一名队员对当天的伙食非常不满，他在排房里发了牢骚说："伙食这么差，训练又这么苦，真的不把我们当人了！"没想到他的话刚好被路过的大队长听到，大队长指着他说："我就不把你当人，怎么啦？"然后转身离去，我们愣在了那里，知道大事不好了。果不其然，不到30秒，全大队紧急集合，又一个10公里武装越野。

　　从此以后，队员们对伙食尽管都有满腹牢骚，但没有一个敢说的。有一次早饭炊事班没掌握好，馒头做得又酸又硬，吃完早饭笼里还剩了大概四五个馒头，队长一看就说："哟！还剩这么多馒头，说明训练强度不够啊……"本来上午安排理论学习的，先来个10公里武装奔袭后再回来学习……以后无论早中晚，只要吃完饭，笼里保证是干干净净的。

　　3个月后，我以优异的成绩从预提班长培训班结业，并被评为"优秀学员"。离开教导队时，队员们像解放了一样，个个兴奋得欢呼雀跃。

怀念我的老班长

　　铁打的营盘流水的兵，军队历来就是一条奔腾不息的河流，社会才是真正的一望无际的海洋。海纳百川，河流终究要流归于大海。自然界是这样，军队亦是如此，官兵最初来之于民，最后还是归之于民。

从教导队回到连队第一个星期，老兵退伍工作就开始了，那天，在欢送老兵退伍的仪式上，我的班长、一个叫朱强的山东兵泪眼婆娑地紧紧拥抱着我说："你是好样的，相信你能混出个样子来。"

我知道班长是抱着入党、转志愿兵（现在叫士官）的梦想来部队的，但最终他这两个愿望都没有实现，他很委屈，觉得对不起家乡父老的期盼。

他走的那天，胸前的大红花将他黝黑的脸蛋映衬得通红，我没有什么东西送给他作留念，只在他的留言簿上写着："心想事成"几个字，希望他回到地方后，能有所作为，实现自己的梦想。

从新兵连分下连队后，我分到了他所在的五班。刚开始，发现班长是一位很严肃的人，但在交往中却发现他恰恰相反，他的心地很善良，为人也很义气，只是脾气坏了一点。他特别欣赏我的军事技能，也常常给我"开小灶"，对我不熟悉的训练动作进行单独教练，我非常感谢他。有一次，为了提高我四百米障碍的速度，他在独木桥上进行示范时，由于我没有给他做好保护，而且他也没有按训练要求做好训练前的热身运动，他在跳越独木桥时不慎摔了下来，把右脚的腿部摔伤了，近一个月走不了路，这让我很内疚。

记得每次部队开展训练大比武，他都将我推向最前锋，而每次我都能取得好的成绩，让他特别高兴和自豪。班长喜欢抽烟，每次他没有烟抽的时候，就叫我偷偷翻过部队的围墙到外面的小卖部里买。一次，在我翻过围墙到外面帮他买烟时，被纠察兵看到了，我拿着刚买到的香烟连忙折过身就跑。

"站住，你往哪里跑？"两个纠察兵见我撒腿就跑，连忙提着警棍朝我狂奔而来，在返回原路的围墙时，我一个蹬脚，然后借助弹力一跃便翻过了近两米高的围墙，但两个纠察兵却没有我这么好的身手，见没能抓住我，他们在墙脚下骂骂咧咧后就走了。回到连队后，我把被纠察兵追赶的事跟班长说了，他拍拍我的肩膀笑着说："真是好样的，不愧是我的兵。"

要知道，在部队因违反条令条例被纠察兵抓到，那可不是一件光彩的事，他先把你带到部队禁闭室里，然后要你学习条令条例，等你把条令条例背熟了再叫连队的干部来领，搞得不好还在全部队通报，就像小偷偷东西被警察当众抓到一样，很没有面子。

　　我刚下连队时曾被纠察兵抓过，这让我记忆犹新，而且教训深刻。那是一个星期六的上午，我与本连队的一个战友到市里买东西，入伍后的第一次上街，我们两人一路上非常高兴，有说有笑的，没想到刚进入市区，有四个纠察兵就将我们带走了，当时，我们的请假条、部队出入证等各种证件样样齐全，但不知道是怎么一回事还是被他们抓走了。在纠察队里，纠察兵说我们走路不符合要求，而且说头发也长了，他们不但将我们刚剪的头发剃得像狗啃一般，而且还要我们背条令条例、练三大步伐，折腾了一个上午，我们连东西都没能买到，后来还叫我们的指导员来领我们回去，真是够丢脸的了。当我当上老兵后，才知道这是纠察兵欺负新兵的常用招法，我真想好好揍他们一顿！

　　此后的一个星期六，班长在连队里与老乡聚会，我发现他老乡里其中一个就是那天抓我们的纠察班班长，我把这件事告诉了班长，班长知道后当场指责了他："明明知道是我的兵，你还抓了他，太不给我面子了吧？"说得那位纠察班长很是尴尬，最后他们的这次聚会搞得不欢而散。事后，班长教导我说，下次遇见纠察兵过来纠察，能跑就跑，不能跑也要跑。哈哈，从那次后，我就牢记了班长的话，以后再也没被纠察兵抓过了。

　　我们连队有一个老兵名叫李辉，他是广东梅州人，跟我班长朱强是同一年兵，尽管他与我不是一个班排，但他和我的关系非常好，可我不知道为什么，我们班长与他关系却非常糟糕，有一天晚上，他们俩人竟在连队里上演了一出"全武行"，最后班长将李辉的鼻梁骨打骨折了，班长当即被部队关了禁闭，享受了"五个一"（一张草席用来睡觉，一块砖头用来枕头，一个马桶用来方便，一个扫把用来打扫卫生，一张报纸用来学习。）的待遇，而李辉也被连夜送往医院治疗。

　　当天晚上发生的事情我并不知情，因为我去站岗了，下一班岗是我们班长的，但时间到后，来接岗的并不是他，而是我的副班长，我就觉得有点奇怪，后来才听说班长出事了。

　　我的班长文化不高，写作水平更不行，那时因打架被关了禁闭后，部队要求他写出深刻的检查，他不知道从何写起，后来还是我帮他代劳了。在公开处理的军人大会上，班长将我代他写的那份检查拿了出来，然后面对着全体官兵的面，一字一顿地念了出来。后来，部队领导说他写的检查很"深刻"，可以网开一面，但班长最后还是被部队记了一次记大过处分，还差点被撤了班长的职务。

　　与班长一同上台作检查的还有另外一个连队的两个老兵，这两个老兵偷偷翻围墙到外面的饭馆吃饭时，发现四个歹徒在持刀抢劫，这两个老兵看到后，就赤膊上阵与他们搏斗。不到几分钟，四名歹徒全部被两个老兵擒获，并将他们交给了公安机关。事情本来就此了结，没想到此事竟被当地媒体作了《四歹徒光天化日持刀抢劫　两军人赤手空拳将其擒获》的报道。随后，公安机关也把请功书送到了部队，结果这两位老兵见义勇为的事情终于"事发"。部队首长在军人大会上首先肯定了他们的见义勇为的行为，而后也批评了这两个老兵："幸好你们把歹徒抓到了，如果抓不到或者给军人丢脸，给我们这支特种部队出丑，部队党委将狠狠地处理你们。"尽管这是见义勇为的行为，但因为这两位老兵是翻围墙不假外出，部队党委最后只给这两位老兵予以通报表彰。

　　半个月后，李辉从医院里出来了，每当休息时间，我都见他拿着一面小镜子，在连队门口偷偷地照自己的鼻子，每次见到他，我都不知道该跟他说些什么好，总觉得心里非常内疚，好像打他的人是我一样。

　　不久，班长和李辉都退伍了。走时，李辉还给我留下了一本笔记本，他在笔记本的首页上写道："鹏飞，唯有进取，追求至高的人生境界，才是美好的人生起步，希望你在今后的军营生活中，充分发挥自己的聪明才智，克服缺点，在不断完善中，从而获得成功。"

　　李辉知道我喜欢看书写作，在部队里又没有什么钱，他退伍返回家乡后，曾给我寄过几笔钱，希望我用这些钱多买些书，我照办了。后来，我写了几封信给他，他给我回了两次信后再也没有了他的消息，退伍返乡后，我也经多方打听，但都无法联系上他，不知他过得怎么样，我一直惦记着。每当空闲的时候，我总会哼着那首《我的老班长》之歌，怀念着与他们一同走过的短暂的军旅岁月。

我的班排我的兵

　　部队的生活节奏就像钟表一样，片刻都不得停留。老兵退伍后，又到了新兵入伍的时候。作为一名从预提班长教导队磨练出来的战士，我自然地走上了带兵的岗位，由于军事素质过硬，随后，我被部队指派到新兵连担任代理排长兼新兵班长，开始了传道授业的道路。

班长是新战士的第一任老师，是军中的兵头将尾。部队有一句话说得很好："有什么样的班长，就有什么样的兵。""兵孬孬一个，将熊熊一窝。"像当初班长对我们一样，我在带兵的工作中，力求做到关怀、严厉并重，在生活上给予无微不至的关心，在训练中要毫不留情地严格要求。

新兵班长的工作是辛苦的，新战士刚来到部队，什么都不懂，一切都从头开始，平时除了训练和谈心外，晚上还得查铺查哨，帮助他们掖衣盖被，像父母对待自己的子女一样，样样都要操心、样样都要细心。

部队有规定，新入伍的战士所带来的大量钱财必须交连队干部保管，更不得私自使用手机和BP机。在我的排里有一个姓吴的上海籍新战士，父母开有一家公司，家里有几千万的财产，家庭条件非常优越，入伍前这个新战士有自己的轿车、别墅，父母送他来部队是想让他多锻炼身体、多吃吃苦，摒弃社会上那种吃喝玩乐的不良习性，退伍回去后好接替父母的位置。

在他来到部队的第一天，我在检查他的密码箱时，发现他携带着近万元现金和手机、BP机、高档相机、银行卡等大量贵重财物，这让我大为吃惊。这在当时，能拥有一部BP机已是很时髦了，他却连手机什么都拥有，俨然一个大老板的模样。我连忙将这个情况向连队干部作了汇报，由连队干部将这些财物进行妥善保管。

在生活中，这个战士对待战友非常的"哥们"和大方，当别人遇到什么经济困难时，他动辄就是"没问题，包在我身上。"的确，他说到也做得到。有一次，一个新战友家中发生火灾，部队掀起了捐款的热潮，这个战士就要求连队干部把他从家里带来的1万元钱全部捐上，他说："反正在部队钱派不上用场，何不做一些善事。"后来，部队领导觉得捐款的数额太大了，没有同意他的请求。

然而，在训练场上，这个战士就没有那么"大方"了，尽管他也很积极，但身体和吃苦方面却很差，特别是五公里越野跑，他没跑几步就跟不上队伍了，而且还闹出了不少的笑话。一次，部队在组织五公里越野跑时，他跑了不到几分钟后就气喘吁吁喊不行了，然后像一摊泥一样瘫软在地上，死活不起来，并求我放开他，我将他拉了起来，他却一边跟着慢跑，一边对我说：

"排长，我给你200元钱，这次就不跑了行吗？下次还是200元！"

"奶奶的，你这个熊兵，竟在革命队伍里行贿来了。"我觉得又可气又可笑，狠狠地批了他一顿后，就连拉带拖地让他完成了训练。

经过几个月的磨练，这个战士终于有了脱胎换骨般的变化。新兵分下连队后，他分到了我们的连队。就在他下到连队不几天，有一次站岗时，他又给连队闹出了一则"爆炸性的新闻"来。

那是一个夏天的晚上，天黑麻麻的，我们连队担负着部队一个油料库的站岗值勤任务，这个油料库离连队有300多米远，当天晚上是小吴入伍后第一次站岗。在还没接岗之前，连队干部已多次强调要加强对油料库的警卫，不得丝毫放松警惕，并对刚分下连队的新兵们进行站岗前模拟训练。小吴接岗后，兴奋地握着那支钢枪，笔直地站在哨位上，他为自己已经成为一名真正的革命军人而感到非常激动和自豪，警惕性也非常的高，他不断地观察着周边的环境，心想，如果有不法分子出现，他一定会使出自己练就的本领，将不法分子消灭掉。

夜，伸手不见五指，只有天空那几颗星星眨着孤单的眼睛，在那遥远的夜空一闪一闪的。小吴看了看表，离下哨时间还有半个小时，这时他感到有点尿急，就到旁边的乱石堆里准备方便。突然，他发现哨位100米外的警戒线上出现一个鬼鬼祟祟的黑影，这个黑影不断地向前移动着。

"深更半夜的，是部队首长查岗还是不法分子？"小吴想到部队前段时间通报某部战士站岗时，被不法分子欲抢夺枪支的事，他开始紧张了起来，心想："这个会不会也是？"

"站住，口令！"小吴顾不上方便，立即对黑影喊道。

"5"对方发出微弱的声音。小吴发现对方的口令不对，再一次向对方喊道："口令！"对方又慢悠悠地答道："5——5！"。声音还是那么的微小，而且身影一直向目标靠近。小吴发现两次口令都是错的，知道不是部队领导查哨，他更紧张了，忙拉动枪栓，然后将手中的枪瞄向黑影。

"站住，再往前走我就开枪了！"小吴向黑影发出了最后的警告，但这个黑影好像没听到似的，依然以刚才的速度在向前替进。此时，黑影已超过了警戒线10来米，由于太紧张，小吴根本没有想到要打电话向连队报告，他连忙勾动扳机，"哒哒……"

后来，当全连官兵跑到哨位时，在一堆草丛中发现一头大约有二百多斤丑，这是中国人的格言，也是做人的准则。人不能把昨日酸楚的家庭生活从中剪去，它是今天和昨天一面镜子的对照。也是一个人如何改变过去、创造事业、严肃对待人生的重要一环。

今日你踏上军营征途，在人生前程底片上摄下风采的画面，是命运的惠赐还是偶然的契机，你当把握好这一航标，莫让它匆匆掠过。岁月的风云刚好在你额上镌上十九个春秋，是每个有志男儿奋斗、拼搏、走上成功的大好良机，时不待人也！勿以我和那些无关紧要的事远虑！

你们津贴不多，这没关系，我也从未问过这些。但纵观历史，奢望享乐的人都没有建树的。天将降大任于斯人，必将饿其身体、劳其筋骨、磨其心志，也许，这就是上级的有意安排。自古迄今，成功的人大多都是从困难中走出，你们有吃有穿，不算艰苦困难。其实，军人也应该是艰苦的典范，否则，他将成为少爷兵，不堪一击了！

1998 年 10 月，部队进行了体制编制改革，我所在的部队进行了大调整，入伍四年的我面临退伍的选择。在何去何从和茫然不知所措的时候，父亲写信安慰我说："其实，一个人的命运不是一根原先拉直的绳索，任你随意往来驰骋的。它是一条看不清的链子，到处都有绻曲的环节和死结，总让你难以拉直和解开。数学有公式可套，而命运之绳就无概念可解了。一个人要干成事业，不知要经过多少坎坷磨难，有时甚至丧魂落魄。要得少遭不测，就必须时刻掌握好命运之绳，平心静气，始终朝着光明磊落的目标以独特而异乎寻常的本事体现自身价值，开拓生活、创造宏图，你说对吗？我曾在二十多年前的一次大难中写了一律自慰，记得其中二句是"自古英雄穷半世，从来大器晚时成"。现在想来颇感浪漫或豪迈。其实那些成就功名的人也的确如此。在还没离开部队之前，你安心地搞好你的工作吧，君子之身可大可小，丈夫之志能屈能伸。人不经过"五味"不知人生的意义和生活的真谛。"

父亲对我说，人生的事业是不会能算就成功的，它上靠天意，中靠运气，下靠人志，三者失一不可。他举例说，韩信好运未到时，有人推荐给项羽作谋士，却被项羽赶出军门。尔后，又有人荐给刘邦，同样被刘邦奚落而不重用，最后老谋士萧何知韩信有才能再荐给刘邦，无奈刘只给韩当一个约连长之类的官，韩信一气之下乘月夜出走，萧何怜其才追回来，故有萧何月夜追韩信的典故。父亲告诫我说，人生的路要一步一步地走，凡事不能意想天开，一步登天的人是没有的。邓小平曾说过王洪文："你是坐直升飞机来京的，我们是穿草鞋一步一步地走来。"像那样的人，不是纷纷失蹄落马吗？所以，一个人遇事要冷静些，不能急躁，你是一个文武双全的人更要冷静面对其变……。

　　四年的军旅生活，在父亲一路的支持、鼓励、帮助和"陪伴"下，我取得了优异的成绩。我知道，荣誉的得来，除了自己的努力外，都离不开父亲那片良苦用心和那一只只飞自病房里的封封平安家书。应该说，军功章里有我的一半，也有父亲的一半。

第四章 我在广州当保镖

英雄救美

在一些影视片中，保镖的形象往往是外表凶悍、喜欢打打杀杀的亡命之徒。其实在今天的广州和一些大都市里，保镖多是一些既擅长擒拿格斗，又知法守法且颇有人情味的"白领绅士"。

1998年12月底的一个傍晚，广州躁热的空气仍没有全部散去，繁华的街道在霓虹灯的照耀下显得更加炫目。此时，一身国防绿迷彩服的我正徘徊在广州火车站大门前，焦急地等待前来接应我的战友——江强。

江强是广东梅州人，跟我是同年兵，人长得高大而帅气，在新兵连的时候我们分在同一个班，他睡上铺我睡下铺，我们两人好得情同手足。入伍前，江强曾在武术队里呆过几年，新兵分下连队后他去了侦察营。经过部队三年的锻炼，江强的身手更是今非昔比。

1997年退伍后，江强来到广州帮一老板当司机兼保镖，月收入相当丰厚，那时我还在部队里，江强经常打电话或给我来信，谈论他当保镖的潇洒生活，让我非常羡慕。1998年冬，江强知道我退伍后，力邀我去广州发展。他告诉我说，他老总最近生意比较忙，想找几个身体素质好一点的退伍军人过去做保镖，江强物色了几个，总觉得不是很合适，最后想到了我。在江强的盛情邀请下，刚退伍回家还没找到工作的我，便踏上了开往广州的列车。

广州，这座让我仰慕已久的城市，曾无数次地出现在我年少的脑海里，是我多年梦寐以求和向往的地方，当初，由于自己的疏忽，最终与这座美丽的城市擦肩而过，让我悲伤了很久。如今，我终于能重新投入他宽厚的怀抱，当时的心情是多么的兴奋啊，我不断地用自己的双眼，像摄像机一样将这座繁华的都市一点一滴地拍摄了下来……

正当我在车站门口浏览这座美丽城市的街景时，江强终于开着一辆黑色的本田车出现了。与他一起来接我的，还有一位青年小伙子。这个小伙子身穿夹克、年龄和身高与我相仿，从他敏锐的目光和走路的步调可以看出，他是一位非常机灵的年轻人。这位小伙子的出现，让我觉得他身上有许多与众不同的地方，这让我多瞄了他两眼。

"抓小偷啊！"就在江强准备给我提行李的刹那，车站拥挤的人流里突然有人大声喊道，我们不约而同地抬头望去，此时，只见一个身穿黑色衣服的高挑青年手中拽着一个小包从人群中飞奔而出，正朝人流中跑去，后面有两个保安紧追不舍。不容置疑，这个"黑衣"青年就是小偷了，嫉恶如仇的我放下提包就要冲上去，却被江强拉住了。"朱晓寒，你上。"江强拍了拍与他同来的那名小伙子。

"是"，小伙子应声后转身跃起，三步并作两步从人流中穿梭而过，就在他距离"黑衣"男子两三米左右时，小伙子突然腾空而起，然后旋风般抬腿朝"黑衣"后脑扫去。随着"唉哟"的嚎叫声，"黑衣"男子被踹出3米开外，手中的小包也随声落地。小伙子此时并不就此罢手，又一招饿虎扑食扑向"黑衣"，锁喉、折臂，动作快如利刃斩乱麻——干净利落。在场的人群无不为他高超的身手大声叫好，纷纷围过来观看。随后，他将小偷交给前来抓捕的两名保安员后，这才朝我们走来。

"身手不错啊！"目睹这一切的江强和我都赞叹道。"哪里、哪里，现丑了。"他谦虚地答道。

江强介绍说，他叫朱晓寒，贵州人，也是一名退伍兵，他是从"岭南特警队"出来的，也是今天下午才赶到。呵呵，原来也是部队这个大熔炉里出来的啊，怪不得身手如此敏捷，我心里禁不住暗自高兴。共同的军旅生活和经历，一下就缩短了我们之间的距离。

江强与我一年不见，他变得差点让我辨认不出了，一身西装革履的他显得更加成熟和风流倜傥，举手投足间无不显露出他固有的绅士风度。他将我的行李箱放到车尾箱后，车子呼地冲上车流如织的快车道。

"大家都饿啦，先找个地方吃个便饭吧！"说着，江强开着车子将我们带到了一家粤菜酒楼。

"从现在开始，咱们就是一个战壕里的战友了，大家以后要互相关照。"饭桌上，江强有说不完的话，不断地向我们介绍工作纪律和注意的事项，什么不该问的不要问啊、不该懂的不要懂啊等等。

江强对我们说："保镖的任务说穿了就是填补'110'服务的空白。无论遇到多大的麻烦，只要你能快速报警，然后设法控制住局面，再坚持那么几分钟等警察赶到现场，一切自然迎刃而解了！"细细品味，这话说得的确有学问。别看现在广州、深圳有那么多的私人保镖，其实这些西装革履的绅士大多熟悉法律，他们既不会做老板的"鹰犬"去杀人越货，也不会在履行职责中做出"防卫过当"之类的蠢事。说穿了，保镖不可没有，但真正遇到了大麻烦还得靠警察！

最后，江强才告诉我们，这个老板姓陈，香港人，他在香港有自己的公司，在广州主要是从事古玩生意的。江强最后给我们作了工作安排，在工作中由江强当司机，我和朱晓寒主要是保护老板的安全，也就是俗称的贴身保镖。

吃过晚饭后，江强将我和朱晓寒带到位于市区的一个住宅小区里，老板在这里给我们租了一个配套齐全的三房两厅的居室，里面彩电、音响、健身器一应俱全。

舒舒服服地睡了一晚后，第二天早上，江强就将我和朱晓寒引见给了陈老板。陈老板是一位45岁左右的中年人，人长得肥头大耳，矮墩墩的像一堵墙，他脖子上挂着一串金光闪闪的金项链，一口浓重的广东口音常常让江强给我们当翻译。江强向陈老板简单地介绍我和朱晓寒的一些情况后，他看着我们满意地点了点头说："特种部队的兵给我当保镖，我陈某真是三生有幸啊！"

陈老板没有跟我们住在同一个小区，而是住在另一个别墅区里，他每天有事的话就给我们打电话，没事就叫我们在家里休息。

时间一天天地过去，转眼就过了一个月，日子在相安无事中度过。在这些日子里，我们每天的工作除了跟陈老板外出谈古玩生意和应酬外，其余时间就在家里休息或锻炼身体，工作并不觉得劳累。

江强为了排解我们生活上的沉闷，没事时他总带我们到毗邻的一家名叫"一品香"的茶楼里去坐坐，聊聊我们在一起的军旅生涯、对未来的设想。在

第3章　Photoshop CS4的基础操作　　48

第 4 章 选区的创建和编辑 74

第 5 章 调整图像的明暗及色彩 102

第6章 图像的绘制及修饰 133

第 **7** 章   图层的高级应用   **162**

第 **8** 章   通道和蒙版   **189**

第 9 章　3D图像的制作　221

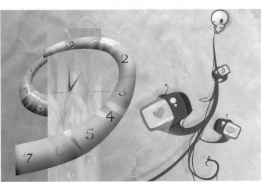

PART 2 Illustrator CS4矢量图形绘制

第 12 章 基本的绘图操作

第13章　图形的填充和描边　353

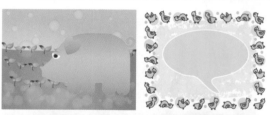

第14章　图形的高级处理　381

PART 3   InDesign CS4专业排版

第 15 章   掌握InDesign CS4的基本操作   411

第 16 章   设置文本、段落和样式   425

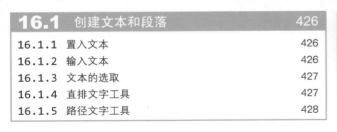

第17章　在InDesign CS4中进行排版　461

第 18 章　书籍排版的创建和管理　　494

Part 4 软件协作应用实例

PART 0
行业知识及软件概况

Adobe Photoshop CS4

Photoshop是一款功能强大的图像处理软件，它的应用领域也十分广泛。最新版本的Photoshop CS4对操作界面做了更改，使操作更加便捷，此外，还新增3D工具、旋转工具、智能缩放功能、旋转视图功能、"调整"和"蒙版"面板等，为用户带来了全新的体验。

Adobe Illustrator CS4

Illustrator是一款专业的矢量绘图软件，集矢量图形制作、图文排版、高品质输出与打印为一体。最新版本的Illustrator CS4操作界面也做了很大更改，新增的多个画板允许通过一个文件管理整个项目。此外，高级路径控件和图形样式实现了直观的矢量绘制。

Adobe Indesign CS4

Indesign为印刷和数字出版设计专业版面，集强大的电子排版功能和多种图像处理功能于一身，适用于编辑各种出版物。最新版本的Indesign CS4实时印前检查功能查找和修复制作错误的速度比先前版本提高了一倍，并以更加简洁和舒适的界面为用户提供了更完善的操作环境。

第1章
认识Adobe CS4 Design系列

本书将介绍Adobe CS4 Design系列中的Photoshop CS4、Illustrator CS4和InDesign CS4这3个软件，它们各有其特点，应用在不同领域，相互之间也可以结合应用，以完成设计者的设计需要。第1章就将介绍在学习Adobe CS4 Design系列软件前需要了解的相关知识以及各软件的基本情况等。

『 1.1 』 需要了解的知识

在学习**Adobe CS4 Design**系列中的**Photoshop CS4**、**Illustrator CS4**和**InDesign CS4**这3个软件前，需要了解一些相关的基本知识，包括位图和矢量图的认知、图像分辨率、颜色模式、文件格式、制版工艺、印刷及装订等，这里就对这些知识做详细介绍。

1.1.1 位图和矢量图

在计算机中，各种信息都是以数字方式记录、处理和保存的，同样，图像在计算机中也是以数字的方式存在的。下面就具体介绍计算机图形的两大类——位图和矢量图的概念。

1. 位图

位图图像也叫做点阵图、栅格图像或像素图，简单地说，就是最小单位由像素构成的图。这些点可以进行不同的排列和染色以构成图像。当放大位图时，可以看见用以构成整个图像的无数单个方块（即像素）。对位图图像放大到一定程度时，就会出现锯齿一样的边缘。

扩大位图尺寸的效果是增多单个像素，从而使线条和形状显得参差不齐。但从稍远的位置观看，位图图像的颜色和形状又似乎是连续的。缩小位图尺寸也会使原图像变形，因为此举是通过减少像素来使整个图像变小的。

下面两幅图中，左图展示的是一幅原始位图图像，右图为放大的图像局部，可以看到，图像出现了像锯齿一样的效果。

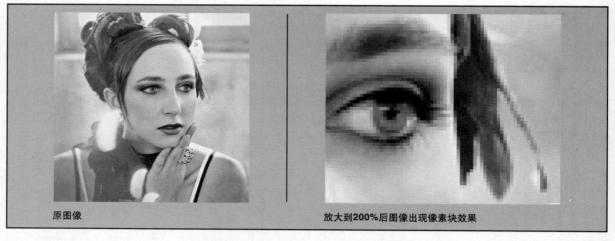

原图像   放大到200%后图像出现像素块效果

位图图像中像素的多少决定了图像的显示质量和文件大小，单位面积的位图图像包含的像素越多，则分辨率越高，显示越清晰，文件所占用的空间也就越大；反之，图像就越模糊，所占空间也越小。

位图图像的特点是色彩变化丰富，在编辑时，可以改变任何形状区域的色彩显示效果，相应地，要实现的效果越复杂，则需要的像素数越多。

位图图像通常用在Photoshop软件中，也可以将位图图像导入到Illustrator软件后再应用。

2. 矢量图

矢量图使用直线和曲线来描述图形，这些图形的元素是一些点、线、矩形、多边形、圆、弧线等，它们都是通过数学公式计算获得的。矢量文件中的图形元素称为对象。每个对象都是一个自成一体的实体，它具有颜色、形状、轮廓、大小、屏幕位置等属性。既然每个对象都是一个自成一体的实体，那么就可以在维持它原有清晰度和弯曲度的同时，多次移动和改变它的属性，而不会影响图例中的其他对象。对矢量图进行任意缩放时，图形对象保持原有的清晰度。

下面两图中左图展示的为原矢量图形，中图展示的为选择其中的图形对象，可看到它是由一条条的路径组成的，右图显示放大的图像局部，可看到图像仍然保持清晰的效果。

原图像   由路径线条构成图形   放大到300%仍保持清晰效果

矢量图与位图的最大区别是它不受分辨率的影响，因此在印刷时，可以任意放大或缩小图形而不会影响出图的清晰度，即可以无限放大。

矢量图形的特点是放大后图像不会失真，和分辨率无关，文件占用空间较小，适用于图形设计、文字设计以及一些标志设计、版式设计等。

矢量图形通常是在Illustrator软件中进行编辑，也可以在InDesign中绘制矢量图形。在Photoshop中可导入矢量格式的图形，通过智能对象还可以打开Illustrator，对导入的图形进行编辑。

3. 位图与矢量图之间的转换

矢量图可以很容易地转化成位图，但是位图转化为矢量图却不简单，往往需要比较复杂的运算和手工调节。

将矢量图转换成位图，可在Illustrator中通过"栅格化"命令，将绘制的图形快速地转换为位图。

选择需要转换的所有矢量对象   设置栅格选项   将矢量图栅格化为位图图像

通过Illustrator中的"实时描摹"功能可以将位图图像转换为路径组成的矢量图。

『1.3』 Photoshop、Illustrator和InDesign概述

可以说，**Photoshop**、**Illustrator**、**InDesign**这3个软件是平面设计的主流软件，可满足不同的设计需要。这里就来介绍这3个软件的区别和特性以及它们之间如何进行相互协助。

1.3.1 Photoshop、Illustrator和InDesign的区别和特性

Adobe公司推出的Photoshop、Illustrator、InDesign这3个软件都有其强大的功能，对从事平面设计的人员来说，学习这3个软件是非常必要的。下面就来介绍这3个软件各自的特性以及它们之间的区别，让读者对这3个软件有详细的了解。

1. 区别

Photoshop是由Adobe公司开发的图形处理系列软件之一，主要应用于图像处理、广告设计中的一个电脑软件。图像处理是对已有的位图图像进行编辑加工处理以及运用一些特殊效果，其重点在于对图像的处理加工。

Illustrator是出版、多媒体和在线图像的工业标准矢量插画软件，它以其强大的功能和体贴用户的界面占据了全球矢量编辑软件中的大部分份额。它属于图形创作软件，就是按照自己的构思创意，使用矢量图形来设计图形。

InDesign是一个定位于专业排版领域的全新软件，虽然出道较晚，但在功能上反而更加完美与成熟。通过该软件，可以把已处理好的文字、图像图形安排得赏心悦目，以达到突出主题的目的。

2. 特性

Photoshop从功能上看，可分为图像编辑、图像合成、校色调色及特效制作部分。

图像编辑是图像处理的基础，可以对图像做各种变换，如放大、缩小、旋转、倾斜、镜像、透视等，也可进行复制、去除斑点、修补、修饰图像的残损等操作。

图像合成是将几幅图像通过图层操作与工具应用合成完整的、传达明确意义的图像。Photoshop提供的绘图工具让外来图像与创意很好地融合，使图像的合成天衣无缝。

校色是Photoshop中深具威力的功能之一，可方便快捷地对图像的颜色进行明暗、色偏的调整和校正，也可在不同颜色之间进行切换，以满足图像在不同领域，如网页设计、印刷、多媒体等方面的应用。

特效制作在Photoshop中主要由滤镜、通道及工具综合应用完成，包括图像的特效创意和特效字的制作，如油画、浮雕、石膏画、素描等常用的传统美术技巧都可由Photoshop特效完成。

Photoshop应用领域很广泛，可应用到平面设计、修复照片、广告摄影、影像创意、艺术文字、网页制作、建筑效果图后期修饰、绘画、绘制或处理三维贴图、婚纱照片设计、视觉创意、图标制作等。

影像创意

特效合成

Illustrator中使用"即时色彩"探索、套用和控制颜色变化，"即时色彩"可选取任意图片，并以互动的方式编辑颜色，且能立即看到结果。使用"色彩参考"面板可以快速选择色调、色相或调和色彩组合。

使用绘图工具能快速和流畅地在Illustrator中绘图，以更容易、更有弹性的方式选取锚点，进行图形的更改；实时描摹功能可将位图图像处理成矢量图形；将对象分成一组进行编辑，不干扰图稿的其他部分；轻松选取难以寻找的物件，而不必重新堆叠、锁定或隐藏图层。

Illustrator以其强大的功能，应用于生产印刷出版线稿的设计、专业插画、生产多媒体图像、互联网页或在线内容的制作等方面。

招贴设计　　　　　　　　　　　　　　　　　　　　　　　　插画设计

InDesign是一个全新的，宣告针对艺术排版的程序，提供给图像设计师、产品包装师和印前专家使用。InDesign内含数百个提升到新层次的特性，涵盖创意、精度等当今的诸多排版软件所不具备的特性。例如：光学边缘对齐、高分辨率EPS和PDF显示、分层主页面、多级Redo和Undo、可扩展的多页支持、缩放范围可以从5%到4000%。

除了具有强大的文字排版功能，InDesign还具有许多绘画、绘图软件的特性和自己独特的功能，大大方便了用户。例如，可对图像进行羽化、阴影和透明，省去了要到Photoshop中才能实现的步骤；可使用贝塞尔（Bezier）工具和自由笔进行直接绘图；在调色板中可随心所欲地拖动CMYK控制条来得到你想要的颜色；"恢复"功能，能自动恢复由于系统出现意外故障的情况下最近一次的操作，这样大大减少了意外造成的损失。

网页排版　　　　　　　　　　　　　杂志内页排版

1.3.2　Photoshop、Illustrator和InDesign的相互协助

同为Adobe公司的设计软件，Photoshop、Illustrator和InDesign之间有着很好的相互协助关系，3个软件之间有很好的互通性，在设计中可结合其中两个或3个软件一起来完成作品。

Photoshop和InDesign的关系是非常密切的。在接口设计上，InDesign几乎和Photoshop完全相同，原来惯用Photoshop的用户，只要经过简单的培训，了解当中的差异和特性，就可以轻易上手。例如下面左边展示的图可通过Photoshop 与Illustrator的结合来制作、右边的图可通过Illustrator与InDesign结合达到效果。

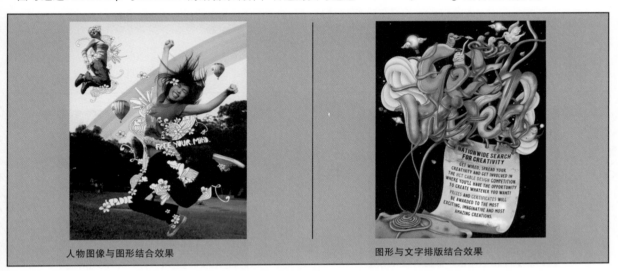

人物图像与图形结合效果　　　　　　　　　　　　图形与文字排版结合效果

InDesign、Photoshop和Illustrator的紧密整合令这些软件得以更深入地拓展和充分发挥各自的优势。在InDesign中，不但可以调入其他软件来修改所处理的图像，置入图像也会显示最新的制作状态，更重要的是，3个软件共享了核心处理技术，这些核心技术确保工作流程更为顺畅，制作效果也得到了保证，不会在调入完成图档后出现印刷和显示的问题。

下面展示的图像就是通过运用3个软件各自的特点结合制作而成。

3个软件结合制作的效果

PART 1 Ps

Photoshop CS4图像处理

Adobe Photoshop

Adobe 公司开发的Photoshop是一款主要用于图像处理的软件，它提供了最专业、最全面的图像处理功能，通过简单的操作即可实现专业的效果，深受广大用户的喜爱。

Photoshop软件的应用领域非常广泛，包括平面广告设计、插画制作、网页设计、数码照片处理以及三维作品后期的贴图等。

Photoshop CS4

最新版本的Photoshop CS4，对操作界面作了全新的更改，使操作更加简捷；新增3D工具和3D面板，还能直接对3D图形进行贴图、调整灯光等编辑；此外还增加了智能缩放功能、旋转视图功能、调整面板、蒙版面板等，使Photoshop软件的功能更加完善，为用户提供了更加强大的图像处理软件。

第2章
概述Photoshop CS4

Photoshop软件是一个专业的图像处理软件，Photoshop CS4是Adobe公司推出的新版本，它支持多种图像格式、颜色模式、多图层处理等。Photoshop CS4在原有版本的基础上新增了更多的功能，为设计者们提供了更多的方便。

『 2.1 』 Photoshop CS4的安装与退出

在运用**Photoshop**进行图像处理前，需要对**Photoshop CS4**进行安装，了解整个安装过程中需要注意的一些问题以及操作方法。本节将具体介绍**Photoshop CS4**的安装与退出。

2.1.1 启动Photoshop CS4

在了解了Photoshop CS4的各项功能后，就需要启动Photoshop CS4，并开始学习如何利用Photoshop CS4编辑图像。启动Photoshop CS4有3种不同的操作方法，具体操作如下。

方法	方法	方法
① Photoshop CS4安装完成后，双击Photoshop CS4图标，即可启动Photoshop CS4，启动界面如下图所示。	② 单击桌面左下角的"开始"按钮，打开"开始"菜单，单击Photoshop CS4图标，如下图所示。	③ 双击用Photoshop CS4制作的图像文件，同样可以打开Photoshop CS4，如下图所示。

相关知识 **安装知识**

Photoshop CS4与之前的版本相比，具有更强大的图像处理功能，所以在配置要求上也会有所提高。在安装Photoshop CS4时，内存应在1GB以上，否则可能造成一些功能无法使用。

2.1.2 退出Photoshop CS4　　　　　　　　　　快捷操作 退出 Ctrl+Q

在完成图像的编辑后，就需要退出Photoshop CS4。同样地，退出Photoshop CS4也有多种方法，其中，键盘快捷键为Ctrl+Q。下面介绍两种常用的退出Photoshop CS4的方法，具体操作如下。

方法	方法
① 在工作界面的菜单栏中执行"文件"｜"退出"菜单命令，即可退出Photoshop CS4，如下页左图所示。	② 单击工作界面右上角的"关闭"按钮 ×，即可退出Photoshop CS4，如下页右图所示。

STEP 07 释放鼠标后，"图层"面板所在的面板组中就新增了"历史记录"面板，效果如下图所示。

STEP 09 执行关闭命令后，则原来在图像窗口右侧显示的"颜色"面板被删除，如下图所示。

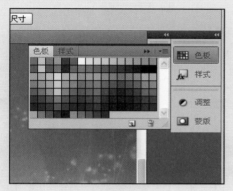

STEP 11 将"图层"面板组移动至窗口右侧，执行"窗口"|"工作区"|"存储工作区"菜单命令，如下图所示。

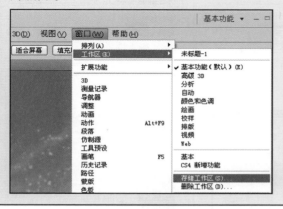

STEP 08 选择"颜色"面板图标，显示该面板，然后右击面板标签，在弹出的快捷菜单中选择"关闭"命令，如下图所示。

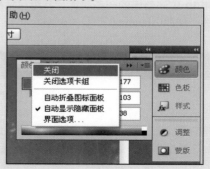

STEP 10 使用同样的方法将"颜色"面板和"色板"面板关闭，效果如下图所示。

STEP 12 在弹出的"存储工作区"对话框中输入工作区名，单击"存储"按钮存储工作区，如下图所示。

相关知识　还原默认工作区

如果需要将工作区恢复到默认状态时，则执行"窗口"|"工作区"|"基本功能（默认）"菜单命令，即可将当前所设置的工作区恢复到启动 Photoshop CS4 时的状态。

『 2.3 』 Photoshop CS4的新功能

在认识了**Photoshop CS4**全新的工作界面后，下一步就是要了解**Photoshop CS4**新增的一些功能，其中包括新增的操作面板、工具等。下面就具体介绍**Photoshop CS4**的新增功能。

2.3.1 新增面板的介绍

"调整"和"蒙版"面板是Photoshop CS4新增加的两个面板。使用"调整"面板可以更加方便地对调整图层进行创建、编辑等操作。在"调整"面板中，主要通过应用预设的调整，在图像中创建调整图层调整图像。"蒙版"面板主要用于对创建的蒙版进行编辑，而且只有当在图像或某个图层中创建了蒙版后，面板中的各选项才可用。在"蒙版"面板中，主要通过"浓度"、"羽化"和"调整"这3个选项来完成对选择蒙版的编辑。这两个面板的具体应用如下。

STEP 01 打开本书配套光盘中的"素材\Chapter02\01.jpg"文件，显示如下图所示"调整"面板。

STEP 02 在"调整"面板中单击"色阶"按钮，切换至色阶参数面板中，如下图所示。

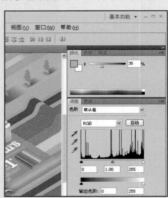

STEP 03 单击并向右拖曳色阶图下方的滑块，如下图所示。

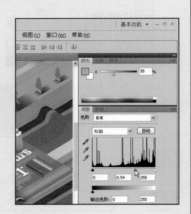

STEP 04 此时，图像将运用调整后的效果，并在"图层"面板上创建调整图层，如下图所示。

STEP 05 合并所有图层，并将其拖动至"创建新图层"按钮上，复制一个副本图层，如下图所示。

STEP 06 切换至"蒙版"面板，如下图所示。

STEP 07 在"蒙版"面板上单击"新建像素蒙版"按钮，激活蒙版选项，如下图所示。

STEP 08 在"蒙版"的参数面板上将"浓度"设置为48%，"羽化"设置为9px，如下图所示。

STEP 09 再运用"渐变工具"，在图像窗口中从上往下拖曳，在蒙版上绘制渐变效果，如下图所示。

相关知识 详解"调整"面板和"蒙版"面板

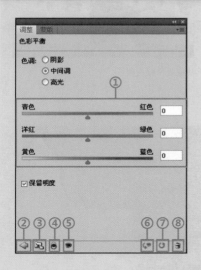

① **调整选项设置：** 用于设置所选择调整命令的参数设置。

② **"返回到调整列表"按钮：** 单击此按钮，将调整选项面板返回到调整列表。

③ **"将面板切换到标准视图"按钮：** 单击此按钮，将面板切换到标准视图。

④ **"此调整剪切到此图层"按钮：** 单击此按钮可将调整图层剪切，影响到下一图层。

⑤ **"切换图层可视性"按钮：** 显示或隐藏调整图层。

⑥ **"查看状态"按钮：** 单击此按钮可查看上一状态。

⑦ **"复位到调整默认值"按钮：** 将所设置的参数恢复到默认值。

⑧ **"删除此调整图层"按钮：** 删除当前所创建的调整图层。

应用"调整"面板可以任意对调整图层中的参数进行设置，同时还能再编辑调整参数，制作出丰富多彩的图像效果，如下图所示。

原图

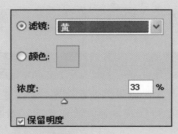

在面板中设置参数

调整图像

① **"选择像素蒙版"按钮**：单击该按钮，可在图像上创建图层蒙版。
② **"创建剪贴蒙版"按钮**：单击该按钮，可在图像上创建剪贴蒙版。
③ **浓度**：设置蒙版的颜色浓度，设置的值越大，图像的颜色就越深。
④ **羽化**：设置蒙版的羽化值，值越大，图像边缘越模糊。
⑤ **"蒙版边缘"按钮**：单击此按钮，可弹出"调整蒙版"对话框，在对话框内对蒙版的参数进行设置。
⑥ **"颜色范围"按钮**：单击该按钮，可弹出"色彩范围"对话框，在对话框中可以对蒙版内的图像进行色彩范围的设置。
⑦ **"反相"按钮**：单击"反相"按钮，可对蒙版内的对象进行反相操作。

⑧ **"从蒙版中载入选区"按钮**：单击该按钮，可将蒙版中的对象载入到选区内。

原图　　　　　　　　　　添加蒙版效果　　　　　　　　从蒙版中载入选区

⑨ **"应用蒙版"按钮**：单击该按钮，将应用所设置的蒙版效果。
⑩ **"停用/启用蒙版"按钮**：单击该按钮，可显示/隐藏蒙版效果。

原图像　　　　　　　　单击"启用/停用蒙版"按钮　　停用蒙版效果

⑪ **"删除蒙版"按钮**：单击"删除蒙版"按钮，可删除所创建的蒙版。

2.3.2　细腻的照片处理

在照片拍摄完成后，为了增加照片的整体效果，还需要对照片进行修整和处理。Photoshop在数码照片的处理上，可以对各种不同格式的数码照片进行细腻的处理，如增强自然饱和度、增强景深等，来表现出不同的效果。具体操作如下。

STEP 01 执行"文件"|"打开"命令,打开随书附带光盘中的"素材\Chapter02\02.jpg"文件,打开图像如下图所示。

STEP 02 复制"背景"图层,并将"背景副本"图层的混合模式设置为"滤色","不透明度"设置为90%,提高亮度,如下图所示。

STEP 03 执行"图像"|"调整"|"自然饱和度"菜单命令,在弹出的"自然饱和度"对话框中设置参数,增强自然饱和度,如下图所示。

STEP 04 选择"快速选择工具",在人物图像上创建选区,如下图所示。

STEP 05 执行"选择"|"修改"|"羽化"菜单命令,在弹出的"羽化选区"对话框中设置参数,羽化选区,如下图所示。

STEP 06 按快捷键Ctrl+Shift+N,对选区内的图像进行反选,如下图所示。

相关知识 照片色调的处理

在数码照片的处理上,Photoshop可以对照片进行色调的修复,同时也可对照片进行各种艺术效果的制作。同一张数码照片运用不同的色彩和色调后,可以表现出不同的视觉效果。同时,在掌握好色调所能表现出的意境后,可以更有利于在Photoshop中对数码照片进行特效处理。

原色调

调整后的色调

针对不同用户的面板显示

在最初启动Photoshop CS4时，其右侧的面板是以默认的"基本功能"方式来显示，且显示出来的面板也相对较多，如"颜色"、"色板"、"图层"、"通道"等，它们都是针对大多数用户的基础操作显示面板。而Photoshop CS4除了这种面板显示方式外，还可以选择其他的面板显示方式。更改面板显示时，只需要在快速选项栏上单击"基本功能"按钮，然后在其出现的下拉列表中任意选择其中一种面板显示方式即可。

默认方式的面板显示   面板显示列表框

在面板显示"基本功能"列表框中罗列出了多种不同的面板显示方式。每个面板显示方式所针对的用户也各不相同，如"高级3D方式"显示"调整"面板则是针对处理3D图像的用户，如下左图所示，而"绘图"方式显示针对在图像中绘制各种图形的用户，如下右图所示。

"高级3D"面板显示方式   "绘图"面板显示方式

PART 1 Ps
Photoshop CS4图像处理

Adobe Photoshop

Adobe 公司开发的Photoshop是一款主要用于图像处理的软件，它提供了最专业、最全面的图像处理功能，通过简单的操作即可实现专业的效果，深受广大用户的喜爱。

Photoshop软件的应用领域非常广泛，包括平面广告设计、插画制作、网页设计、数码照片处理以及三维作品后期的贴图等。

Photoshop CS4

最新版本的Photoshop CS4，对操作界面作了全新的更改，使操作更加简捷，新增3D工具和3D面板，还能直接对3D图形进行贴图、调整灯光等编辑；此外还增加了智能缩放功能、旋转视图功能、调整面板、蒙版面板等，使Photoshop软件的功能更加完善，为用户提供了更加强大的图像处理软件。

第3章
Photoshop CS4的基础操作

通过第2章的学习，相信读者对Photoshop CS4已有了初步的了解，本章将详细介绍Photoshop CS4的基础操作。本章主要内容包括文件的操作、图像和图层的基本操作等，并通过实例进阶巩固所学操作。通过本章的学习，您能够对Photoshop CS4软件有更深的了解。

『 3.1 』 文件的操作

文件的操作在Photoshop中是一个重要的环节，包括新建文件和将编辑后的文件进行存储。下面介绍如何新建图像文件，以及Photoshop中用于存储文件的多种图像格式。

3.1.1 新建图像文件　　　　快捷操作 新建文件 Ctrl+N

运行Photoshop CS4后，执行"文件"|"新建"菜单命令，或按快捷键Ctrl+N，然后在弹出的"新建"对话框中设置新建文件的名称、大小、颜色模式等。具体操作如下。

STEP 01 执行"文件"|"新建"菜单命令，即可弹出"新建"对话框，在对话框中设置需要的参数，如下图所示。

STEP 02 完成后单击"确定"按钮，即可创建一个新文件，新建文件窗口如下图所示。

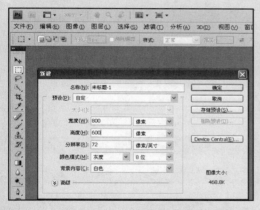 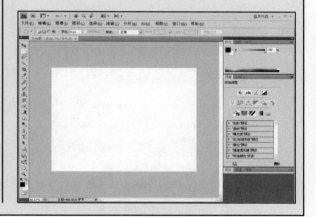

相关知识　了解"新建"对话框中各选项

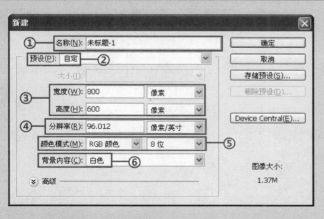

① **"名称"文本框**：用于设置文件名称。

② **"预设"下拉列表**：在"预设"下拉列表中提供了几种常用的文件大小，可直接应用。

③ **"宽度/高度"文本框**：设置新建文件的宽度和高度，并通过下拉列表选择需要的单位。

④ **"分辨率"文本框**：设置图像的分辨率。

⑤ **"颜色模式"下拉列表**：选择新建文件的颜色模式，包括"位图"、RGB、CMYK模式等。
⑥ **"背景内容"下拉列表**：选择新建文件的背景颜色。

3.1.2　存储文件　　　　　　　　　　　　　快捷操作 存储文件 Ctrl+S

　　在新建图像中进行编辑后，可对其进行保存，以便查看或再次进行编辑。在Photoshop CS4中执行"文件"|"存储"菜单命令，或按快捷键Ctrl+S，在弹出的"存储"对话框中可以对图像的存储位置、名称、文件格式等进行设置。在Photoshop中存储文件有多种方法，下面进行详细介绍。

方法

①　执行"文件"|"存储"菜单命令，在弹出的"存储为"对话框中设置参数，然后单击"保存"按钮后，就可把文件保存到目标文件夹中。

方法

②　执行"文件"|"存储为Web和设备所用格式"菜单命令，在弹出的对话框中设置相关参数，即可进行保存。

方法

③　如果图像文件没有保存过，那么直接对其进行关闭时，会弹出一个提示对话框，如果需要保存该文件，则单击"是"按钮，即会弹出"存储为"对话框，用于对文件进行保存。

相关知识　存储文件常用的格式

1. Photoshop文件格式

PSD：这是保存在Photoshop中操作的图像时所使用的文件格式，可以保存所有的图层或Photoshop功能的应用信息。

2. 用于因特网的文件格式

JPEG：这是为了缩小文件图像容量，将图像压缩后保存的文件格式，有利于网络传输，它是Internet上常用的一种图像文件格式，其缺点是会降低图像的画质。

GIF：GIF格式是输出图像到网页时最常采用的格式。GIF采用LZW压缩，限定在256色以内的色彩。如果使用GIF格式，就必须转换成索引色模式，使色彩数目转为256或更少。

3. 用于印刷的文件格式

EPS：这是一种专用的印刷格式，将文件格式设置为EPS，印刷出来的图像与原图像非常接近，并且还提供印刷时对特定区域进行透明处理的功能。

相关知识 同时选择多个图层

在"图层"面板中，当需要对多个图层进行选择时，就需要键盘与鼠标的结合运用。

（1）按住Shift键，在"图层"面板中单击不同的图层，即可将这两个图层之间所有的图层选中。

（2）按住Ctrl键，可同时加选不同的图层。

按住Shift键连续选择图层　　　按住Ctrl键任意加选图层

3.4.3 图层的复制和删除

在对图层的操作中，复制图层是常会用到的，常用的方法是将需要复制的图层直接拖移到"创建新图层"按钮上，即可复制该图层。当不需要图像中的某些图层时，可以对其进行删除，具体操作如下。

STEP 01 执行"文件"|"打开"命令，打开随书配套光盘中的"素材\Chapter03\12.psd"文件，打开图像如下图所示。

STEP 02 在"图层"面板中，单击"图层1"并向下拖移到"创建新图层"按钮上，如下图所示。

STEP 03 释放鼠标后，即复制了一个名为"图层1副本"的图层，如下图所示。

STEP 04 用同样的方法对复制的"图层1副本"图层再进行复制，会得到一个"图层1副本2"图层，如下图所示。

STEP 05 在图像窗口中用"移动工具"单击并拖移，即可将复制的图层图像进行移动，效果如下图所示。

STEP 06 单击"图层1副本"图层并将其拖移到"删除图层"按钮上，即可将该图层删除，如下图所示。

相关知识 删除图层的方法

　　将要删除的图层拖动到"删除图层"按钮后，就可直接删除图层；也可先选择需要删除的图层，然后单击"删除图层"按钮，就会弹出一个询问是否删除图层的对话框，单击"是"按钮即可进行删除。

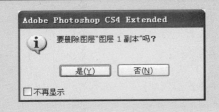

3.4.4　图层的排列

　　在Photoshop中，图像就是由以一定顺序叠放在一起的多个图层组成，因此图层的排列顺序决定了图像的最终效果，在设计过程中常会调整图层的排列顺序，以达到满意的效果。通过"图层"菜单中的"排列"命令，可以通过4种不同的方式来调整图层的排列顺序，也可直接在"图层"面板中通过拖移调整图层顺序，具体操作如下。

STEP 01 执行"文件"|"打开"命令，打开随书配套光盘中的"素材\Chapter03\13.psd"文件，打开图像如下图所示。

STEP 02 调出"图层"面板，在面板中选中"图层5"，如下图所示。

STEP 03 还可通过"选择工具"来选择图层，单击"选择工具"，在打开图像的刷子上右击，然后在弹出的快捷菜单中单击"图层5"选项，即可选中该图层，如下图所示。

STEP 04 对选中的"图层5"中的刷子图像执行"图层"|"排列"|"后移一层"菜单命令，如下图所示。

STEP 05 执行命令后在图像中可看到，"图层5"向下移动了一个图层，刷子图像移动到照片的下方，效果如下图所示。

STEP 06 在"图层"面板中单击"图层3"，选中该图层图像，如下图所示。

STEP 07 单击"图层3"并按住鼠标左键向下拖移到"图层2"与"图层1"之间，直至两个图层的交界线变粗，如下图所示。

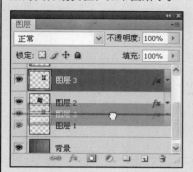

STEP 08 释放鼠标后，可看到"图层3"即被调整到"图层2"的下方，如下图所示。

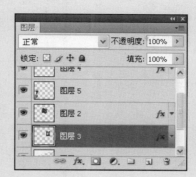

STEP 09 在图像中也可看到，原本"图层3"中的图像被"图层2"中的部分图像遮盖，效果如下图所示。

相关知识 排列命令的快捷键

在"排列"命令菜单中，有4个用于调整图层排列顺序的命令，每个命令都配有相应的快捷键，以方便操作，排列命令的快捷键如右图所示。

置为顶层 (F)	Shift+Ctrl+]
前移一层 (W)	Ctrl+]
后移一层 (K)	Ctrl+[
置为底层 (B)	Shift+Ctrl+[
反向 (R)	

3.4.5 新建填充图层

执行"图层"|"新建填充图层"菜单命令，在弹出的子菜单中可选择3个填充图层命令，"纯色"、"渐变"和"图案"，可分别创建一个纯色、渐变或图案的新图层，具体操作如下。

STEP 01 执行"文件"|"打开"命令，打开随书配套光盘中的"素材\Chapter03\14.psd"文件，打开图像如下图所示。

STEP 02 打开图像后，执行"图层"|"新建填充图层"|"图案"菜单命令，如下图所示。

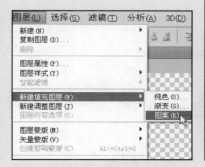

STEP 03 执行命令后，弹出"新建图层"对话框，在"名称"文本框中可设置新建图层的名称，这里为默认的"图案填充1"，单击"确定"按钮，如下图所示。

STEP 04 确认"新建图层"后，即弹出"图案填充"对话框，用于设置新建填充图层的图案，如下图所示。

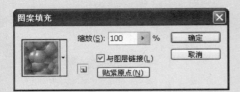

STEP 05 在对话框中单击图案预览框后面的下三角按钮，即弹出"图案"拾色器，接着单击拾色器右上角的扩展按钮，在弹出的扩展菜单中单击"自然图案"选项，如右图所示。

STEP 06 选择命令后，即弹出一个提示对话框，单击"追加"按钮，将"自然图案"添加到"图案"拾色器中，即显示自然图案，单击"草"图案，如下图所示。

STEP 07 选择图案后，在"图案预览框"内可看到选择的图案效果，然后设置"缩放"为200%，如下图所示，最后单击"确定"按钮，关闭对话框。

STEP 08 设置完成后，在图像窗口中可看到设置的草图案效果，如下图所示。在"图层"面板中可看到已新建了一个"图案填充1"图层。

STEP 09 按快捷键Ctrl+[，或直接在"图层"面板中将"图案填充1"图层向下拖移，后移一个图层，如下图所示。

STEP 10 在图像窗口中可看到，"图层0"中的小狗图像显示出来，如下图所示。

STEP 11 再次执行"图层"|"新建填充图层"|"纯色"菜单命令，如下图所示。

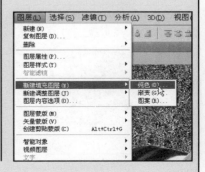

『 4.1 』 设置规则的选区

在创建选区的工具中最基础的就是规则选框工具，它主要用来创建矩形、圆形、单行或单列这样的规则形状选区。规则选区工具位于工具箱的第一个工具，单击选择后，在图像上进行简单的拖动即可创建规则形状的选区。

4.1.1 矩形选框工具　　　　　　　　　　快捷操作 矩形选框工具 M

在工具箱中单击"矩形选框工具"图标或按快捷键M后，在图像中通过选区的拖移即可绘制出矩形或方形的选区，具体方法如下。

STEP 01 执行"文件"|"打开"命令，打开随书配套光盘中的"素材\Chapter04\01.jpg"文件，打开的图像如下图所示。

STEP 02 单击"矩形选框工具"，然后在图像中的左上方单击并向下方拖移，到适当位置释放鼠标，即可创建一个矩形选区，如下图所示。

STEP 03 绘制选区后，按快捷键Ctrl+Shift+I反选选区，将刚才未选择的区域创建为选区，选区效果如下图所示。

STEP 04 对选区内的图像执行"图像"|"调整"|"去色"菜单命令，如下图所示。

STEP 05 执行命令后，可看到选区内的图像颜色被去除，成为黑白效果，如下图所示。

STEP 06 按快捷键Ctrl+D即可取消选区，完成效果如下图所示。

相关知识 了解矩形选框工具选项栏

单击"矩形选框工具"后，在选项栏中即会显示矩形选框工具相应的设置选项，可在创建选区前进行必要的设置，使选区创建更加方便和准确。选项栏中的各选项如下图所示。

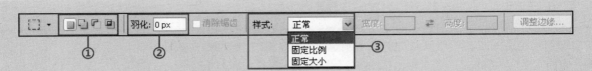

① **选取方式**：用于在图像中已经绘制选区的情况下，可以通过选取方式中的按钮进行添加或减去选区。选择"新选区"按钮 时，可以用"矩形选框工具"在图像中创建新的矩形选区；选择"添加到选区"按钮 时，可将后建立的选区与原选区相加；选择"从选区中减去"按钮 时，可在原选区中减去新选区；选择"与选区交叉"按钮 时，可保留新选区和原选区的相交部分。

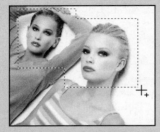  

"添加到选区"光标带有加号　　　　　"从选区中减去"光标带有减号　　　　　"与选区交叉"光标为叉

② **羽化**：该选项通过建立选区和选区周围像素之间的转换来模糊边缘，可通过在文本框中输入羽化值来控制羽化范围。

③ **样式**：该选项用于设置选区的形状，在其下拉列表中有3个选项。

"正常"选项为系统默认形状，以鼠标的拖动轨迹指定矩形选区，可以创建不同大小的选区；

"固定长宽比"选项可设置选区的宽度和高度之间的比例；

"固定大小"选项用于固定选区的大小，可在文本框中输入数值来创建固定的矩形选区。

4.1.2 椭圆选框工具

椭圆选框工具 可以在图像或图层中创建圆形或椭圆形选区，在工具箱中选择"椭圆选框工具"，然后在图像中拖动鼠标即可创建椭圆选区，具体操作如下。

STEP 01 执行"文件"｜"打开"命令，打开随书配套光盘中的"素材\Chapter04\02.jpg"文件，打开图像如下图所示。

STEP 02 单击"椭圆选框工具"，在其选项栏中设置"羽化"参数为20px，然后在图像中大的花朵上单击并拖动绘制一个椭圆选区，选区效果如下图所示。

STEP 03 在"图层"面板中单击"创建新图层"按钮，新建一个"图层1"，新建图层效果如下图所示。

STEP 04 按快捷键Ctrl+Delete为选区填充背景色白色，填充后可看到选区边缘羽化后变得柔和，效果如下图所示。

STEP 05 在"图层"面板中设置"图层1"的图层混合模式为"叠加"、"填充"为75%，如下图所示。

STEP 06 按快捷键Ctrl+D取消选区，可看到选区内的图像经过设置后，背景图像中的花朵变亮，效果如下图所示。

4.1.3 单行选框工具

使用"单行选框工具" 可以在图像上创建一条1像素宽的横线选区。在工具箱中单击"单行选框工具"按钮，然后在图像中需要的行上单击即可创建单行选区。

STEP 01 执行"文件"|"打开"命令，打开随书配套光盘中的"素材\Chapter04\03.jpg"文件，打开图像如下图所示。

STEP 02 按快捷键Ctrl+R，在图像窗口中显示标尺，标尺显示效果如下图所示。

STEP 03 选择"单行选框工具"，在选项栏中单击"添加到选区"按钮，然后在左边标尺3厘米的位置处单击创建一个单行选区。

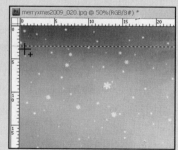

STEP 04 继续使用"单行选框工具"在每隔3厘米的位置处单击，创建多个单行选区，如下图所示。

STEP 05 单击"矩形选框工具"，并选择"与选区交叉"按钮，然后在图像中左边空白区域单击创建一个矩形选区，如下图所示。

STEP 06 释放鼠标后，在图像窗口中即可看到矩形选框工具框选之外的选区被删除，选区效果如下图所示。

STEP 07 执行"选择"|"修改"|"扩展"菜单命令，如下图所示，对选区进行扩展。

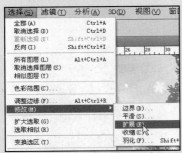

STEP 08 在弹出的"扩展选区"对话框中设置"扩展量"为2像素，如下图所示。

STEP 09 单击"确定"按钮后，在图像窗口中即可看到选区被扩展了两个像素，效果如下图所示。

STEP 10 在"图层"面板中单击"创建新图层"按钮，新建一个"图层1"，如下图所示。

STEP 11 按快捷键Alt+Delete，为选区填充前景色黑色，并按快捷键Ctrl+D，取消选区，选区填充效果如下图所示。

STEP 12 将"图层1"的图层混合模式设置为"柔光"，则在图像窗口中即可看到黑色线条与图像融合，效果如下图所示。

4.1.4 单列选框工具

利用"单列选框工具" 可以在图像中创建出一个1像素宽的竖线区域，使用方法与"单行选框工具"相同，在需要单列选区的位置上单击即可。

STEP 01 执行"文件"|"打开"命令，打开随书配套光盘中的"素材\Chapter04\04.jpg"文件，打开图像如下图所示。

STEP 02 单击"单列选框工具"，并在选项栏中单击"添加到选区"按钮，然后在图像中的适当位置单击，即可创建单列的选区，如下图所示。

STEP 09 确认关闭对话框后，在图像窗口中即可看到绿色区域被创建为选区，选区效果如下图所示。

STEP 10 对选区内的图像执行"图像"|"调整"|"色相/饱和度"菜单命令，如下图所示。

STEP 11 在弹出的"色相/饱和度"对话框中设置"色相"参数为-148，如下图所示，然后单击"确定"按钮。

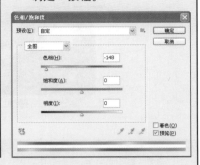

STEP 12 设置"色相/饱和度"命令后，按快捷键Ctrl+D取消选区，可在图像中看到选区内的绿色被更改为紫色，效果如下图所示。

STEP 13 调整图像色彩后，可根据需要在图像上下黑色区域内输入需要的文字，图像完成后的效果如下图所示。

相关知识 了解"色彩范围"对话框

① **选择**：单击该选项的下三角按钮，在弹出的下拉列表中可以选择需要的色彩，包括"红色"、"黄色"、"绿色"、"蓝色"、"取样颜色"等，选择取样颜色后，会以吸管的形式出现，可用"吸管工具"在图像中需要选取的颜色范围内单击进行取样。

② **颜色容差**：该选项只有在"取样颜色"模式下才可用，它可以柔化选区边缘，主要是在选定的颜色范围内再次调整，参数越大，选择的相似颜色越多，选区就越大；参数越小，选区也会同样变小。

③ **预览框**：显示选择色彩范围区域预览效果。

④ **查看方式**：用于设置查看选区的方式，主要是通过原图像的颜色来表现预览画面。在"选择范围"方式中可以蒙版的方式查看选区，可直接看到选区的范围；"图像"用以查看原图像效果。

⑤ **吸管工具**：这里的吸管工具有三个，分别为"吸管工具"、"添加到取样"工具和"从取样中减去"工具，使用这些工具可以添加或减去需要的颜色范围。

⑥ **反相**：勾选此复选框后，可将选区与蒙版区域互换。它比较适用于图像选区内颜色复杂的对象，可以通过先选取简单的背景颜色区域，然后勾选"反相"复选框，即可选中背景区域以外的对象。

4.4.2　修改选区

执行"选择"|"修改"命令，在弹出的子菜单中可选择多种修改命令，可对选区进行平滑、扩展、收缩等修改以满足操作的需要。具体操作如下。

STEP 01　执行"文件"|"打开"命令，打开随书配套光盘中的"素材\Chapter04\15.jpg"文件，打开图像如下图所示。

STEP 04　在弹出的"平滑选区"对话框中设置"取样半径"参数为30像素，如下图所示。

STEP 02　单击"矩形选框工具"，在图像中拖移绘制一个矩形选区，选区效果如下图所示。

STEP 05　单击"确定"按钮后，在图像窗口中即可看到矩形的选区边缘变得平滑，如下图所示。

STEP 03　对绘制的选区执行"选择"|"修改"|"平滑"菜单命令，如下图所示。

STEP 06　继续对选区执行"选择"|"修改"|"边界"菜单命令，如下图所示。

STEP 07 在弹出的"边界选区"对话框中设置"宽度"为20像素,如下图所示。

STEP 08 单击"确定"按钮后,可看到选区被调整为宽20像素的边界效果,如下图所示。

STEP 09 按快捷键Ctrl+Delete,为图像选区填充背景色白色,并取消选区,填充效果如下图所示。

相关知识 了解"修改"命令

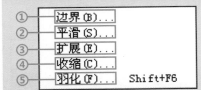

① 边界(B)...
② 平滑(S)...
③ 扩展(E)...
④ 收缩(C)...
⑤ 羽化(F)... Shift+F6

① **边界:** "边界"命令用于设置选区的边界,执行此命令后,在弹出的"边界选区"对话框中可设置边界的宽度。

② **平滑:** "平滑"命令可对选区的边缘进行平滑,使选区边缘变得更柔和。

③ **扩展:** 通过"扩展"命令可以对选区进行扩展,即放大选区,在"扩展选区"对话框中的"扩展量"中输入准确的扩展参数值。

④ **收缩:** "收缩"命令可对选区按设置的参数值进行缩小。

⑤ **羽化:** "羽化"是通过建立选区和选区周围像素之间的转换将图像的边缘进行模糊的设置。

4.4.3 变换选区

在图像中创建选区后,执行"选择"|"变换选区"命令,此时选区上即出现一个矩形的变换编辑框,通过这个变换编辑框每个边上的锚点,可对选区进行旋转、缩放、拉伸、扭曲、翻转、移动的变换。具体操作如下。

STEP 01 执行"文件"|"打开"命令,打开随书配套光盘中的"素材\Chapter04\16.jpg"文件,打开图像如下图所示。

STEP 02 单击"矩形选框工具",在图像中切开的柠檬上单击绘制一个椭圆选区,绘制的选区效果如下图所示。

STEP 03 对创建的选区执行"选择"|"变换选区"菜单命令,如下图所示。

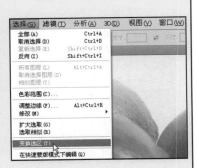

STEP 04 在选区中即出现一个选区变换编辑框，将鼠标放置到编辑框的小方块上，当鼠标指针变为垂直的双向箭头时，单击鼠标并拖动，对选区进行缩放。

STEP 05 将鼠标放置到小方块外面，图标即变为弯曲的双箭头，单击鼠标并拖动即可对选区进行旋转变换，选区变换效果如下图所示。

STEP 06 完成选区变换后，按Enter键确认选区变换，或按下选项栏中的✔图标，也可确认变换，变换后的选区效果如下图所示。

STEP 07 对选区内图像执行"图像"|"调整"|"色彩平衡"菜单命令，如下图所示。

STEP 08 在弹出的"色彩平衡"对话框中选中"阴影"单选按钮，设置"色阶"参数依次为+100、-77、0，如下图所示。

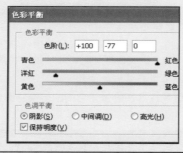

STEP 09 完成设置后，在图像窗口中可看到选区内的图像颜色被调整为橙色，然后取消选区，图像调整效果如下图所示。

4.4.4　设置选区边缘

创建选区后，执行"选择"|"调整边缘"菜单命令，或按快捷键Alt+Ctrl+R，在弹出的"调整边缘"对话框中可对选区边缘的半径、对比度、平滑、羽化、收缩/扩展等进行设置。具体操作如下。

STEP 01 执行"文件"|"打开"命令，打开随书配套光盘中的"素材\Chapter04\17.jpg"文件，打开图像如下图所示。

STEP 02 单击"矩形选框工具"，在图像中的人物边缘上创建一个矩形选区，选区效果如下图所示。

STEP 03 对选区执行"选择"|"调整边缘"菜单命令，如下图所示，即可弹出"调整边缘"对话框。

STEP 04 单击"油墨1"的颜色块，在弹出的"选择油墨颜色"对话框中设置颜色为R21、G3、B3，完成后，单击"确定"按钮，如下图所示。

STEP 05 单击"油墨2"的颜色块，在弹出的"颜色库"对话框中设置颜色为C0、M27、Y86、K0，完成后，单击"确定"按钮，如下图所示。

STEP 06 完成前面的操作后，返回"双色调选项"对话框，然后在对话框中单击"确定"按钮，将图像转换为双色调颜色模式，如下图所示。

 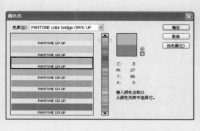 

5.1.5　多通道模式

　　多通道颜色模式是通过转换颜色模式和删除原有图像的颜色通道所得到的，也就是为图像文件创建添加专色预览的专色通道，并构成图像。

　　由于多通道模式的每个通道均为256级灰度，所以在进行特殊打印时，多颜色模式就会非常适用。将图像转换为多通道模式的具体操作如下。

STEP 01 执行"文件"|"打开"命令，打开随书配套光盘中的"素材\Chapter05\05.jpg"文件，打开图像如下图所示。

STEP 02 执行"图像"|"模式"|"多通道"菜单命令，将图像转换为多通道模式，效果如下图所示。

5.1.6 实例进阶——模拟双色调图像

在学习并掌握了色彩模式的相关知识后，读者可以运用不同颜色模式之间的转换制作出各种不同颜色效果的图像。下面将运用颜色模式的转换来制作一幅双色调图像，具体操作如下。

> 原始文件　素材\Chapter05\06.jpg
>
> 最终文件　源文件\Chapter05\模拟双色调图像.psd

Before

After

STEP 01 执行"文件"|"打开"命令，打开随书配套光盘中的"素材\Chapter05\06.jpg"文件，打开图像如下图所示。

STEP 02 执行"图像"|"模式"|"灰度"菜单命令，弹出"信息"对话框，如下图所示。

STEP 03 在弹出的对话框中单击"扔掉"按钮，将图像转换为灰度图像，如下图所示。

STEP 04 执行"图像"|"模式"|"双色调"菜单命令，打开"双色调选项"对话框，如下图所示。

STEP 05 单击"油墨1"后的颜色块，弹出"选择油墨颜色"对话框，然后在对话框中设置颜色值为R157、G126、B77，如下图所示。

STEP 06 单击"油墨2"后的颜色块，在弹出的"颜色库"对话框中选择颜色为C16、M3、Y97、K13，如下图所示。

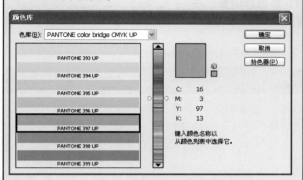

STEP 07 设置完成后，单击"确定"按钮，返回"双色调选项"对话框，如下图所示。

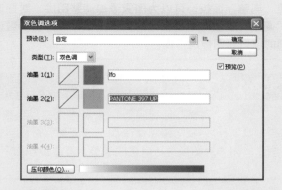

STEP 08 在"双色调选项"对话框再单击"确定"按钮，得到如下图所示的图像。

STEP 09 执行"图像"|"调整"|"曲线"菜单命令，在"预设"下拉列表中选择"较亮"选项，如下图所示。

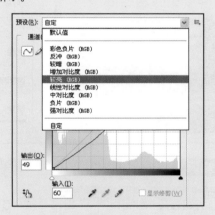

STEP 10 选择了"较亮"选项后，在曲线图上会显示以"较亮"方式调整的曲线，如下图所示。

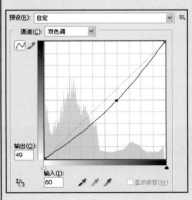

STEP 11 单击选择曲线上的节点，然后向下拖曳至如下图所示的位置上。

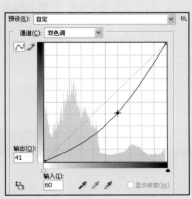

STEP 12 调整完成后，单击"确定"按钮，则应用曲线调整后的效果如下图所示。

『 5.2 』 认识 "调整" 面板

在Photoshop CS4中新增加了用于调整图像的 "调整" 面板。通过使用 "调整" 面板，可以为图像添加调整图层，对图像的色彩进行调整。在 "调整" 面板中单击相应的调整按钮，可弹出参数设置面板，然后设置不同的值，对图像进行调色。

5.2.1 了解 "调整" 面板

使用 "调整" 面板可以快速对图像的颜色进行调整。在未显示 "调整" 面板的情况下，可以执行 "窗口" | "调整" 菜单命令调出 "调整" 面板。在 "调整" 面板中显示了Photoshop中几乎所有的调整命令，用于对图像进行颜色的调整。具体操作如下。

STEP 01 执行 "文件" | "打开" 命令，打开随书配套光盘中的 "素材\Chapter05\07.jpg" 文件，打开图像如下图所示。

STEP 02 单击窗口右侧的 "调整" 面板，然后单击 "色相饱和度" 按钮■，在面板中设置如下图所示的参数。

全图	
色相：	+8
饱和度：	+58
明度：	+4

STEP 03 设置完成后，增强了图像的色相/饱和度，图像设置后的效果如下图所示。

相关知识　了解 "调整" 面板

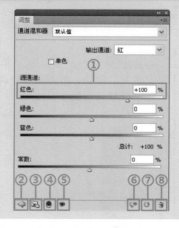

① **调整选项**：用于设置所选择调整命令的参数设置。

② **返回到调整列表**：单击此按钮将 "调整" 选项面板返回到调整列表。

③ **将面板切换到展开的视图**：单击此按钮，将面板切换到展开的视图。

④ **此调整影响到下面的所有图层**：将调整图层剪切，单击此按钮将影响到下一图层。

⑤ **切换图层可视性**：显示或隐藏调整图层。

⑥ **按此按钮可查看上一状态**：单击此按钮可查看上一状态。

⑦ **复位到调整默认值**：将所设置的参数恢复到默认值。

⑧ **删除此调整图层**：删除当前所创建的调整图层。

5.2.2 从 "调整" 面板新建图层

在 "调整" 面板中单击调整其中任一种调整命令按钮，都可在 "图层" 面板中创建一个新的调整图层。调整图层用于控制图像中的色调，当设置不同的参数后，会在图像中应用设置或更改图像效果。应用 "调整" 面板创建图像的具体操作如下。

STEP 01 执行"文件"|"打开"命令,打开随书配套光盘中的"素材\Chapter05\08.jpg"文件,打开图像如下图所示。

STEP 02 打开"调整"面板,单击"照片滤镜"按钮,在弹出的参数面板中选择滤镜类型,并设置浓度,如下图所示。

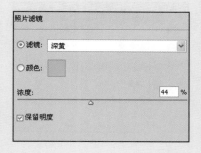

STEP 03 设置完成后,即可为图像添加上照片滤镜特殊效果,变换了照片色调,变换后的图像效果如下图所示。

STEP 04 选择调整图层,将其图层混合模式设置为"叠加",如下图所示。

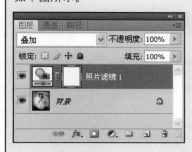

STEP 05 设置"不透明度"为90%、"填充"为80%,如下图所示。

STEP 06 设置图层混合效果后,得到如下图所示的叠加效果。

5.2.3 实例进阶——制作艺术摄影写真

通过对本节"调整"面板的学习,读者应该了解了"调整"面板的作用。运用"调整"面板可以更方便地对图像的色调以及色彩进行调整,以制作出各种不同风格的照片。下面就结合所学的"调整"面板的相关知识,制作艺术摄影照片,具体操作如下。

 原始文件 素材\Chapter05\09.jpg
最终文件 源文件\Chapter05\制作艺术摄影写真.psd

Before

After

STEP 16 设置完成后，单击"确定"按钮应用色阶参数，显示效果如下图所示。

STEP 19 选择工具箱中的"画笔工具" ，在"图层2"图像的左侧边缘进行涂抹，如下图所示。

STEP 22 设置完成后，单击"确定"按钮，应用所设置的亮度/对比度参数，显示效果如下图所示。

STEP 25 单击选项栏上的"径向渐变"按钮 ，从选区右上角向左下角拖动，绘制渐变效果，如下页左图所示。

STEP 17 执行"图像"|"调整"|"亮度/对比度"菜单命令，弹出"亮度/对比度"对话框，然后在对话框中设置参数，如下图所示。

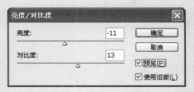

STEP 20 连续在图像中涂抹，将被覆盖的荷花图像显示出来，效果如下图所示。

STEP 23 选择"矩形选框工具" ，在图像的左侧绘制一个矩形选区，如下图所示。

STEP 26 执行"滤镜"|"纹理"|"纹理化"菜单命令，在弹出的"纹理化"对话框中设置纹理参数，如下页中图所示。

STEP 18 设置完成后，单击"确定"按钮，应用亮度/对比度参数，显示效果如下图所示。

STEP 21 执行"图像"|"调整"|"亮度/对比度"菜单命令，在弹出的"亮度/对比度"对话框中设置参数，如下图所示。

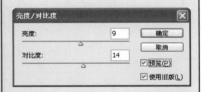

STEP 24 选择"渐变工具" ，单击渐变编辑器图标，打开"渐变编辑器"对话框，然后在对话框内编辑渐变效果，如下图所示。

STEP 27 设置完滤镜参数后，单击"确定"按钮，为图像添加上纹理，如下页右图所示。

STEP 28 执行"窗口"|"字符"菜单命令，在弹出的"字符"面板中设置文字属性，如下图所示。

STEP 29 选择"横排文字工具" T，在图像上单击确认输入点，然后输入文字，如下图所示。

STEP 30 按快捷键Ctrl+T，然后右击编辑框内的文字，在弹出的快捷菜单中选择"旋转90度（顺时针）"命令，如下图所示。

STEP 31 执行上一步操作后，则文字将顺时针旋转90°，效果如下图所示。

STEP 32 使用同样的方法在其文字下方继续输入英文字母，输入后的效果如下图所示。

STEP 33 再次选择"横排文字工具"，继续在右侧输入文字"荷之恋"，输入效果如下图所示。

『 5.4 』 调整图像的色彩

在图像调整时，明暗是对照片的基本修饰，而色彩则是表现图像真实效果的重要因素。5.3节学习了对图像明暗度的调整，下面将具体介绍图像色彩的调整方法。在Photoshop中，可以应用通道混合器、色彩平衡、照片滤镜、可选颜色、渐变映射等命令对图像的色彩进行调整，以制作出不同效果的图像。

5.4.1　调整自动色调

　　"自动色调"命令是对图像中的颜色进行自动校正，并以默认的RGB灰色值为中间调，对图像的阴影和高光部分进行剪切。打开图像后，直接执行"图像自动色调"菜单命令，就可以对图像应用自动色调命令，具体操作如下。

STEP 01　执行"文件"|"打开"命令，打开随书配套光盘中的"素材\Chapter05\18.jpg"文件，打开图像如下图所示。

STEP 02　执行"图像"|"自动色调"菜单命令，如下图所示。

STEP 03　执行上一步操作后，图像的颜色值得到恢复，还原为真实的色彩，效果如下图所示。

5.4.2　设置通道混合器

　　使用"通道混合器"命令，可以分别对图像文件中的各个通道进行颜色调整。执行"图像调整通道混合器"菜单命令，可以打开"通道混合器"对话框，然后在对话框中选择相应的输出通道，继续调整其下方源通道的颜色值，以调整图像的颜色。应用"通道混合器"调整图像的具体操作如下。

STEP 01　执行"文件"|"打开"命令，打开随书配套光盘中的"素材\Chapter05\19.jpg"文件，打开图像如下图所示。

STEP 02　执行"图像"|"调整"|"通道混合器"菜单命令，在弹出的"通道混合器"对话框中选择"红"通道，再设置各项参数，如下图所示。

STEP 03　设置完成后，单击对话框中的"确定"按钮，应用所设置的通道混合器参数，将图像调整为金黄色调，效果如下图所示。

相关知识 了解"通道混合器"对话框

① **"预设"下拉列表:** 在"预设"下拉列表中提供了多种通道选项,在调整图像时可以选择不同的通道预设。

② **"预设"按钮:** 单击此按钮,可存储或载入预设。

③ **"输出通道"下拉列表:** 用于选择要调整的颜色通道。

④ **"源通道"选项组:** 在"源通道"选项组中,通过拖动"红色"、"绿色"和"蓝色"3个选项下的滑块,可调整颜色。

⑤ **"常数"滑块:** 拖动其下方的滑块,可调整通道的不透明度。

⑥ **"单色"复选框:** 勾选此复选框时,能够将彩色图像转换为灰色图像。

5.4.3 设置色彩平衡

使用"色彩平衡"命令可以对图像的整体颜色进行混合,修正图像的色彩偏差。同时,使用此命令还可以根据需要调整出具有特殊效果的艺术图像。色彩平衡的键盘快捷键为Ctrl+B,具体操作如下。

STEP 01 执行"文件"|"打开"命令,打开随书配套光盘中的"素材\Chapter05\20.jpg"文件,打开图像如下图所示。

STEP 02 执行"图像"|"调整"|"色彩平衡"菜单命令,在弹出的"色彩平衡"对话框中选中"中间调"单选按钮,再设置参数,如下图所示。

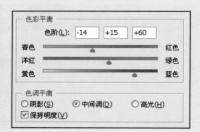

STEP 03 继续在"色彩平衡"对话框中选中"阴影"单选按钮,然后为阴影设置各项参数,如下图所示。

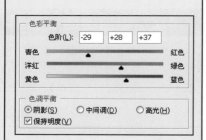

STEP 04 再在"色彩平衡"对话框中选中"高光"单选按钮,然后为高光设置各项参数,如下图所示。

STEP 05 设置完成后,单击"确定"按钮,应用所设置的色彩平衡参数,效果如下图所示。

STEP 06 选择工具箱内的"加深工具",再选择柔角画笔,然后在图像四周涂抹,加深边缘,最终效果如下图所示。

5.4.4　设置可选颜色

使用"可选颜色"命令可以有选择性地修改任何图像主要颜色的印刷色，使印刷出的颜色更加准确。执行"图像"|"调整"|"可选颜色"菜单命令，打开"可选颜色"对话框，然后在对话框中对各个颜色通道下的颜色值进行设置，调整图像。具体操作如下。

STEP 01，执行"文件"|"打开"命令，打开随书配套光盘中的"素材\Chapter05\21.jpg"文件，打开图像如下图所示。

STEP 02，执行"图像"|"调整"|"可选颜色"菜单命令，在弹出的"可选颜色"对话框中选择"青色"，再设置参数，如下图所示。

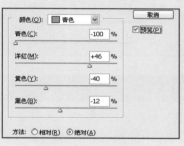

STEP 03，设置完成后，单击"确定"按钮，应用所设置的参数，将人物的颜色变换为深紫色，如下图所示。

相关知识　"可选颜色"设置对话框

① **"颜色"下拉列表**：在"颜色"下拉列表中可以选择要调整的颜色，包括"红色"、"黄色"、"青色"、"蓝色"、"洋红"、"白色"、"中性色"和"黑色"。

② **颜色滑块**：调节"青色"、"洋红"、"黄色"和"黑色"的含量。

③ **"相对"单选按钮**：单击此按钮，可以按照总量的百分比更改现有的"青色"、"洋红"、"黄色"和"黑色"的含量。

④ **"绝对"单选按钮**：单击此按钮，可以按照增加或减少的绝对值更改现有的颜色。

当图像原图以相对方式对图像调整颜色时，将按照颜色值的含量来对图像进行相对颜色的调整，而选择绝对方式对图像调整颜色时，则会相对更改现有的一些颜色信息。

原图

"相对"调整

"绝对"调整

5.4.5　设置色相/饱和度

使用"色相/饱和度"命令，可以对图像中的色相/饱和度进行设置。在"色相/饱和度"对话框内可以分别选择不同的颜色通道进行参数设置。色相/饱和度的键盘快捷键为Ctrl+U，具体操作如下所示。

PART 1 Ps
Photoshop CS4图像处理

Adobe Photoshop

　　Adobe 公司开发的Photoshop是一款主要用于图像处理的软件，它提供了最专业、最全面的图像处理功能，通过简单的操作即可实现专业的效果，深受广大用户的喜爱。

　　Photoshop软件的应用领域非常广泛，包括平面广告设计、插画制作、网页设计、数码照片处理以及三维作品后期的贴图等。

Photoshop CS4

　　最新版本的Photoshop CS4，对操作界面作了全新的更改，使操作更加简捷；新增3D工具和3D面板，还能直接对3D图形进行贴图、调整灯光等编辑；此外还增加了智能缩放功能、旋转视图功能、调整面板、蒙版面板等，使Photoshop软件的功能更加完善，为用户提供了更加强大的图像处理软件。

第6章
图像的绘制及修饰

　　在Photoshop CS4中，可以利用其中的画笔工具绘制各种不同形状的图案，同时还能利用修图工具为各种出现瑕疵的图像进行修复，结合擦除和修饰工具的灵活使用，绘制更完美的图像。

『 6.1 』 图像的绘制

在**Photoshop**中，可以使用绘制工具在图像中单击或拖曳绘制出各种不同的图案。**Photoshop**的绘图工具包括"画笔工具"、"铅笔工具"等。使用这些工具可以在图像上创建柔和或坚硬的笔触效果，修饰图像绘制出各种精彩的效果。

6.1.1 选择预设的画笔 　　　　　　　　　快捷操作 新建文件 Ctrl+N

执行"窗口"|"画笔"命令，或按快捷键Ctrl+N，打开"画笔"面板，单击其左侧的"画笔预设"选项，切换到"画笔预设"选项面板。在该面板中可根据情况选择需要的画笔样式，同时也可以拖动"主直径"滑块来设置画笔大小。具体操作如下。

STEP 01 执行"文件"|"打开"命令，打开随书配套光盘中的"素材\Chapter06\01.jpg"文件，打开图像如下图所示。

STEP 02 执行"窗口"|"画笔"菜单命令，打开"画笔"面板。单击"画笔预设"切换到选项面板，然后在面板中设置画笔类型及画笔大小，如下图所示。

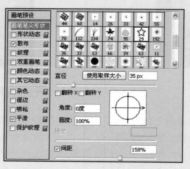

STEP 03 设置前景色为白色，按 [和]键调整画笔大小，然后在图像窗口中绘制大小不一样的小星星，效果如下图所示。

6.1.2 自定义画笔

在Photoshop中，除了可以使用预设画笔绘制图案外，用户还可以将自己所绘制的图案定义为画笔，在下次使用时，直接在画笔列表框中找到所定义的画笔即可。具体操作如下。

STEP 01 执行"文件"|"新建"菜单命令，弹出"新建"对话框，在对话框中设置所要新建的文档大小及分辨率，如下图所示。

STEP 02 设置完成后，单击"确定"按钮，即可新建一个透明的背景图像，效果如下图所示。

STEP 03 选择"自定形状工具"，单击选项栏上图案右侧的黑色小三角箭头，在弹出的下拉列表中选择形状，如下图所示。

STEP 04 在图像窗口中按Shift键，等比例绘制如下图所示的图案。

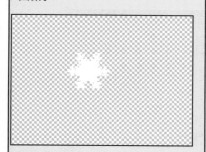

STEP 05 按快捷键Ctrl+I反向选择图形，效果如下图所示。

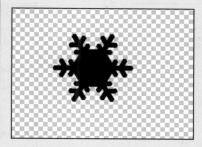

STEP 06 执行"编辑"|"定义画笔预设"菜单命令，如下图所示。

STEP 07 弹出"画笔名称"对话框，然后在对话框中输入画笔名称为"雪花"，如下图所示。

STEP 08 打开随书配套光盘中的"素材\Chapter06\ 02.jpg"文件，打开图像如下图所示。

STEP 09 打开"图层"面板，单击"创建新图层"按钮 ，新建"图层1"，如下图所示。

STEP 10 选择"画笔工具" ，在画笔下拉列表中找到所定义好的雪花图案，如下图所示。

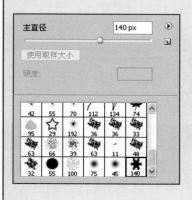

STEP 11 按 [和]键调整画笔大小，然后在图像上绘制大小不同的雪花图案，如下图所示。

STEP 12 选择"图层1"，将"不透明度"设置为80%，效果如下图所示。

6.1.3 追加/复位画笔

在Photoshop中自带了多种不同类型的画笔，操作时，用户可以根据需要将画笔载入到画笔库中，同时也能将所有载入的画笔进行复位。具体操作如下。

STEP **01** 单击"画笔"面板上的扩展按钮，在弹出的快捷菜单中选择"带阴影的画笔"命令，如下图所示。

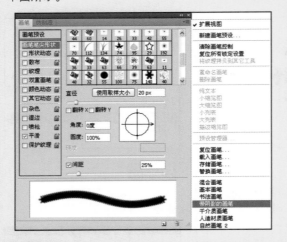

STEP **02** 弹出提示信息对话框，在对话框内单击"确定"按钮，即可将带阴影的画笔追加到画笔库中，如下图所示。

STEP **03** 单击"画笔"面板上的扩展按钮，在弹出的快捷菜单中选择"复位画笔"命令，如下图所示。

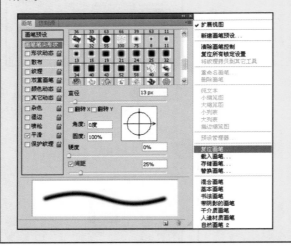

STEP **04** 弹出提示信息对话框，在对话框中单击"确定"按钮，即可完成复位画笔操作，复位画笔后，在画笔库中仅保留最基本的一些画笔，如下图所示。

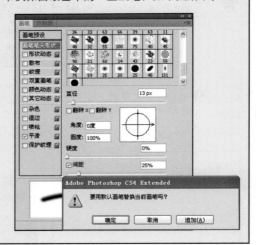

6.1.4 载入画笔

　　使用"画笔工具"时，可以将电脑中存储的画笔样式载入到Photoshop的画笔样式中，使其增加更多的画笔样式，并能够绘制出更多的图像。载入画笔的方法有两种，分别是使用扩展菜单载入画笔和使用预设管理器命令载入画笔。下面将依次进行介绍。

STEP **01** 打开"画笔"面板，然后单击"画笔"面板上的扩展按钮，在弹出的快捷菜单中选择"载入画笔"命令，如下页左图所示。

STEP **02** 弹出"载入"对话框，在该对话框中选择画笔所在的文件夹，然后选择载入的画笔样式。完成后，单击"载入"按钮，载入画笔，如下页右图所示。

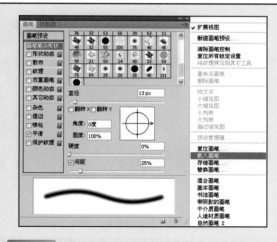

STEP 03 执行"编辑"｜"预设管理器"命令，弹出"预设管理器"对话框，在"预设类型"下拉列表中选择"画笔"选项，如下图所示。

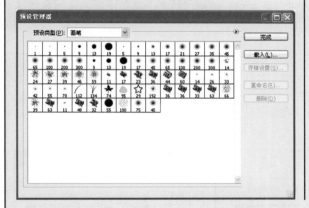

STEP 04 单击"载入"按钮，弹出"载入"对话框。在该对话框中选择画笔所在文件夹及画笔样式。完成后，单击"载入"按钮将画笔载入。

相关知识 "画笔"面板中的选项设置

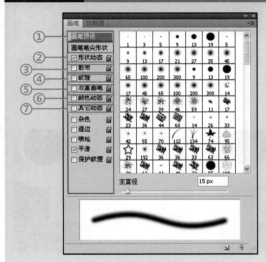

① **"画笔预设"选项**：调整画笔的形状，其中包括画笔大小、角度、间隔等参数的选项设置。

② **"形状动态"选项**：此选项可调整画笔的形态，如拉动的大小以及角度、椭圆度等。

③ **"散布"选项**：用于调整画笔笔触分布的密度。

④ **"纹理"选项**：此选项可指定画笔的材质特性，且可以应用纹理样式的连续材质。

⑤ **"双重画笔"选项**：将不同的画笔合成，制作独特效果的画笔。

⑥ **"颜色动态"选项**：根据拖曳画笔的方式来调整颜色、明暗度和饱和度。

⑦ **"其它动态"**：用于设置其他的一些画笔形态。

原始文件　素材\Chapter06\10.jpg
最终文件　源文件\Chapter06\制作个人相册内页.psd

Before

After

STEP 01 执行"文件"|"打开"命令，打开随书配套光盘中的"素材\Chapter06\10.jpg"文件，打开图像如下图所示。

STEP 02 选择"背景"图层，将其拖至"创建新图层"按钮 上，复制得到"背景副本"图层，如下图所示。

STEP 03 选择"修补工具"，然后在人物脸上的斑点位置拖曳，创建选区对象，如下图所示。

STEP 04 拖曳选区对象至其他光洁的皮肤位置上，如下图所示。

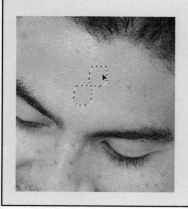

STEP 05 拖曳到合适位置后，释放鼠标，修补图像效果如下图所示。

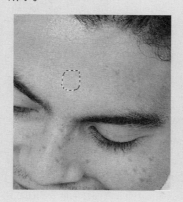

STEP 06 使用同样的方法对男士脸部的其他斑点进行处理，得到如下图所示的图像效果。

STEP 07 选择"仿制图章工具"，按Alt键，当光标变为⊕形状时，在光滑的皮肤上单击进行取样，如下图所示。

STEP 08 在图像窗口中女生脸部的瑕疵部位连续涂抹，将取样后的光洁皮肤复制到涂抹的位置上，效果如下图所示。

STEP 09 使用同样的方法对其他位置上的瑕疵进行处理，最终效果如下图所示。

STEP 10 选择"模糊工具"，将其强度设置为50%，然后在图像上进行涂抹，如下图所示。

STEP 11 在图像中进行连续涂抹，直到皮肤变得光滑为止，效果如下图所示。

STEP 12 使用"模糊工具"继续在女生的脸部皮肤上进行涂抹，最终效果如下图所示。

STEP 13 执行"图像"|"调整"|"曲线"菜单命令，打开"曲线"对话框，然后在对话框中设置各项参数，如下图所示。

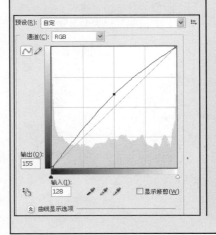

STEP 14 完成后，单击"确定"按钮，提亮皮肤光泽度，效果如下图所示。

STEP 15 执行"图像"|"调整"|"自然饱和度"菜单命令，打开"自然饱和度"对话框，设置各项参数，适当增加图像饱和度，如下图所示。

STEP 16 执行"文件"|"打开"命令,打开随书配套光盘中的"素材\Chapter06\11.jpg"文件,并将人物移动至背景中,如下图所示。

STEP 17 执行"窗口"|"字符"菜单命令,打开"字符"面板,然后在面板中设置各项参数,如下图所示。

STEP 18 选择"横排文字工具" T,在图像的右侧输入文字,最终效果如下图所示。

『 6.3 』 图像的擦除和修饰

在学习了图像的绘制与修复后,本节将学习图像的擦除和修饰。在Photoshop中,可利用清除工具对所绘制的图像进行清除,同时还能对图像的颜色、明度等进行修饰,使图像效果更好。

6.3.1 橡皮擦工具

使用"橡皮擦工具"可任意擦除图像中的对象,当所擦去的图像所在图层为背景图层时,则被擦去的图像部分将被填充为背景色;当所擦去的图像所在图层为普通图层时,则被擦去的图像部分将显示透明像素。具体操作如下。

STEP 01 执行"文件"|"打开"命令,打开随书配套光盘中的"素材\Chapter06\12.jpg"文件,打开图像如下图所示。

STEP 02 选择"橡皮擦工具" ,按 [和]键调整画笔大小,在图像上涂抹,如下图所示。

STEP 03 连续在背景图像上涂抹,最终擦除后的图像效果如下图所示。

相关知识 模式的选择

在橡皮擦工具选项中的"模式"下拉列表中可以对画笔的擦除方式进行设置,其中包括"画笔"、"铅笔"和"块"3种模式,选择不同的模式其擦除的图像效果也会不同。

6.3.2 魔术橡皮擦工具

"魔术橡皮擦工具"用于大面积擦除图像。当选择"魔术橡皮擦工具"在图像上单击时，可擦去与单击点相同颜色的区域。在图像背景或还有锁定透明区域的图像中涂抹，图像将会变为背景色，否则图像将被涂抹为透明状态。具体操作如下。

STEP 01 执行"文件"|"打开"命令，打开随书配套光盘中的"素材\Chapter06\13.jpg"文件，打开图像如下图所示。

STEP 02 选择"魔术橡皮擦工具" ，在图像的背景位置上单击，效果如下图所示。

STEP 03 连续在背景图像上单击，擦除所有的背景图像，效果如下图所示。

STEP 04 选择"橡皮擦工具" ，对图像的边缘进行涂抹，修整边缘，效果如下图所示。

STEP 05 设置前景色为R252、G217、B247，选择"油漆桶工具"，然后在背景上单击填充颜色，效果如下图所示。

STEP 06 再选择"画笔工具" ，在图像的边缘位置上涂抹，对图像进行修补，最终效果如下图所示。

相关知识 容差值的控制

在运用"魔术橡皮擦工具"对图像进行擦除时，需要在魔术橡皮擦工具选项栏上对容差值进行设置。容差是用于控制使用"魔术橡皮擦工具"的擦除范围，当设置的容差值越低，则单击后抹除的区域越小，而容差值越高，则单击抹除的区域就越宽。

容差：1

容差：50

容差：80

方 法

③ 直接按键盘上的[或]键，即可快速对画笔笔触进行放大或缩小，同时，在画笔选项栏中会显示相应的笔触大小。

原画笔

缩小画笔绘制

放大画笔绘制

修复模式

利用"修复画笔工具"修复图像时，可以在选项栏上的"模式"下拉列表中选择不同的模式来对图像进行修复处理。选择不同的修复模式，所修复出来的效果也会略有不同。

原图像

正常模式

正片叠底

修补工具中"源"和"目标"的设置

使用修补工具不仅可对图像中的特定区域进行隐藏，同时也可快速修补特定区域内的图像。在Photoshop中提供了"源"和"目标"两个修补选项，当选择不同的修补选项时，所得到的效果也截然不同。

原图像

在"源"选项下的修补效果

在"目标"选项下的修补效果

PART 1 Ps
Photoshop CS4图像处理

Adobe Photoshop

　　Adobe 公司开发的Photoshop是一款主要用于图像处理的软件，它提供了最专业、最全面的图像处理功能，通过简单的操作即可实现专业的效果，深受广大用户的喜爱。

　　Photoshop软件的应用领域非常广泛，包括平面广告设计、插画制作、网页设计、数码照片处理以及三维作品后期的贴图等。

Photoshop CS4

　　最新版本的Photoshop CS4，对操作界面作了全新的更改，使操作更加简捷；新增3D工具和3D面板，还能直接对3D图形进行贴图、调整灯光等编辑；此外还增加了智能缩放功能、旋转视图功能、调整面板、蒙版面板等，使Photoshop软件的功能更加完善，为用户提供了更加强大的图像处理软件。

第7章
图层的高级应用

　　在Photoshop中图层是所有图像的信息平台，并且对图像的所有操作都可在图层中查看到，本章中就对图层做详细的介绍，并进行一些高级的操作，包括"图层"面板的介绍、图层样式的创建和图层混合模式的应用，让读者在Photoshop中设计制作出更好的作品。

『 7.1 』 了解 "图层" 面板

　　"图层"面板中显示了组成图像的所有图层，可进行复制、删除等多种图形编辑功能，在操作中与"图层"面板有效地结合使用，可达到事半功倍的效果，下面就来详细介绍"图层"面板。

7.1.1　对图层的理解

　　图层就像一张张透明的纸一样，供用户在上面作图，然后按上下顺序叠放在一起组成一幅图像，在一个图层上作图不会影响到其他的图层，但上一个图层会遮挡住下面的图像；还可以随意调整图层之间的顺序，组成不同的效果。

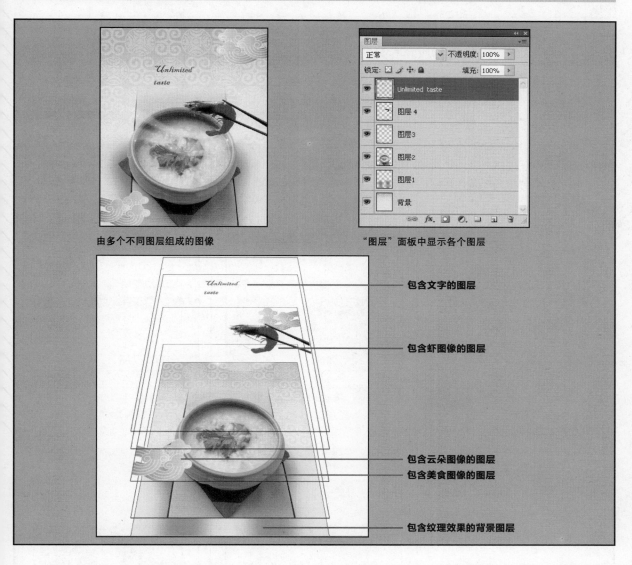

由多个不同图层组成的图像　　　　　　　　　　　"图层"面板中显示各个图层

包含文字的图层

包含虾图像的图层

包含云朵图像的图层
包含美食图像的图层

包含纹理效果的背景图层

　　图层的使用为设计者带来了很多便利，通过编辑，可以改变某一个图层，而不影响到其他图层，例如需要更改文字颜色，就需要先选中文字图层，然后更改色调，而其他图层将不会受到影响。

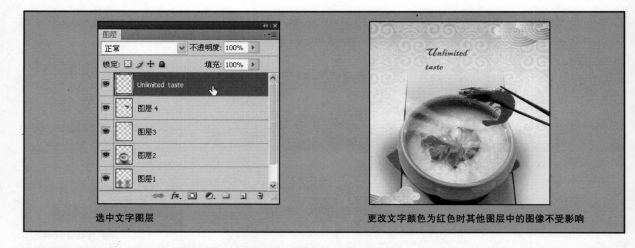

选中文字图层　　　　　　　　　　　更改文字颜色为红色时其他图层中的图像不受影响

7.1.2 图层组的应用

图层组是在"图层"面板中把相似图像捆绑为文件夹的功能，利用图层组可以轻松地控制该组中包含的图层图像，并通过鼠标的拖移将某个图层移动到组之外，或者包含在图层组之内。图层编组的键盘快捷键为Ctrl+G，具体操作如下。

STEP 01 执行"文件"|"打开"命令，打开随书配套光盘中的"素材\Chapter07\01.psd"文件，打开图像如下图所示。

STEP 02 在"图层"面板中可看到打开图像的多个图层，然后单击其中的"太阳"图层，如下图所示。

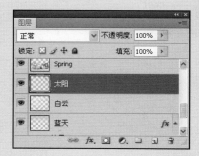

STEP 03 在"图层"面板下方单击"创建新组"按钮，即可在选择的图层前创建一个新的图层组"组1"，如下图所示。

STEP 04 单击"太阳"图层，并按住鼠标向下拖移到"组1"上，如下图所示。

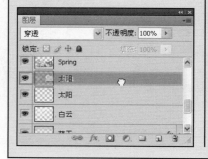

STEP 05 释放鼠标后，可看到"太阳"图层被移动到"组1"中，如下图所示。

STEP 06 按住Ctrl键，在"图层"面板中同时选中"白云"和"蓝天"两个图层，如下图所示。

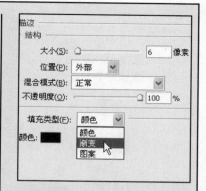

STEP 07 在弹出的"渐变"选项中单击渐变条后面的下三角按钮，然后在弹出的"渐变"拾色器中，单击"蓝，红，黄渐变"，如下图所示。

STEP 08 选择渐变颜色后，继续设置"大小"为7像素、"缩放"为80%，选项设置如下图所示，最后单击"确定"按钮，关闭对话框。

STEP 09 确认设置后，在图像窗口中可看到应用"描边"图层样式的效果，在手机图形边缘上添加了渐变的描边，效果如下图所示。

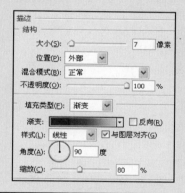

7.2.6 实例进阶——制作简洁风格的招贴

图层样式在图像中的应用为图像增添了不少效果，在设置后，还可通过"图层"面板对样式进行重新编辑。下面的实例就介绍图层样式在设计中的应用，具体操作如下。

原始文件 素材\Chapter07\ 09.jpg
最终文件 源文件\Chapter07\制作简洁风格的招贴.psd

Before

After

STEP 01 执行"文件"|"打开"命令，打开随书配套光盘中的"素材\Chapter07\09.jpg"文件，打开图像如下图所示。

STEP 02 使用"磁性套索工具"或其他选区工具将打开图像中的人物创建为选区，选区效果如下图所示。

STEP 03 按快捷键Ctrl+J复制选区内的图像，并生成新的图层"图层1"，如下图所示。

STEP 04 单击"矩形选框工具"，在图像中绘制一个矩形选区，绘制选区效果如下图所示。

STEP 05 对选区执行"选择"|"修改"|"平滑"菜单命令，如下图所示。

STEP 06 在弹出的"平滑选区"对话框中设置"取样半径"为50像素，如下图所示。

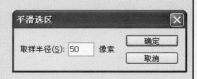

STEP 07 确认平滑选区设置后，在图像窗口中可看到，选区边缘被平滑了50个像素，4个角变得平滑，如下图所示。

STEP 08 单击"创建新图层"按钮，新建一个"图层2"，并将其移动到"图层1"的下层，如下图所示。

STEP 09 设置前景色为灰色，RGB值都为184，然后为选区填充灰色，填色效果如下图所示。

STEP 10 单击"添加图层样式"按钮,在弹出的菜单中选择"投影"选项,如下图所示。

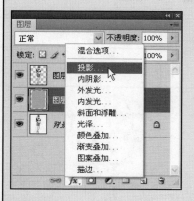

STEP 11 在弹出的对话框中对"投影"样式进行选项设置,设置参数如下图所示。

STEP 12 确认设置后,在图像窗口中可看到灰色圆角矩形应用"投影"效果,如下图所示。

STEP 13 用同样的方法为"图层1"设置"描边"图层样式,"描边"选项设置如下图所示。

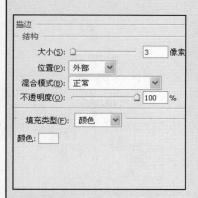

STEP 14 确认"描边"图层样式后,在图像窗口中可看到,人物图像边缘上添加了白色的描边效果,如下图所示。

STEP 15 在"图层"面板中再次单击"创建新图层"按钮,新建一个"图层3",如下图所示。

STEP 16 单击"矩形选框工具",在灰色圆角矩形图像的下方位置创建一个矩形选区,选区效果如下图所示。

STEP 17 更改背景色为R216、G21、B125,然后为选区填充红色,填色效果如下图所示。

STEP 18 单击"文字工具",在"字符"面板中设置字体等选项,选项设置如下图所示。

STEP 19 使用"文字工具"在红色矩形上添加一行英文，输入文字效果如下图所示。

STEP 20 接着再使用"文字工具"输入一个英文单词，如下图所示。

STEP 21 按快捷键Ctrl+T将刚才输入的英文单词进行放大，调整后的效果如下图所示。

STEP 22 编辑完文字后，在"图层"面板中选中两个文字图层，然后单击鼠标右键，在弹出的快捷菜单中选择"栅格化文字"选项，如下图所示。

STEP 23 将文字转换为普通图像图层后，将"图层1"图层调整到顶层，如下图所示。

STEP 24 调整好图层顺序后，将人物图像放置在前，最终完成效果如下图所示。

『 7.3 』 图层混合模式应用

　　在Photoshop中制作特效时经常会进行图像间的混合，在"图层"面板中通过"设置图层的混合模式"选项可使用多种方式对图像进行混合，以制作出特殊的效果。在混合模式列表中，可看到模式分为6大类，即组合型、加深型、减淡型、对比型、比较型和色彩型混合模式，利用图层混合模式混合图像的同时，可以隐藏图像更多的细节，下面介绍图层混合模式中常用的4种类型的相关应用。

7.3.1 加深型混合模式

　　加深型模式可将当前图像与底图层图像进行比较，使底层图像变暗，该模式下包含"变暗"、"正片叠底"、"颜色加深"、"线性加深"和"深色"5种，下面就来了解加深型混合模式在图像中的应用。

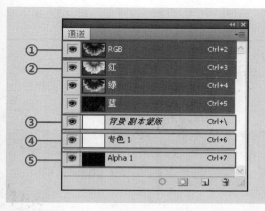

① **复合通道**：复合通道是以彩色显示图像，用于预览并编辑整个图像颜色通道的一个快捷方式，且只有RGB、CMYK和Lab模式下的图像才有此通道。

② **颜色通道**：颜色通道是在打开新的图像时自动创建的，图像的颜色模式直接决定颜色通道的多少。

③ **蒙版通道**：在图像中创建了图层蒙版后，在"通道"面板中就会显示出该图层的蒙版。

④ **专色通道**：专色通道用于指定专色油墨印刷的附加印刷版。

⑤ **Alpha通道**：使用Alpha通道可以将选区存储为灰度图像。

8.1.2 "通道"面板

执行"窗口"|"通道"菜单命令，可以打开"通道"面板。在"通道"面板中能够创建通道并对通道进行管理，同时"通道"面板中列出了图像中的所有通道。使用"通道"面板还可以实现选区和通道之间的转换。下面具体介绍通道的各功能。

STEP 01 执行"文件"|"打开"命令，打开随书配套光盘中的"素材\Chapter08\04.jpg"文件，打开图像如下图所示。

STEP 02 切换至"通道"面板，在该面板中包含了图像中的所有颜色信息，如下图所示。

相关知识 "通道"面板

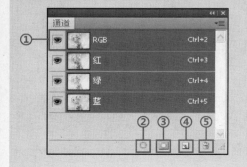

① **"指示通道可视性"按钮**：用于控制通道的显示或隐藏。

② **"将通道作为选区载入"按钮**：单击该按钮，将通道转换为选区。

③ **"将选区存储为通道"按钮**：单击该按钮，将图像中的选区转换为蒙版，同时保存到新增的Alpha通道中。

④ **"创建新通道"按钮**：单击该按钮，可以创建一个新的Alpha通道。

⑤ **"删除当前通道"按钮**：选择要删除的通道，单击此按钮可删除选中的通道。

『 8.2 』 通道的创建

　　在Photoshop中可以创建新的通道,即在保护原有图像颜色的情况下对图像进行编辑。通道的创建有多种不同的方法,对于每一种通道都有其自己的创建方法。下面就具体介绍通道的创建操作。

8.2.1 从"通道"面板创建

　　在"通道"面板中单击"创建新通道"按钮,可以创建一个新的Alpha通道。使用Alpha通道可以在图像中创建和保存选区。具体操作如下。

STEP 01 执行"文件"|"打开"命令,打开随书配套光盘中的"素材\Chapter08\05.jpg"文件,打开图像如下图所示。

STEP 02 转换到"通道"面板,单击"创建新通道"按钮,创建一个Alpha通道,然后使用"画笔工具"在通道内涂抹,如下图所示。

STEP 03 单击RGB通道缩览图,显示所有通道,然后按Ctrl键单击Alpha1通道,如下图所示。

STEP 04 执行上一步操作后,载入Alpha通道内的选区图像,如下图所示。

STEP 05 返回到图像窗口中,得到从通道中载入的选区图像,如下图所示。

STEP 06 执行"选择"|"修改"|"羽化"菜单命令,如下图所示。

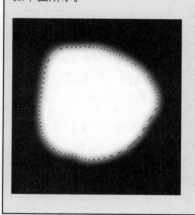

STEP 07 弹出"羽化选区"对话框，然后在对话框中设置"羽化半径"为15像素，如下图所示。

STEP 08 按快捷键Ctrl+L，然后在弹出的"色阶"对话框中设置各项参数，如下图所示。

STEP 09 完成后，单击"确定"按钮，图像最终效果如下图所示。

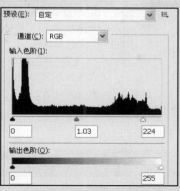

8.2.2 从菜单创建通道

在Photoshop中编辑图像时，实际就是在编辑颜色通道。要创建一个新的颜色通道有多种不同的方法，其中使用快捷菜单创建通道是较常用的一种方法，具体操作如下。

STEP 01 执行"文件"|"打开"命令，打开本随书配套光盘中的"素材\Chapter08\06.jpg"文件，打开图像如下图所示。

STEP 02 切换到"通道"面板中，单击右侧的扩展按钮，在弹出的菜单中选择"新建通道"命令，如下图所示。

STEP 03 弹出"新建通道"对话框，然后在对话框内选择"被蒙版区域"单选按钮，再设置"不透明度"为50%，如下图所示。

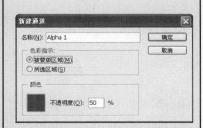

STEP 04 单击颜色块，弹出"选择通道颜色"对话框，然后在对话框中设置颜色，如下图所示。

STEP 05 完成后，单击"确定"按钮，返回到"新建通道"对话框中，如下图所示。

STEP 06 继续在"新建通道"对话框中单击"确定"按钮，新建颜色通道Alpha1，如下图所示。

相关知识 "新建通道"对话框

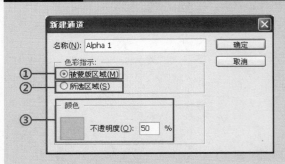

① **被蒙版区域**：选择此单选按钮，则使有颜色的区域代表蒙版的范围，没有颜色的区域则代表选择区域。

② **所选区域**：选择此单选按钮，则与被蒙版区域的作用相反，无颜色的区域代表蒙版范围，有颜色的区域代表选择区域。

③ **颜色**：单击颜色块选择合适的遮罩色，此颜色的选择对图像编辑无影响，只是能更清晰地区分选区和非选区。

8.2.3 创建专色通道

应用"通道"面板可以在图像上创建一个专色通道，并对专色通道内的图像进行编辑，如使用"画笔工具"涂抹专色通道中的对象可以更改图像颜色等。具体操作如下。

STEP 01 执行"文件"|"打开"命令，打开随书配套光盘中的"素材\Chapter08\07.jpg"文件，打开图像如下图所示。

STEP 02 切换到"通道"面板中，单击右侧的扩展按钮，在弹出的菜单中选择"新建专色通道"命令，如下图所示。

STEP 03 弹出"专色通道选项"对话框，然后在对话框内设置"密度"为5%，如下图所示。

STEP 04 单击颜色块，在弹出的"选择专色"对话框中设置颜色，如下图所示。

STEP 05 完成后，单击"确定"按钮，返回到"专色通道选项"对话框中，如下图所示。

STEP 06 在"新建专色通道"对话框中单击"确定"按钮，并使用"画笔工具"对整个图像进行涂抹，效果如下图所示。

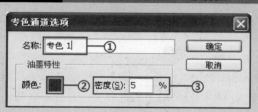

① **名称**：在此文本框内为新建的专色通道命名。

② **颜色**：设置专色通道的显示颜色。

③ **密度**：设置专色通道的颜色强度，所设置的密度值越大，则图像中所表现的颜色就越明显。

『 8.3 』 从通道创建特殊选区

在**Photoshop**中，利用通道可制作各种不同的合成效果，能够在图像中得到各种不同的选区。然后通过在选区内编辑并保留需要的选区对象，制作图像合成等。下面就具体介绍从通道获得选区的应用。

8.3.1 对通道进行绘制

在Photoshop中，可以使用画笔或铅笔等绘图工具直接在图像中绘制各种不同的图像，同样使用这些绘制工具也能够在通道中进行各种图像的绘制，制作出特殊效果的图像，具体操作如下。

STEP 01 执行 "文件" | "打开" 命令，打开随书配套光盘中的 "素材\Chapter08\08.jpg" 文件，打开图像如下图所示。

STEP 02 切换到 "通道" 面板中，选择 "绿" 通道图像，如下图所示。

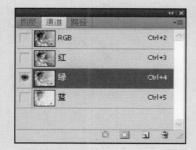

STEP 03 设置前景色为白色，然后在工具箱内选择 "画笔工具" ✎，并在其选项栏上选择柔角画笔，如下图所示。

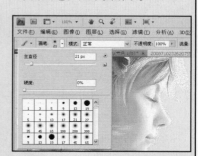

STEP 04 将光标移动至图像窗口中，然后在图像任意位置单击，绘制小圆点，如下图所示。

STEP 05 按 [和]键适当放大或缩小画笔，继续在图像上绘制更多的小圆，如下图所示。

STEP 06 绘制完成后，单击复合通道，返回到图层图像中，效果如下图所示。

STEP 46 选择"图层12"图层，将图层混合模式设置为"柔光"，如下图所示。

STEP 47 设置完成后，绘制的图像与背景相融合，效果如下图所示。

STEP 48 设置前景色为R10、G207、B254，新建"图层13"，使用"画笔工具"绘制如下线条。

STEP 49 执行"窗口"|"字符"菜单命令，打开"字符"面板，然后设置文字属性，如下图所示。

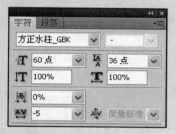

STEP 50 选择"横排文字工具"，然后在图像上输入文字，如下图所示。

STEP 51 使用同样的方法在图像中输入其他文字，输入完成后的图像如下图所示。

STEP 52 按快捷键Ctrl+Shift+Alt+E，盖印并生成新图层"图层14"，如下图所示。

STEP 53 切换至"通道"面板，选择"红"通道图像，如下图所示。

STEP 54 选择通道后，在图像窗口中将显示该通道图像，如下图所示。

STEP 55 执行"滤镜"|"素描"|"半调图案"菜单命令，在弹出的"半调图案"对话框中设置各项参数，如下图所示。

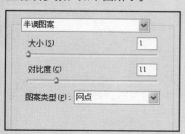

STEP 56 完成后，单击"确定"按钮，图像即可应用"半调图案"滤镜，如下图所示。

STEP 57 选择复合通道，再返回到图像窗口中，最终效果如下图所示。

『8.4』 了解蒙版

在使用**Photoshop**制作图像时，经常会使用到蒙版。蒙版可以显示或隐藏图层中的部分图像，通过对蒙版进行编辑，使蒙版中的图像发生变化，同时就使该图层中的图像与其他图像之间的混合效果也随之发生变化。

8.4.1 蒙版的分类

Photoshop CS4中包含多种蒙版类型，其中包括图层蒙版、矢量蒙版、快速蒙版和剪贴蒙版。利用蒙版可以在图像上制作出边缘过渡的图像遮罩效果。下面以快速蒙版为例进行介绍。

STEP 01 执行"文件"|"打开"命令，打开随书配套光盘中的"素材\Chapter08\15.jpg"文件，打开图像如下图所示。

STEP 02 选择"背景"图层，将其拖动至"创建新图层"按钮上，复制得到"背景副本"图层，如下图所示。

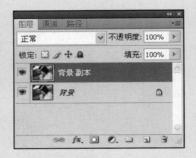

STEP 03 执行"滤镜"|"模糊"|"高斯模糊"菜单命令，如下图所示。

STEP 04 弹出"高斯模糊"对话框，然后在对话框中设置如下图所示参数。

STEP 05 完成后，单击"确定"按钮模糊图像，效果如下图所示。

STEP 06 选择"背景副本"图层，将其图层混合模式设置为"滤色"，不透明度设置为80%，如下图所示。

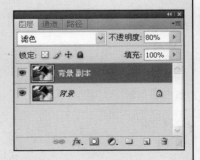

STEP 07 设置完成后，图像整体变亮，效果如下页左图所示。

STEP 08 按快捷键Ctrl+E，合并两个图层为"背景"图层，如下页中图所示。

STEP 09 双击"背景"图层，将图层转换为普通图层，如下页右图所示。

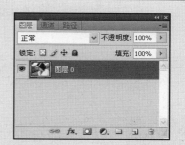

STEP 10 单击工具箱下边的"以快速蒙版编辑"按钮 ☐，进入快速蒙版编辑，然后选择"椭圆工具"，在图像中绘制如下圆形。

STEP 11 执行"滤镜"|"扭曲"|"玻璃"菜单命令，弹出"玻璃"滤镜对话框，然后在对话框中设置滤镜参数，如下图所示。

STEP 12 完成后，单击"确定"按钮，应用所设置的"玻璃"滤镜参数，得到不规则的图像边缘，效果如下图所示。

STEP 13 按下Q键退出快速蒙版，形成选区，如下图所示。

STEP 14 按Delete键删除选区内的图像，如下图所示。

STEP 15 完成后，按快捷键Ctrl+D取消选区，效果如下图所示。

STEP 16 执行"文件"|"打开"命令，打开随书配套光盘中的"素材\Chapter08\16.jpg"文件，打开图像如下图所示。

STEP 17 选择"移动工具" ▶⊕将删除后的人物图像移动至背景的左侧，如下图所示。

STEP 18 执行"编辑"|"变换"|"水平翻转"菜单命令，水平翻转图像，最终效果如下图所示。

相关知识　蒙版类型

① **图层蒙版：**使用图层蒙版能够控制图像的显示或隐藏。在显示或隐藏图像时，所有操作均在图层蒙版中进行，而不会影响到图层中的像素。

② **剪贴蒙版：**剪贴蒙版主要由基层和内容层组成，基层为整个剪贴蒙版的底部，内容层位于剪贴蒙版中基层的上方。剪贴蒙版至少包括两个图层，最多可为无限多个图层。

③ **矢量蒙版：**矢量蒙版类型与图层蒙版的主要区别是，图层蒙版是通过图形来控制图像的显示与隐藏，而矢量蒙版则是通过像素化的图像来控制图像的显示与隐藏。

8.4.2　了解"蒙版"面板

"蒙版"面板是Photoshop CS4新增的一个面板，用于对蒙版对象进行编辑。使用"蒙版"面板可以快速地在图像中创建图层蒙版，并可以在蒙版内对图像进行编辑的同时显示或隐藏蒙版本等。蒙版的具体操作如下。

STEP 01 执行"文件"|"打开"命令，打开随书配套光盘中的"素材\Chapter08\17.jpg"文件，打开图像如下图所示。

STEP 02 选择"背景"图层，将其拖动至"创建新图层"按钮上，复制得到"背景副本"图层，如下图所示。

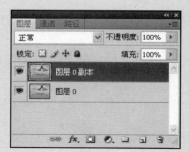

STEP 03 执行"窗口"|"蒙版"菜单命令，打开"蒙版"面板，然后单击"添加像素蒙版"按钮，如下图所示。

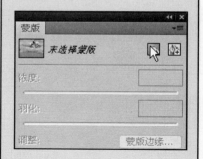

STEP 04 在创建蒙版后，"蒙版"面板中的选项及按钮即被激活，然后单击"颜色范围"按钮，如下图所示。

STEP 05 弹出"色彩范围"对话框，然后在对话框中取样颜色并设置颜色容差，完成后再单击"确定"按钮，如下图所示。

STEP 06 打开"图层"面板，隐藏"图层0"图层，然后按Ctrl键的同时单击"图层0副本"图层，如下图所示。

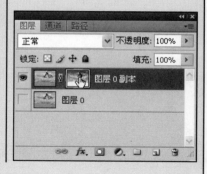

PART 1 Ps
Photoshop CS4图像处理

Adobe Photoshop

Adobe 公司开发的Photoshop是一款主要用于图像处理的软件，它提供了最专业、最全面的图像处理功能，通过简单的操作即可实现专业的效果，深受广大用户的喜爱。

Photoshop软件的应用领域非常广泛，包括平面广告设计、插画制作、网页设计、数码照片处理以及三维作品后期的贴图等。

Photoshop CS4

最新版本的Photoshop CS4，对操作界面作了全新的更改，使操作更加简捷；新增3D工具和3D面板，还能直接对3D图形进行贴图、调整灯光等编辑；此外还增加了智能缩放功能、旋转视图功能、调整面板、蒙版面板等，使Photoshop软件的功能更加完善，为用户提供了更加强大的图像处理软件。

第9章
3D图像的制作

通过前面章节的学习，读者应该对Photoshop的各个功能有了更深入的了解，本章将详细介绍Photoshop CS4的一项新增功能——3D。本章主要介绍3D图像的绘制及利用Photoshop的3D功能进行贴图操作。通过对本章的学习，读者能够对Photoshop CS4这一新增功能有更全面的了解。

『 9.1 』 3D图像的基本操作

　　3D图像的基本操作是利用**Photoshop**进行贴图的基础，其中包括**3D**图像的打开、新建以及旋转**3D**图像、环绕**3D**图像等。下面就具体介绍**3D**图像的基本操作。

9.1.1 打开3D图像

　　在编辑3D图像前，最重要的一项操作就是打开已创建好的3D图像。打开3D图像的方法与打开普通图像的方法类似，执行"文件"｜"打开"菜单命令，或按快捷键Ctrl+O，在弹出的"打开"对话框中选择需要打开的3D图像即可。具体操作如下。

STEP 01 运行Photoshop CS4后，执行"文件"｜"打开"菜单命令，如下图所示，即可弹出"打开"对话框。

STEP 02 在弹出的"打开"对话框中选择本书配套光盘文件中的"素材\Chapter08\01.3DS"图像，然后单击"打开"按钮。

STEP 03 在图像窗口中即显示选择的图像文件效果，如下图所示。

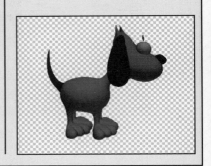

相关知识　Photoshop CS4支持的3D格式

　　Photoshop可以打开下列3D格式：U3D、3DS、OBJ、DAE（Collada）以及 KMZ（Google Earth）。在打开了Photoshop CS4的情况下，可以选择这些类型的文件，然后直接拖曳至Photoshop CS4中将其打开，再编辑3D对象。

STEP 04 按快捷键Ctrl+O，在弹出的"打开"对话框中同样选择需要打开的图像，如下图所示。

STEP 05 确认后即可打开图像，再单击选项中的"位置"按钮▦▾，在弹出的列表中选择"前视图"选项，如下图所示。

STEP 06 执行上一步设置视图模式后，图像将以前视图的方式进行显示，如下图所示。

9.1.2 创建3D形状

在Photoshop中，可以在打开的图像文件中直接创建3D形状。执行"从图层新建形状"命令可根据所选取的对象类型，将2D图像创建为3D模型。具体操作如下。

STEP 01 执行"文件"|"打开"命令，打开随书配套光盘中的"素材\Chapter09\02.jpg"文件，打开图像如下图所示。

STEP 02 新建"图层1"，执行3D"从图层新建形状"|"球体"菜单命令，如下图所示。

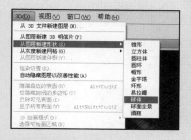

STEP 03 执行上一步操作后，在图像上的中心位置即可创建一个默认大小的黑色圆球，如下图所示。

STEP 04 选择"3D平移工具"，将创建的3D图像移动至人像的位置上，如下图所示。

STEP 05 选择"图层1"图层，将图层混合模式设置为"叠加"，如下图所示。

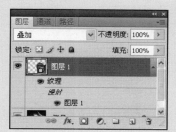

STEP 06 设置后，图像与背景相叠加，效果如下图所示。

STEP 07 按快捷键Ctrl+J复制"图层1"图层，得到"图层1副本"图层，如下图所示。

STEP 08 使用"3D平移工具"和"3D比例工具"调整副本图层中的图像大小和位置，如下图所示。

STEP 09 新建"图层2"，选择星状画笔和柔角画笔，在图像中任意绘制图形，如下图所示。

STEP 10 双击"图层2"，打开"图层样式"对话框，勾选"外发光"复选框，再设置参数，如下页左图所示。

STEP 11 完成后，单击"确定"按钮，应用外发光样式，效果如下页中图所示。

STEP 12 选择"横排文字工具"，在图像左上角的位置输入文字，最终效果如下页右图所示。

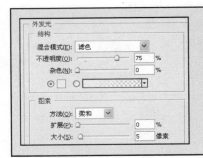

9.1.3　创建3D网格

　　在Photoshop中，执行"从灰度新建网格"命令可将灰度图像转换为深度映射，从而将明度值转换为深度不一的表面。较亮的值生成表面上凸起的区域，较暗的值生成凹下的区域。具体操作如下。

STEP 01 执行"文件"|"打开"命令，打开随书配套光盘中的"素材\Chapter09\03.jpg"文件，打开图像如下图所示。

STEP 04 执行上一步操作后，即可将平面图像转换为3D图像，如下图所示。

STEP 02 选择"背景"图层，复制得到"背景副本"图层，如下图所示。

STEP 05 打开3D面板，然后选择无限光2，再设置光源强度，如下图所示。

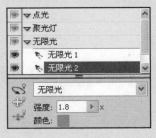

STEP 03 执行3D|"从灰度新建网格"|"圆柱体"菜单命令，如下图所示。

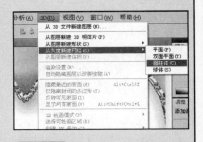

STEP 06 设置完成后，单击"确定"按钮，变换环境色，效果如下图所示。

相关知识　网格选项

　　选择3D|"从灰度新建网格"命令后，需要对创建的网格选项进行设置，其中包括"平面"、"双面平面"、"圆柱体"和"球体"4个选项。

平面：将深度映射数据应用于平面表面。

双面平面：创建两个沿中心轴对称的平面，并将深度映射数据应用于两个平面。

圆柱体：从垂直轴中心向外应用深度映射数据。

球体：从中心点向外呈放射状地应用深度映射数据。

STEP 19 单击"网格"按钮▦，选择"标签"，再单击其下方的"旋转网格"工具，如下图所示。

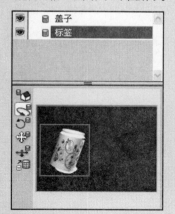

STEP 20 返回到图像窗口中，拖曳鼠标调整网格，效果如下图所示。

STEP 21 继续选择盖子的网格，单击"旋转网格"按钮，如下图所示。

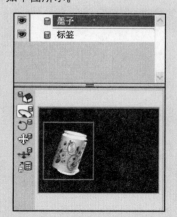

STEP 22 返回图像窗口中，在图像上拖曳，调整图像中的盖子图像，如下图所示。

STEP 23 使用同样的方法，反复调整标签和盖子的位置，使两个图像吻合，如下图所示。

STEP 24 打开随书配套光盘中的"素材\Chapter09\15.jpg"文件，打开图像如下图所示。

STEP 25 选择"移动工具"▸✛，将素材图像移动至图像的左下角，如下图所示。

STEP 26 选择"橡皮擦工具"◢将图像中多余的图像擦除，擦除后的图像如下图所示。

STEP 27 选择"图层3"，设置图层混合模式为"浅色"，如下图所示。

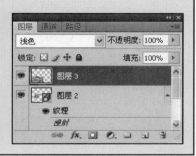

相关知识 选区的扩大和缩小

选择"魔棒工具"，再按Shift键在图像上连续单击，可以扩大选区；按Alt键在选区内连续单击，可以缩小选区。

STEP 28 完成后，即可应用"浅色"混合模式，效果如下图所示。

STEP 29 按快捷键Ctrl+J复制图像，如下图所示。

STEP 30 选择"橡皮擦工具"⬜擦除部分副本图像，如下图所示。

STEP 31 打开随书配套光盘中的"素材\Chapter09\16.jpg"文件，打开图像如下图所示。

STEP 32 选择"移动工具"⊕将素材图像移动至图像的右下角位置上，如下图所示。

STEP 33 选择"橡皮擦工具"⬜将图像中的多余图像擦除，擦除后的效果如下图所示。

STEP 34 选择"图层4"，将图层混合模式设置为"变亮"，如下图所示。

STEP 35 设置完成后，图像即应用"变亮"混合模式，效果如下图所示。

STEP 36 打开"调整"面板，单击"自然饱和度"按钮 ▽，并设置如下图所示参数。

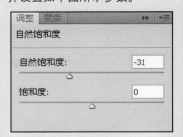

STEP 37 设置完成后，返回图像窗口，则调整自然饱和度后的图像效果如下图所示。

STEP 38 执行"文件"|"打开"命令，打开随书配套光盘中的"素材\Chapter09\17.jpg"文件，打开图像如下图所示。

STEP 39 选择"移动工具"⊕将素材图像移动至易拉罐上，如下图所示。

STEP 40 单击"橡皮擦工具" ✐，选择柔角画笔在图像上涂抹，擦除图像，如下图所示。

STEP 41 选择"图层5"，设置图层混合模式为"叠加"、"不透明度"为60%，如下图所示。

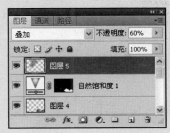

STEP 42 完成后，即可应用"叠加"混合模式，使图像与背景融合，如下图所示。

STEP 43 按快捷键Ctrl+J复制图像，效果如下图所示。

STEP 44 选择"移动工具"向下移动，调整图像位置，如下图所示。

STEP 45 选择"橡皮擦工具" ✐将瓶身上的图像擦除，效果如下图所示。

STEP 46 新建"图层6"，设置前景色为R0、G67、B126，选择"圆角矩形工具" ◻，设置半径为20，然后在图像上绘制如下图形。

STEP 47 执行"窗口"|"字符"菜单命令，打开"字符"面板，设置文字属性，如下图所示。

STEP 48 选择"横排文字工具" T，在图像的中间位置输入文字，如下图所示。

STEP 49 继续使用同样的方法在图像的右侧输入主体文字，如下图所示。

STEP 50 右击"挑战自我"文字图层，在弹出的菜单中选择"栅格化文字"命令，如下图所示。

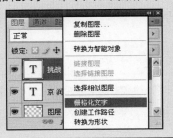

STEP 51 执行栅格化命令后，即可将文字图层转换为普通图层，如下图所示。

STEP 52 执行"编辑"|"变换"|"变形"菜单命令，然后再拖曳图像上的节点和曲线，如下图所示。

STEP 55 完成后，单击对话框中的"确定"按钮，应用"描边"效果，如下图所示。

STEP 58 完成后，单击"确定"按钮，应用"外发光"样式，效果如下图所示。

STEP 53 连续拖曳节点和曲线调整图像形状，完成后，按Enter键，效果如下图所示。

STEP 56 新建"图层7"，设置前景色为R224、G60、B59，单击"自定形状工具"选择形状，在图像上绘制如下图所示图形。

STEP 59 按快捷键Ctrl+J，复制得到"图层7副本"图层，如下图所示。

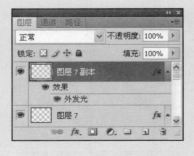

STEP 54 双击"挑战自我"图层，弹出"图层样式"对话框，然后勾选"描边"复选框，再设置如下图所示参数。

描边		
结构		
大小(S):		5 像素
位置(P):	外部	
混合模式(B):	正常	
不透明度(O):		100 %
填充类型(F):	颜色	
颜色:		

STEP 57 双击"图层6"，弹出"图层样式"对话框，然后勾选"外发光"复选框，再设置如下图所示参数。

外发光		
结构		
混合模式(E):	滤色	
不透明度(O):		75 %
杂色(N):		0 %
图素		
方法(Q):	柔和	
扩展(P):		0 %
大小(S):		5 像素

STEP 60 选择"移动工具"，向右拖曳副本图层，调整图像的位置，最终效果如下图所示。

『 9.3 』 编辑和渲染3D模型

在**3D**模型上可以编辑各种不同的图案纹理，也可以添加上不同的纹理，以表现出不同的质感效果。下面将对**3D**图像的编辑和渲染进行介绍。

STEP 37 执行"文件"|"打开"命令，打开随书配套光盘中的"素材\Chapter09\27.jpg"文件，打开图像如下图所示。

STEP 38 使用"快速选择工具" 在花朵图像上连续单击，将整个花朵创建为一个选区对象，如下图所示。

STEP 39 执行"选择"|"修改"|"收缩"菜单命令，打开"收缩选区"对话框，然后设置参数，收缩选区，如下图所示。

STEP 40 选择"移动工具" ，将收缩后的选区内的图像拖曳至背景图像中，并生成"图层5"，如下图所示。

STEP 41 按Ctrl键，单击"图层5"缩览图，将图像载入到选区中，如下图所示。

STEP 42 执行"图像"|"调整"|"亮度/对比度"菜单命令，弹出"亮度/对比度"对话框，然后设置"亮度"为10，如下图所示。

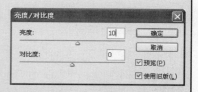

STEP 43 完成后，单击"确定"按钮，提高选区内图像的亮度，如下图所示。

STEP 44 按快捷键Ctrl+J复制两个荷花图像，并分别调整其大小和位置，如下图所示。

STEP 45 双击"图层5"，打开"图层样式"对话框，设置"投影"参数，如下图所示。

相关知识 纹理的显示与隐藏

单击"纹理"图层旁的眼睛图标，对3D模型上的纹理进行显示或隐藏。要隐藏或显示所有纹理，则单击顶层"纹理"图层旁的眼睛图标，如果再单击此图标，则可将隐藏的纹理再次显示出来。

STEP 46 完成后，单击"确定"按钮，即可应用所设置的投影效果，如下图所示。

STEP 47 双击"图层5副本2"，打开"图层样式"对话框，设置"投影"参数，如下图所示。

STEP 48 完成后，单击"确定"按钮，即可应用所设置的投影参数，如下图所示。

STEP 49 新建"图层6"，选择"星曝-小光"画笔，然后在图像上单击，绘制图案，如下图所示。

STEP 50 双击"图层6"，打开"图层样式"对话框，勾选"外发光"复选框，并设置如下图所示参数。

STEP 51 完成后，单击"确定"按钮，即可在图像中应用"外发光"样式，如下图所示。

STEP 52 新建"图层7"，使用同样的方法运用画笔在图像中绘制不同大小和颜色的小圆，如下图所示。

STEP 53 选择"横排文字工具"，单击"切换字符和段落"按钮打开"字符"面板，设置字符参数，如下图所示。

STEP 54 在图像左侧单击，分别输入文字，修饰图像，最终效果如下图所示。

纹理的属性设置

　　通过对纹理属性的编辑，可以将图像上的纹理进行调整，其中纹理的属性编辑包括纹理比例、纹理位移等。打开原图像后，单击"编辑漫射纹理"按钮，在弹出的菜单中选择"编辑属性"命令，打开"纹理属性"对话框。

原图像

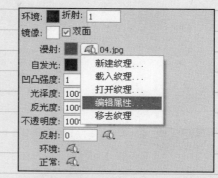

执行"编辑属性"命令

　　在"纹理属性"对话框中，通过拖动滑块可进行参数的调整，同时也可以在文本框内直接输入相应的数据，对属性进行更改。在完成属性更改后，单击"确定"按钮，即可在3D模型上应用所设置的纹理效果。

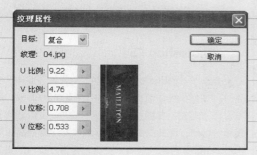

"纹理属性"对话框

编辑纹理后的效果

PART 1 Ps
Photoshop CS4图像处理

Adobe Photoshop

Adobe 公司开发的Photoshop是一款主要用于图像处理的软件，它提供了最专业、最全面的图像处理功能，通过简单的操作即可实现专业的效果，深受广大用户的喜爱。

Photoshop软件的应用领域非常广泛，包括平面广告设计、插画制作、网页设计、数码照片处理以及三维作品后期的贴图等。

Photoshop CS4

最新版本的Photoshop CS4，对操作界面作了全新的更改，使操作更加简捷；新增3D工具和3D面板，还能直接对3D图形进行贴图、调整灯光等编辑；此外还增加了智能缩放功能、旋转视图功能、调整面板、蒙版面板等，使Photoshop软件的功能更加完善，为用户提供了更加强大的图像处理软件。

第10章
常用滤镜的使用

通过前面的学习，读者应该对Photoshop CS4有了一定的了解，本章将详细介绍Photoshop CS4中滤镜的使用方法，包括独立滤镜、滤镜库以及其他更多滤镜的操作方法。通过本章的学习，读者能够运用所学知识制作出各种不同效果的图像。

10.2.2 "画笔描边"滤镜组

"画笔描边"滤镜组中包含"成角的线条"、"墨水轮廓"、"喷溅"、"喷色描边"、"强化的边缘"、"深色线条"等8种滤镜。使用此滤镜组中的滤镜用于摸拟不同的画笔和油墨对图像进行描边渲染，制作出特殊的绘画效果。具体操作如下。

STEP 01 执行"文件"|"打开"命令，打开随书配套光盘中的"素材\Chapter10\07.jpg"文件，打开图像如下图所示。

STEP 02 执行"滤镜"|"滤镜库"菜单命令，弹出"滤镜库"对话框，如下图所示。

STEP 03 选择滤镜库下方原来应用的滤镜，再单击"删除效果图层"按钮，将其删除，如下图所示。

STEP 04 单击"画笔描边"滤镜组，在其列表中选择"喷溅"滤镜，然后在右侧设置如下图所示参数。

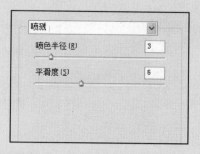

STEP 05 完成后，在滤镜对话框左侧显示所应用滤镜的效果，如下图所示。

STEP 06 单击"新建效果图层"按钮，选择"深色线条"滤镜，然后在右侧设置如下图所示参数。

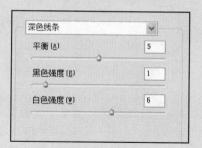

STEP 07 完成后，在对话框左侧会显示"深色线条"滤镜效果，如下图所示。

STEP 08 再单击"新建效果图层"按钮 ，选择"强化的边缘"菜单命令，然后在右侧设置如下图所示参数。

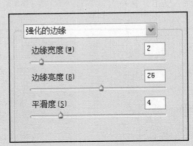

STEP 09 完成所有滤镜设置后，单击"确定"按钮，即可应用所设置的滤镜，效果如下图所示。

相关知识　更多"画笔描边"滤镜

　　此类滤镜可利用画笔表现绘画效果。此滤镜组中的滤镜在RGB和灰度模式中可以应用，但在CMYK模式下不能使用。

　　① **"成角的线条"滤镜**：此滤镜是利用一定方向的笔画表现油画效果，制作出使用油画笔在对角线方向上绘制的感觉。

　　② **"强化的边缘"滤镜**：强调图像的边线，可以在图像的边线部分上绘制成颜色对比的效果。

　　③ **"阴影线"滤镜**：使用"阴影线"滤镜可以在保留原始图像细节和特征的情况下，为图像添加模拟的铅笔阴影线式的纹理，并使其边缘变得粗糙。

"成角的线条"滤镜

"强化的边缘"滤镜

"阴影线"滤镜

　　④ **"深色线条"滤镜**：可以将图像分为长线条的亮区和短线条的暗区，表现不同的笔画长度。图像中阴影部分应用短线条，明亮部分应用长线条。

　　⑤ **"墨水轮廓"滤镜**：此滤镜采用钢笔画的风格，用纤细的线条在原细节上重绘图像。

　　⑥ **"喷溅"滤镜**：可以模拟喷溅枪的效果，以简化图像的整体效果。

"深色线条"滤镜

"墨水轮廓"滤镜

"喷溅"滤镜

10.2.3　扭曲滤镜组

　　"扭曲"滤镜组中包括"波浪"、"波纹"、"玻璃"、"海洋波纹"、"极坐标"、"挤压"、"扩散亮光"、"切变"、"球面化"、"水波"、"旋转扭曲"、"置换"等13种滤镜。使用此滤镜可对图像进行一定规律的弯曲，制作出图像变形的效果。

STEP 01 执行"文件"|"打开"命令，打开随书配套光盘中的"素材\Chapter10\08.jpg"文件，打开图像如下图所示。

STEP 02 选择工具箱中的"矩形选框工具"，沿着图像的上半部分拖曳，创建矩形选区，如下图所示。

STEP 03 打开"图层"面板，按快捷键Ctrl+J复制选区内的图像，得到"图层1"，如下图所示。

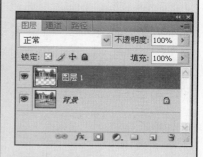

STEP 04 执行"编辑"|"变换"|"水平翻转菜单"命令，将"图层1"中的对象进行翻转，如下图所示。

STEP 05 选择"移动工具"，将"图层1"中的对象移动至图像下方，效果如下图所示。

STEP 06 执行"滤镜"|"扭曲"|"波纹"菜单命令，打开"波纹"对话框，然后在对话框内设置如下图所示参数。

STEP 07 完成后，单击"确定"按钮，添加"波纹"滤镜，效果如下图所示。

STEP 08 再执行"滤镜"|"扭曲"|"玻璃"菜单命令，弹出"玻璃"对话框，然后在对话框内设置如下图所示参数。

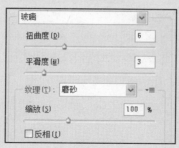

STEP 09 完成后，单击"确定"按钮，即可为图像添加"玻璃"滤镜，效果如下图所示。

STEP 10 执行"滤镜"|"扭曲"|"海洋波纹"菜单命令，打开"海洋波纹"对话框，然后在对话框内设置如下图所示参数。

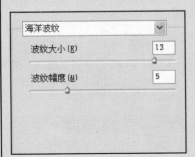

STEP 11 完成后，单击"确定"按钮，即可为图像添加"海洋波纹"滤镜，效果如下图所示。

STEP 12 执行"编辑"|"渐隐"|"海洋波纹"菜单命令，如下图所示。

STEP 13 弹出"渐隐"对话框，然后在对话框中将图像的"不透明度"设置为48%，如下图所示。

STEP 14 完成后，单击"确定"按钮，隐藏海洋波纹，效果如下图所示。

STEP 15 选择"图层1"，将其图层混合模式设置为"强光"，"不透明度"设置为90%，如下图所示。

相关知识 **渐隐对话框**

在执行滤镜命令后，为了使滤镜效果与图像进行完全融合，可执行"编辑"|"渐隐"菜单命令，对滤镜效果进行渐隐，当设置的不透明度越大时，滤镜效果就越明显。

STEP 16 执行上一步操作后，即可对图像应用"强光"混合效果，如下图所示。

STEP 17 选择工具箱中的"橡皮擦工具" ，将"不透明度"设置为50%，然后在边缘涂抹，如下图所示。

STEP 18 继续在图像上涂抹，将图像边缘进行模糊处理，使上层图像与下层图像更融合，如下图所示。

STEP 01 执行"文件"|"打开"命令，打开随书配套光盘中的"素材\Chapter10\13.jpg"文件，打开图像如下图所示。

STEP 04 在弹出的"照亮边缘"对话框中设置各项参数，如下图所示。

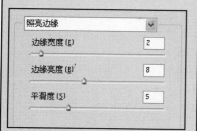

STEP 07 设置完成后，图像中的部分颜色减少，效果如下图所示。

STEP 10 完成后，单击"确定"按钮，效果如下图所示。

STEP 02 将"背景"图层拖动至"创建新图层"按钮上，复制得到副本图层，并隐藏"背景副本2"图层，如下图所示。

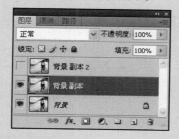

STEP 05 完成后，单击"确定"按钮，即可应用"照亮边缘"滤镜，效果如下图所示。

STEP 08 选择"背景副本2"图层，执行"滤镜"|"风格化"|"浮雕效果"菜单命令，如下图所示。

STEP 11 选择"背景副本2"图层，将图层混合模式设置为"色相"，如下图所示。

STEP 03 执行"滤镜"|"风格化"|"照亮边缘"菜单命令，如下图所示。

STEP 06 选择"背景副本"图层，将图层混合模式设置为"颜色"，如下图所示。

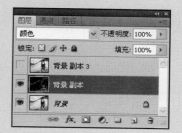

STEP 09 在弹出的"浮雕效果"对话框中设置各项参数，如下图所示。

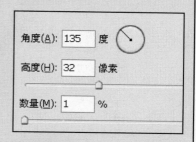

STEP 12 设置完成后，图像转换为黑白图像，效果如下图所示。

　　"风格化"滤镜是在图像上应用质感或亮度，使图像样式产生变化。

　　① "扩散"滤镜：扩散图像的像素，应用具有绘画感觉的图像。

　　② "浮雕效果"滤镜："浮雕效果"滤镜是应用明暗，在图像中表现出浮雕效果。图像的边缘部分显示出颜色，表现出图像立体感。

　　③ "凸出"滤镜：此滤镜通过矩形或金字塔形态表现图像的像素。

"扩散"滤镜

"浮雕效果"滤镜

"凸出"滤镜

　　④ "查找边缘"滤镜：用在图像的边缘，用深色表现出来，其他部分则填充上白色。当图像边线部分的颜色变化比较大时，可以使用粗轮廓线，而变化比较小的时候，则可以使用细轮廓线。

　　⑤ "照亮边缘"滤镜：在图像的轮廓部分上设置类似霓虹灯的发光效果。

　　⑥ "曝光过度"滤镜：把底片曝光，然后翻转图像的高光部分。

"查找边缘"滤镜

"照亮边缘"滤镜

"曝光过度"滤镜

　　⑦ "拼贴"滤镜：将图像处理为马赛克拼贴的效果。

　　⑧ "等高线"滤镜：拉长图像的边缘部分。找到颜色的边线，用阴影颜色表现，其他部分则使用白色表现。

　　⑨ "风"滤镜："风"滤镜可在图像上添加风吹过的效果。

"拼贴"滤镜

"等高线"滤镜

"风"滤镜

10.3.2 "模糊"滤镜组

"模糊"滤镜组中包括"表面模糊"、"动感模糊"、"径向模糊"、"方框模糊"、"高斯模糊"、"进一步模糊"等11种模糊滤镜。使用"模糊"滤镜组中的滤镜可以使选区或图像变得柔和，并淡化图像中的不同颜色边界，制作各种特殊的模糊效果。

STEP 01 执行"文件"|"打开"命令，打开随书配套光盘中的"素材\Chapter10\14.jpg"文件，打开图像如下图所示。

STEP 02 单击工具箱下方的"以快速蒙版模式编辑"按钮，然后使用"画笔工具"在人身上进行涂抹，如下图所示。

STEP 03 继续使用"画笔工具"在图中合适的位置涂抹，直至将整个人物区域全部选取，如下图所示。

STEP 04 单击工具箱中的"以标准模式编辑"按钮，退出快速蒙版，得到如下图所示的选区。

STEP 05 按快捷键Ctrl +I复制选区内的图像，得到"图层1"图层，如下图所示。

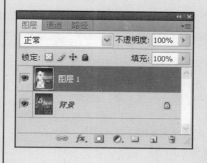

STEP 06 执行"滤镜"|"模糊"|"高斯模糊"菜单命令，如下图所示。

相关知识 复制图层

在Photoshop中复制图层有多种不同的方法。
（1）选择图层，将其拖动至"创建新图层"按钮上，可复制图层。
（2）选择需要复制的图层，然后按快捷键Ctrl+J，可复制图层。
（3）选择需要复制的图层并右击，然后在弹出的快捷菜单中选择"复制图层"命令，可复制图层。
（4）执行"图层"|"复制图层"菜单命令，同样可以复制选中图层。

STEP 07 弹出"高斯模糊"对话框，然后在对话框中设置各项参数，如下图所示。

STEP 08 完成后，单击"确定"按钮，即可应用"高斯模糊"滤镜模糊图像，效果如下图所示。

STEP 09 执行"滤镜"|"模糊"|"方框模糊"菜单命令，然后在弹出的对话框中设置如下参数。

STEP 10 完成后，单击"确定"按钮，即可应用"方框模糊"滤镜模糊图像，效果如下图所示。

STEP 11 选择工具箱中的"加深工具"，将强度设置为10%，然后在图像顶端进行涂抹，效果如下图所示。

STEP 12 选择"横排文字工具"，在图像右侧的合适位置上输入装饰性文字，效果如下图所示。

相关知识 "模糊"滤镜系列

"模糊"滤镜组中的滤镜用于对图像进行柔和处理，将像素的边缘设置为模糊状态，在图像上表现像素的边线，使用衅像表现出速度感或晃动的动态感。

① **"模糊"滤镜**："模糊"滤镜用于表现对焦不准而模糊的图像效果，将构成图像的像素边缘颜色平均化。

② **"进一步模糊"滤镜**：应用多次"模糊"滤镜，可表现出较为强烈的模糊效果，与"模糊"滤镜相同，"进一步模糊"滤镜也是用于对焦不准的模糊图像的制作。

③ **"镜头模糊"滤镜**："镜头模糊"滤镜可以为图像添加模糊效果，从而产生景深的效果，即使图像中的一些对象在焦点内，而其他区域变得模糊。

"模糊"滤镜

"进一步模糊"滤镜

"镜头模糊"滤镜

STEP 10 选择"图层1"，将图层混合模式设置为"强光"，如下图所示。

STEP 11 设置完成后，图像即可应用"强光"混合效果，如下图所示。

STEP 12 按Ctrl键，单击"图层1"缩览图，将图像载入到选区中，如下图所示。

STEP 13 按快捷键Ctrl+Shift+I反选选区，如下图所示。

STEP 14 选中"背景"图层，按快捷键Ctrl+J复制得到"图层2"，如下图所示。

STEP 15 再将"图层2"移动至"图层1"上层，如下图所示。

STEP 16 双击"图层2"，打开"图层样式"对话框，然后在对话框内勾选"描边"复选框，再设置如下图所示参数。

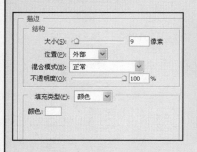

STEP 17 完成后，单击"确定"按钮，即可对图层中的对象进行描边，效果如下图所示。

STEP 18 设置前景色为R11、G4、B22，再选择"自定形状工具"，然后在选项栏内选择形状，如下图所示。

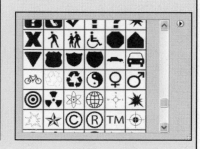

相关知识　图像形态的设置

　　在利用"自定形状工具"绘制图像时，可以对所绘制的图像形态进行设置。当选择"自定形状工具"后，在其选项栏上会出现3个设置所绘制图像形态的按钮，分别为"形状图层"按钮、"路径"按钮和"填充像素"按钮。选择"形状图层"按钮绘制形状时，将用前景色或选定的样式来填充所绘制的区域，并生成矢量蒙版；选择"路径"按钮绘制形状时，只生成路径，并在"路径"面板中显示工作路径；选择"填充像素"按钮绘制形状时，会以前景色填充区域。

STEP 19 新建"图层3",按住Shift键在图像中拖曳,绘制图形,如下图所示。

STEP 20 选择"画笔工具",在图案的中间位置涂抹,将整个图像绘制成同一种颜色,如下图所示。

STEP 21 选择"横排文字工具",在图像的左侧依次输入文字,如下图所示。

STEP 22 选择"圆角矩形工具",单击"形状图层"按钮,设置半径为10px,在图像中绘制与页面等大的矩形,如下图所示。

STEP 23 单击圆角矩形工具选项栏中的"从选区中减去"按钮,继续在矩形内部绘制图形,效果如下图所示。

STEP 24 选择"图层4",将其图层混合模式设置为"叠加",设置后的图像如下图所示。

STEP 25 按快捷键Ctrl+Shift+Alt+E,盖印并生成"图层4",如下图所示。

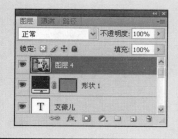

STEP 26 执行"滤镜"|"扭曲"|"扩散亮光"菜单命令,打开"扩散亮光"对话框,并设置如下图所示参数。

STEP 27 完成后,单击"确定"按钮,即可应用"扩散亮光"滤镜,效果如下图所示。

相关知识 "置换"滤镜

在"扭曲"滤镜组中,"置换"滤镜是一个较为特殊的滤镜。使用"置换"滤镜时需要使用一个PSD格式的图像作为置换图,然后再对转换进行相关的设置,以确定当前图像根据位移图发生弯曲、破碎的图像效果。执行"滤镜"|"扭曲"|"置换"菜单命令,可打开"置换"滤镜对话框,如右图所示。

STEP 28 执行"编辑"|"渐隐"|"扩散亮光"菜单命令，在弹出的对话框中设置参数，降低亮度，如下图所示。

STEP 29 执行"滤镜"|"渲染"|"镜头光晕"菜单命令，在打开的"镜头光晕"对话框中设置光晕位置、大小等，如下图所示。

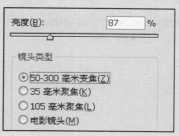

STEP 30 完成后，单击"确定"按钮，即可应用"镜头光晕"滤镜，最终效果如下图所示。

10.4 高招荟萃

效果图层顺序的调整

在制作图像效果时，可应用滤镜库来表现出不同的图像效果。在滤镜库中单击"新建效果图层"按钮，可以添加多个滤镜，应用叠加的滤镜效果。同时，还可以修改图层顺序来修改所创建的滤镜应用效果，如下图所示。

原顺序

调整滤镜顺序

"云彩"滤镜

在执行"滤镜渲染云彩"菜单命令时，如果需要生成更多明显的云彩图案，则可以在按住Alt键的同时执行该命令；如需云彩漫反射效果，则可在按住Shift键的同时执行该命令，如下图所示。

直接执行命令效果　　　　按住Alt键执行命令效果　　　　按住Ctrl键执行命令效果

PART 2 Ai

Illustrator CS4矢量图形绘制

Adobe Illustrator

Illustrator是由Adobe公司开发的专门用于矢量图形绘制的软件，现已推出CS4版本。其制作功能强大，且与图像处理软件Photoshop之间有良好的跨平台兼容与共通性。

Illustrator软件的功能强大、应用广泛，可进行插画设计、VI设计、动画制作、文字设计、网页设计、海报招贴、图文报表、工业图形设计等，并有完善的打印输出功能。

Illustrator CS4

最新版本的Adobe Illustrator CS4在原来版本的基础上优化了原有功能，并添加了一些新的工具、命令等，对操作界面也做了改变，更利于操作和管理。

Illustrator CS4版本使得这款矢量图形绘制软件功能更完善、更强大，为广大的图形绘制用户送上了一份充满惊喜的礼物。接下来就一起进入Illustrator编织的充满惊喜的矢量图形世界吧！

第11章
从基础学习Illustrator CS4

Illustrator是出版、多媒体和在线图像的工业标准矢量插画软件，它可以快速精确地绘制出各种图形，也可以设计出任意形状的字体，并可以置入图像。在新版的Illustrator CS4中，为图形绘制提供了更丰富的工作区工具。本章将介绍Illustrator CS4的基础知识，包括Illustrator CS4的新增功能、全新的工作界面、文件的基本操作、页面的显示以及辅助工具的应用，让读者能初步了解Illustrator CS4。

11.3.3 文件显示状态

在Illustrator CS4中，可通过"视图"菜单中的命令来选择不同的视图模式，调整视图的显示模式，使用户快捷、方便地完成绘图工作，对打印结果没有影响，下面就介绍如何设置文件的显示状态，具体操作如下。

STEP 01 执行"文件"|"打开"命令，打开随书配套光盘中的"素材\Chapter 11\05.ai"文件，打开图像如下图所示。

STEP 02 对打开的图形执行"视图"|"轮廓"菜单命令，如下图所示。或按快捷键Ctrl+Y将图形切换到轮廓线显示，减少屏幕刷新时间，提高工作效率。

STEP 03 此时在图像窗口中看到的图形只显示轮廓线，没有颜色显示，如下图所示。再次执行"视图"|"预览"菜单命令时，即可回到有色显示状态。

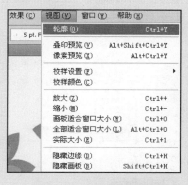

STEP 04 如果需要对图像中的某一部分进行经常性的查看、更改，则可将其新建为视图，先使用放大工具将图形放大显示，放大效果如下图所示。

STEP 05 确认需要显示的图形后，执行"视图"|"新建视图"菜单命令，即可弹出"新建视图"对话框，在对话框中输入视图的名称，如下图所示。确认后，即可将放大显示的图形新建为一个视图，方便再次查看和使用。

『 11.4 』 应用辅助工具

通过辅助工具的使用，可在Illustrator中自定义和显示页面网格与辅助线等，以帮助用户组织对象并将对象准确地放置在需要之处。这里就将介绍标尺参考线、网格和智能辅助线的使用方法和一些技巧。

11.4.1 标尺参考线的建立

通过使用标尺参数线，可以更加精确地放置图形对象，下面就将介绍通过标尺建立参考线，然后移动图形进行对齐的方法。显示/隐藏标尺的键盘快捷键为Ctrl+R，具体操作如下。

STEP 01 执行"文件"|"打开"命令，打开随书配套光盘中的"素材\Chapter 11\ 06.ai"文件，打开图像如下图所示。

STEP 02 打开图形后，执行"视图"|"显示标尺"菜单命令，如下图所示，或按快捷键Ctrl+R，即可显示标尺。

STEP 03 执行命令后，即可看到图像窗口的左边出现了标尺，如下图所示。

STEP 04 将鼠标放置到上方的标尺处，然后单击并向下拖移，即可拖出标尺参考线，将其拖移到红色气球上方位置，如下图所示。

STEP 05 用同样的方法从左边的标尺内拖出参考线，并将其放置到红色与蓝色气球中间，如下图所示。

STEP 06 继续从左边的标尺内拖移出一条参考线，移至蓝色和绿色气球中间，参考线建立效果如下图所示。

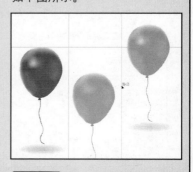

STEP 07 单击蓝色气球，然后将鼠标移动到标尺上，如下图所示。

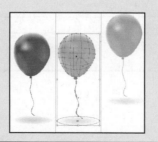

STEP 08 再移动绿气球，可看到图像按参考线进行对齐，效果如下图所示。

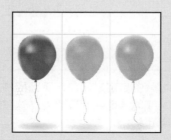

STEP 09 当不再需要参考线时，可执行"视图"|"参考线"|"隐藏参考线"菜单命令，将其隐藏。

隐藏参考线 (U)	Ctrl+;
锁定参考线 (K)	Alt+Ctrl+;
建立参考线 (M)	Ctrl+5
释放参考线 (L)	Alt+Ctrl+5
清除参考线 (C)	

执行"视图"|"参考线"菜单命令，在弹出的子菜单中有多个命令，可对参考线进行隐藏、锁定、建立、释放和清除设置，如左图所示。

11.4.2　网格的显示

网格是一系列交叉的虚线或点，可以用于在绘图中精确地对齐和定位对象。下面就介绍网格的显示以及更改网格的颜色，具体操作如下。

STEP 01 执行"文件"|"打开"命令，打开随书配套光盘中的"素材\Chapter 11\07.ai"文件，打开图像如下图所示。

STEP 02 对图形执行"视图"|"显示网格"菜单命令，即可在图像中显示出灰色的网格，网格效果如下图所示。

STEP 03 执行"编辑"|"首选项"|"参考线和网格"菜单命令，在弹出的"首选项"对话框中，可对网格的颜色、样式等进行设置，更改"颜色"为"淡红色"，如下图所示，然后单击"确定"按钮。

STEP 04 通过首选项的设置后，即可将参考线的颜色更改为红色，也可根据个人喜好更改为其他的颜色或样式，网格效果如下图所示。

11.4.3　智能参考线的应用

开启智能参考线功能后，在移动、调整或转换图形时，系统将自动寻找路径、交叉和图形位置。在Illustrator CS4中，对智能参考线功能作了提升，将鼠标放置到图形上时，会自动显示当前选择的对象属性以及位置等。智能参考线的键盘快捷键为Ctrl+U，具体操作如下。

STEP 01 执行"文件"|"打开"命令，打开随书配套光盘中的"素材\Chapter 11\ 08.ai"文件，打开图像如下图所示。

STEP 02 执行"视图"|"智能参考线"菜单命令，启用智能参考线，然后将鼠标放置到图形中的任意位置，即显示该对象的信息。

STEP 03 单击一条路径进行移动时，可看到该路径的移动位置并显示交叉点信息，如下图所示。

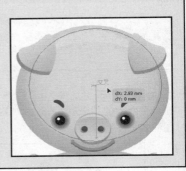

『 11.5 』　对象的选取

在绘图的过程中，对象的选取是常会用到的操作，当绘制的对象较多时，在进行选择时就比较困难，下面就介绍在Illustrator CS4中如何快速准确地进行对象的选取，常用的方法是通过"选择"菜单中的命令和"选择工具"来完成。

11.5.1　使用"选择工具"

"选择工具" 是Illustrator中使用最频繁的工具，当打开一幅图形时，默认工具就为"选择工具"。使用"选择工具"可选图形中的任何一个对象，并能进行移动、缩放、旋转等操作，"选择工具"的键盘快捷键为V，下面就来认识"选择工具"。

STEP 01 执行"文件"|"打开"命令，打开随书配套光盘中的"素材\Chapter 11\ 09.ai"文件，打开图像如下图所示。

STEP 02 使用"选择工具"在图像中的云朵上单击，即可将该路径选中，并在路径上出现定界框，如下图所示。

STEP 03 再将鼠标放置到定界框四边的小方块上进行拖移，即可进行缩放，这时缩小图像效果如下图所示。

12.1.3 使用"铅笔工具"

Illustrator中的"铅笔工具" 📝 就像现实的铅笔一样,可以随意地绘制图形。"铅笔工具"同样可以绘制开放或闭合的路径,通过鼠标拖移轨迹创建路径,有很大的随意性,可绘制出手绘效果,并能对路径进行填色、描边设置,"铅笔工具"的键盘快捷键为N,具体操作如下。

STEP 01 新建一个空白文档,然后单击"铅笔工具",在画板中间位置单击并按住鼠标左键拖动,即可绘制出路径轨迹,如下图所示。

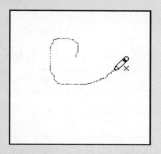

STEP 02 继续拖移鼠标,绘制出一条闭合的路径,释放鼠标后即出现带锚点的路径,路径效果如下图所示。

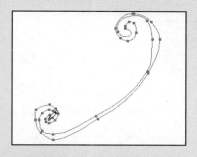

STEP 03 设置"填色"为R215、G147、B192,为路径填充颜色,填色效果如下图所示。

STEP 04 用"铅笔工具"继续绘制两条路径,组合成一个衣架图形,如下图所示。

STEP 05 用"铅笔工具"在衣架图形下再绘制一条衣服形状的路径,路径效果如下图所示。

STEP 06 为衣服路径设置"填色"为R110、G145、B61,填色效果如下图所示。

STEP 07 继续在衣服上绘制饰物路径,如下图所示。

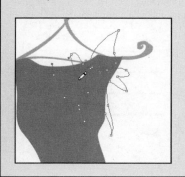

STEP 08 为绘制的路径设置"填色"为红色,填色效果如下图所示。

STEP 09 继续使用"铅笔工具"绘制路径并填充颜色,如下图所示。

12.1.4 使用"画笔工具"

　　"画笔工具" ✏可以使路径的外观具有不同的风格，可以通过"画笔工具"绘制出不同的描边效果，也可直接将画笔库中的画笔描边效果直接应用到选择的路径上，"画笔工具"的键盘快捷键为B，具体操作如下。

STEP 01 新建一个高度和宽度都为250mm的文档，然后使用"矩形工具"绘制一个与画板相同大小的矩形，并填充颜色为R240、G91、B114，如下图所示。

STEP 02 执行"窗口"|"画笔库"|"艺术效果"|"艺术效果_油墨"菜单命令，如下图所示。

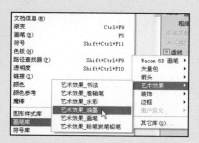

STEP 03 在弹出的"艺术效果_油墨"面板中，单击第一个画笔"油墨喷溅1"，如下图所示。

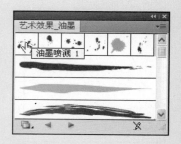

STEP 04 更改"描边"为白色，然后利用"画笔工具"在画板的右侧单击或拖动，进行绘制。

STEP 05 继续使用"画笔工具"在画板右侧绘制油墨喷溅效果的路径，绘制效果如下图所示。

STEP 06 在"艺术效果_油墨"面板中选择"淡墨染"画笔，如下图所示。

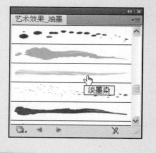

STEP 07 在选项栏中设置"描边"为0.5pt，然后使用"画笔工具"在面板中随意地拖动，绘制一条弯曲路径，如下图所示。

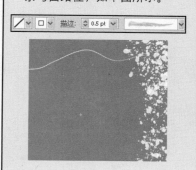

STEP 08 更改"描边粗细"为1pt，然后继续使用"画笔工具"在图中绘制一条弯曲路径，路径效果如下图所示。

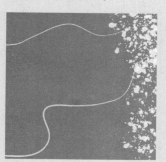

STEP 09 执行"窗口"|"画笔库"|"艺术效果"|"艺术效果_粉笔炭笔铅笔"菜单命令，在弹出的面板中选择"炭笔-羽化"画笔。

STEP 10 使用"画笔工具"，在刚才绘制的路径右下方通过鼠标的拖移绘制多条路径，组成花朵图形，如下图所示。

STEP 11 在画板上方用同样的方法再绘制一个花朵图形，效果如下图所示。

STEP 12 单击"文字工具"，在画板中输入一段文字，这里输入英文效果如下图所示。

STEP 13 选中刚才输入的英文，在选项栏中单击"段落"选项，然后在弹出的面板中单击"右对齐"按钮，如下图所示。

STEP 14 英文即以选择的"右对齐"方式进行排列，更改效果如下图所示。

STEP 15 对文字执行"文字"|"创建轮廓"菜单命令，如下图所示。或按快捷键Shift+Ctrl+O，将文字创建为轮廓。

STEP 16 执行命令后，在窗口中可看到文字已被创建为路径，文字路径效果如下图所示。

STEP 17 在"艺术效果_粉笔炭笔铅笔"面板中单击"炭笔-粗糙"画笔，如下图所示。

STEP 18 取消文字路径的选择，可看到路径描边上设置为刚才选择的画笔样式效果，如下图所示。

相关知识　画笔库

在Illustrator中提供了多种预设的画笔，方便用户绘制各种图形，这些画笔位于"画笔库"中，主要包括Wacom6D画笔、矢量包、箭头、艺术效果、装饰和边框这几类画笔，如下图所示展示的即为这几类画笔中的一种画笔。

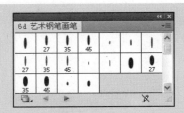

Wacom 6D画笔

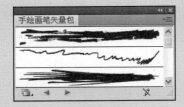

矢量包

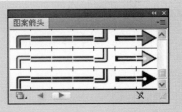

箭头

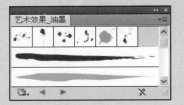

艺术效果

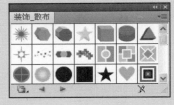

装饰

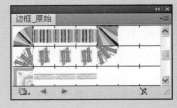

边框

12.1.5 使用"斑点画笔工具"

　　Illustrator CS4中新增了"斑点画笔工具" ，"斑点画笔工具"绘制的路径只有填充效果，而没有描边效果，并可与带有同样填充效果但无描边效果的图稿进行合并，"斑点画笔工具"的键盘快捷键为Shift+B，具体操作如下。

STEP 01 执行"文件"|"打开"命令，打开随书配套光盘中的"素材\Chapter12\02.ai"文件，打开图像如下图所示。

STEP 02 单击"吸管工具"，然后在图中间白色的云朵上单击，进行颜色取样，取样效果如下图所示。

STEP 03 双击"斑点画笔工具"，在弹出的"斑点画笔工具选项"对话框中设置"大小"选项为10pt，如下图所示，然后单击"确认"按钮。

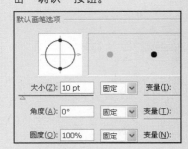

STEP 04 按住Shift键，使用"斑点画笔工具"在图像中白色云朵下方，绘制一条垂直的路径。

STEP 05 用同样的方法再绘制多条垂直的路径，效果如下图所示。

STEP 06 用"选择工具"选择刚才绘制的路径，即与白色云朵图形合并为一条路径，如下图所示。

相关知识 斑点画笔工具选项

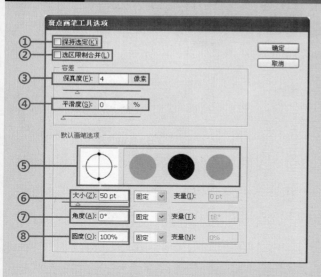

① **保持选定**：指定绘制合并路径时，所有路径都将被选中，并且在绘制过程中保持被选中状态。该选项在查看包含在合并路径中的全部路径时非常有用。选择该选项后，"选区限制合并"选项将被停用。

② **选区限制合并**：指定如果选择了图稿，则斑点画笔只可与选定的图稿合并。如果没有选择图稿，则斑点画笔可以与任何匹配的图稿合并。

③ **保真度**：控制必须将鼠标或光笔移动多大距离，Illustrator才会向路径添加新锚点，保真度的范围可介于0.5～20像素之间；值越大，路径越平滑，复杂程度越小。

④ **平滑度**：控制使用工具时Illustrator应用的平滑量。平滑度范围从0%～100%，百分比越高，路径越平滑。

⑤ **画笔形状编辑器**：在编辑器中可对画笔的大小、角度、圆度进行自由的编辑，并在后面显示当前编辑后的画笔形状。

⑥ **大小**：决定画笔的大小。

⑦ **角度**：决定画笔旋转的角度。可拖移预览区中的箭头，或在"角度"文本框中输入一个值。

⑧ **圆度**：决定画笔的圆度。将预览区中的黑点朝向或背离中心方向拖移，或者在"圆度"文本框中输入一个值，该值越大，圆度就越大。

12.1.6 实例进阶——绘制POP

前面学习了Illustrator中常用的编辑路径的工具，包括钢笔、画笔、铅笔和斑点画笔工具，通过这些工具的运用可绘制出各种需要的图形，下面的实例就将结合前面所学的路径工具，来制作一幅产品宣传的POP，具体操作如下。

原始文件 素材\Chapter2\03.ai

最终文件 源文件\Chapter12\绘制POP .ai

Before

After

STEP 01 执行"文件"|"新建"菜单命令,在弹出的"新建文档"对话框中设置文档名称,然后设置"宽度"为250mm、"高度"为280mm、"取向"为竖向,如下图所示。然后单击"确定"按钮,关闭对话框,即可新建一个空白文档。

STEP 02 用"矩形工具"沿画板绘制一个相同大小的矩形,然后设置"填色"为R126、G73、B155,填色效果如下图所示。

STEP 03 单击"钢笔工具",更改"填色"为R254、G157、B134,然后使用"钢笔工具"在紫色矩形上绘制一个不规则的矩形,效果如下图所示。

STEP 04 将"填色"设置为"无","描边"设置为黑色,然后使用"钢笔工具"在左下方位置绘制一条路径,路径形状如下图所示。

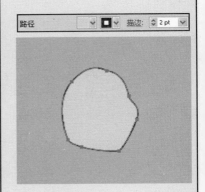

STEP 05 更改"填色"为R239、G224、B149,并在选项栏中设置"描边粗细"为2pt,路径设置效果如下图所示。

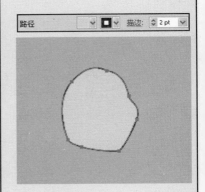

STEP 06 单击"画笔工具",在其选项栏中单击"画笔"选项下三角按钮,在弹出的面板中选择"炭笔"样式,如下图所示。

STEP 07 使用"画笔工具"在刚才绘制的路径上绘制出眉毛、眼睛、嘴巴路径,组成一幅可爱的卡通人物头像,如下图所示。

STEP 08 选择"钢笔工具",在刚才绘制的嘴的路径上绘制一条弧形的路径,制作成舌头效果,如下图所示。

STEP 09 将刚才绘制的舌头设置"填色"为R195、G27、B30，路径填色效果如下图所示。

STEP 10 按快捷键B切换到"画笔工具"，然后使用"画笔工具"在刚才绘制的卡通脸周围随意地绘制路径，绘制出头发效果。

STEP 11 按快捷键P切换到"钢笔工具"，在卡通脸下方绘制一条身体的路径，并填充黄色，路径效果如下图所示。

STEP 12 将"填色"设置为无，然后绘制一条闭合路径，将卡通头和脸都包围住，路径效果如下图所示。

STEP 13 更改刚才绘制的路径"填色"为R255、G207、B0，填色效果如下图所示。

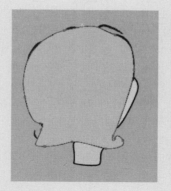

STEP 14 多次按快捷键Ctrl+[将路径向下调整图层顺序，将其他的卡通部分显示出来，制作成头发效果，如下图所示。

STEP 15 双击"斑点画笔工具"，在弹出的"斑点画笔选项"对话框中设置"大小"为5pt，如下图所示，然后单击"确定"按钮。

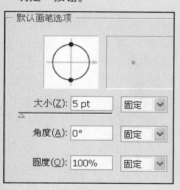

STEP 16 设置填充色为背景相同的紫色，然后使用"斑点画笔工具"在右方位置绘制一条直线段，路径效果如下图所示。

STEP 17 执行"文件"|"打开"命令，打开随书配套光盘中的"素材\Chapter12\03.ai"文件，打开图像如下图所示。

STEP 18 将打开文件中的草莓图形复制到绘制的POP文件中，并移动到卡通头像的上方，效果如下图所示。

STEP 19 按住Alt键，使用"选择工具"单击并拖移草莓图形进行复制，然后旋转到适当角度，调整效果如下图所示。

STEP 20 继续复制多个草莓图形，并逐个堆叠起来，调整不同的大小和角度，效果如下图所示。

STEP 21 按住Ctrl键，用"选择工具"选择所有的草莓图形，然后单击鼠标右键，在弹出的快捷菜单中选择"编组"命令，进行编组，如下图所示。

STEP 22 单击"钢笔工具"，在草莓和卡通头像上绘制一条路径，将它们进行遮盖，并设置"填色"为白色、"描边"为无，路径效果如下图所示。

STEP 23 按快捷键Ctrl+[将路径图层向下调整图层顺序，将卡通头像全部显示，调整图层顺序后的效果如下图所示。

STEP 24 再次双击"斑点画笔工具"，在弹出的对话框中设置"大小"为20pt、"圆度"为80%，如下图所示。然后单击"确定"按钮，关闭对话框。

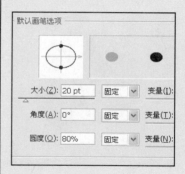

STEP 25 设置"填色"为R254、G72、B161，然后使用"斑点画笔工具"在右侧的紫色线条上通过鼠标绘制出"草"字，如下图所示。

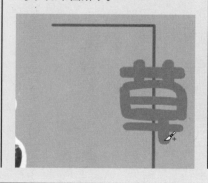

STEP 26 接着继续使用"斑点画笔工具"绘制路径，组成"莓"字，注意两个字之间的位置，效果如下图所示。

STEP 27 选择刚才绘制的路径，在选项栏中更改"描边"颜色为红色，并设置"描边"为3pt，更改效果如下图所示。

STEP 28 执行"窗口"|"画笔库"|"装饰"|"装饰_散布"菜单命令，在弹出的"装饰_散布"面板中选择"点线"画笔，如下图所示。

STEP 29 使用"画笔工具"在绘制的两个文字上进行拖移涂抹，添加一些装饰效果，如下图所示。

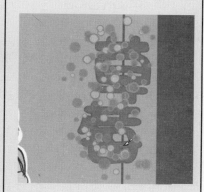

STEP 30 用前面介绍的方法调整图层顺序，将草莓两个字调整到上方，效果如下图所示。

STEP 31 单击"文字工具"，在草莓图形上方输入需要的文字，并设置字体和大小，文字效果如下图所示。

STEP 32 继续使用"文字工具"在卡通头像下方输入文字，并将字体缩小，输入文字效果如下图所示。

STEP 33 执行"窗口"|"画笔库"|"Wacom 6D画笔"|"6d艺术钢笔画笔"菜单命令，在弹出的"6d艺术钢笔画笔"对话框中选择"淡27pt"画笔，如下图所示。

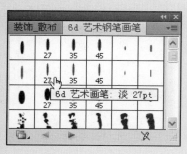

STEP 34 设置"描边"颜色为黑色，然后使用"画笔工具"在刚才输入的文字后面进行绘制，绘制一个数字5，效果如下图所示。

STEP 35 使用"文字工具"在刚才绘制的数字后面再输入需要的文字，并注意文字大小，完成效果如下图所示。

STEP 36 单击"斑点画笔工具",设置"填色"为白色,然后使用该工具在红色"草莓"两个字的周围绘制一圈白色的路径,效果如下图所示。

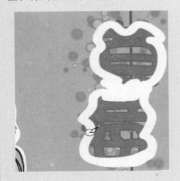

STEP 37 将刚才绘制的白色路径向下调整图层顺序,调整后的效果如下图所示。

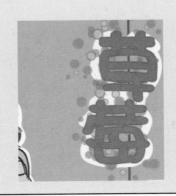

STEP 38 至此,POP绘制完成,执行"视图"|"画板适合窗口大小"菜单命令,即可显示画板内的全部图形效果,最终完成效果如下图所示。

『 12.2 』 基本图形的绘制

在前面小节中介绍了Illustrator中可自由绘制路径的工具,能绘制出任意的图形。而Illustrator 还有两组工具可以直接绘制出简便的基本图形,如矩形、椭圆、星形、直线段等,下面就来介绍这些可直接绘制图形的工具。

12.2.1 "直线段工具"、"弧线工具"的应用

使用工具箱中的"直线段工具" \ 可以绘制各种方向的直线,方法是直接在画板上单击,然后拖移,移动到需要的位置时再次单击,即可创建出一条直线段,"直线段工具"的键盘快捷键为\。

"弧线工具" 可以绘制出各种曲线和度短的弧形,其使用方法与"直线段工具"相同,下面就来具体介绍这两个工具的应用。

STEP 01 执行"文件"|"打开"命令,打开随书配套光盘中的"素材\Chapter12\04.ai"文件,打开图像如下图所示。

STEP 02 单击"直线段工具",在图形中的左上角单击,确认起点,然后在右下角处再次单击,即可绘制出一条倾斜的直线段。

STEP 03 设置直线段"描边"颜色为黄色、"描边"为2pt,设置效果如下图所示。

STEP 04 切换到"选择工具",按住Alt键对直线段进行复制,复制效果如下图所示。

STEP 05 按快捷键Ctrl+D重复刚才的复制移动操作,多次按下快捷键,即可复制出多条直线段,效果如下图所示。

STEP 06 单击"弧线工具",然后在图形的右上角处单击并按住鼠标拖移,即可绘制出一条弧形路径,路径效果如下图所示。

STEP 07 在选项栏中更改"描边"颜色为橙色、"描边"为40pt,弧形路径的设置效果如下图所示。

STEP 08 再用"弧线工具"绘制一条相同的弧形路径,并设置填充为蓝色、"描边"也为40pt,路径效果如下图所示。

STEP 09 用同样的方法再绘制一条弧形路径,并设置为黄色,然后将绘制的三条弧形路径图层顺序向下调整,调整后的效果如下图所示。

相关知识 "弧形工具"选项

在工具箱中双击"弧形工具",或选择"弧形工具"后,在画板中单击,即会弹出"弧形工具选项"对话框,通过对话框中的选项,可设置出弧线的长度、类型、基线轴等,对话框如下图所示。

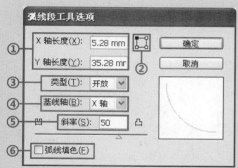

① **X/Y轴长度:** 用于设置弧线X轴的长度和Y轴的长度,即弧线的整体长度。

② **参考定位器:** 通过单击"参考点定位器" 上的一个方框,以确定从其上绘制弧线的点。

③ **类型:** 单击"类型"选项下三角按钮,可在其下拉列表中选择"开放"和"闭合"两种类型。

④ **基线轴:** 用于指定弧线方向,是以X轴还是Y轴为方向的。

⑤ **斜率:** 指定弧线斜率的方向,对凹入(向内)斜率输入负值,对凸起(向外)斜率输入正值,斜率为0时将创建直线。

⑥ **弧线填色:** 勾选"弧线填色"复选框后,即以当前填充颜色为弧线填色。

12.2.2 "螺旋线工具"、"矩形网格工具"的应用

使用"螺旋线工具" ⊚可以绘制出不同形状的螺旋线路径。使用"矩形网格工具" ▦可绘制矩形内部的网格。两个工具的使用方法相同，都是通过鼠标的拖移即可完成绘制，具体操作如下。

STEP 01 执行"文件"|"打开"命令，打开随书配套光盘中的"素材\Chapter12\05.ai"文件，打开图像如下图所示。

STEP 02 单击"螺旋线工具"在空白处单击，然后在弹出的"螺旋线"对话框中设置选项参数，如下图所示。

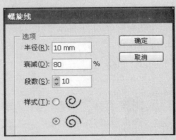

STEP 03 确认后，即可在画板中创建一个螺旋线路径，创建的螺旋线效果如下图所示。

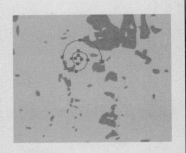

STEP 04 设置"描边"颜色为R139、G4、B3，并设置"描边"为2pt，设置后的效果如下图所示。

STEP 05 使用"选择工具"选中刚才绘制的螺纹线，然后移动到画板的左上角处，并旋转角度，调整后的效果如下图所示。

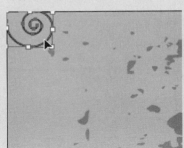

STEP 06 按住Alt键，单击并垂直向下拖移螺旋线路径，释放鼠标后，即可复制一条路径，复制路径效果如下图所示。

STEP 07 多次按快捷键Ctrl+D，重复刚才的移动复制操作，复制出多个螺旋线，效果如下图所示。

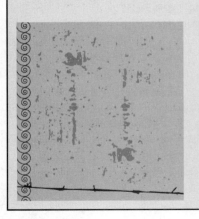

STEP 08 双击"矩形网格工具"，在弹出的"矩形网格工具选项"对话框中设置选项参数，如下图所示，然后单击"确定"按钮。

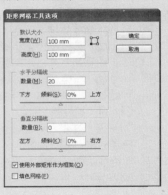

STEP 09 确认设置后，即在画面中出现了设置后的矩形网格路径，创建的矩形网格效果如下图所示。

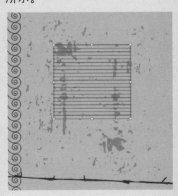

STEP 10 切换到"选择工具"，通过拖移定界框对矩形网格进行放大调整，放大效果如下图所示。

STEP 11 设置矩形网格"描边"为R156、G148、B59，设置后的矩形网格效果如下图所示。

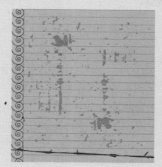

STEP 12 单击"文字工具"，以矩形网格为基准，在网格上输入需要的文字，完成效果如下图所示。

相关知识　螺旋线选项

在使用"螺旋线工具"时，可通过单击并拖移绘制一个需要大小的螺旋线，也可在需要创建螺旋线的位置处单击，通过弹出的"螺旋线"对话框中选项的设置，来创建螺旋线。对话框如下图所示。

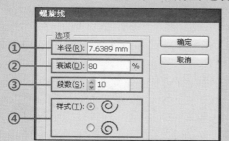

① **半径**：指定从中心到螺旋线最外点的距离。

② **衰减**：指定螺旋线的每一螺旋相对于上一螺旋应减少的量。

③ **段数**：指定螺旋线具有的线段数，螺旋线的每一完整螺旋由四条线段组成。

④ **样式**：指定螺旋线方向。

12.2.3 "极坐标网格工具"的应用

使用"极坐标网格工具" ⊛ 可以创建具有指定大小和指定数目的分隔线的同心圆。在工具箱中单击"极坐标网格工具"图标后，在画板中单击并拖移即可创建出极坐标网格，也可在需要创建极坐标网格的位置上单击，通过弹出的"极坐标网格工具选项"对话框中选项的设置来进行创建，具体操作如下。

STEP 01 执行"文件"|"打开"命令，打开随书配套光盘中的"素材\Chapter12\06.ai"文件，打开图像如下图所示。

STEP 02 单击"极坐标网格工具" ⊛，然后在画板的中心位置上单击，即可弹出"极坐标网格工具选项"对话框，在对话框中设置"同心圆分隔线"为0、"径向分隔线"为50，如右图所示，然后单击"确定"按钮。

极坐标网格工具选项

默认大小
宽度(W)：3.53 cm
高度(H)：3.53 cm

确定
取消

同心圆分隔线
数量(M)：0
内　倾斜(S)：0%　外

径向分隔线
数量(B)：50
下方　倾斜(K)：0%　上方

□ 从椭圆形创建复合路径(C)
□ 填色网格(F)

STEP 03 确认设置后，在画面中即可看到创建的极坐标网格效果，如下图所示。

STEP 06 设置"填色"为白色、"描边"为无，然后单击"实时上色工具"，将鼠标放在网格上，即出现红色边框线，单击即可在这些框内填充白色，如下图所示。

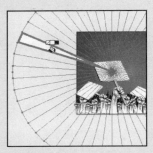

STEP 09 单击"矩形工具"，沿画板绘制一个相同大小的矩形，效果如下图所示。

STEP 04 单击"选择工具"，将极坐标网格移动到图形中白色矩形内的中心处，如下图所示。

STEP 07 继续使用"实时上色工具"在每隔一个网格上单击，填充白色，效果如下图所示。

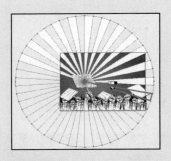

STEP 10 按快捷键Ctrl+A全选图形，然后单击鼠标右键，在弹出的快捷菜单中选择"建立剪切蒙版"命令，如下图所示。

STEP 05 按住Shift+Ctrl的同时单击定界框边缘小方块并向外拖动，进行从中心等比例放大，放大效果如下图所示。

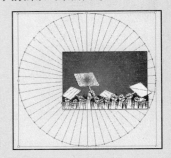

STEP 08 用"实时上色工具"继续对网格每隔一格进行填充，最后填充完成的效果如下图所示。

STEP 11 建立剪切蒙版后，即可将画板以外的图形进行隐藏，以便更好地查看画板中的图形效果，完成效果如下图所示。

相关知识 "极坐标网格工具"选项

双击"极坐标网格工具"或选择该工具后，在需要创建极坐标网格的位置单击，即可弹出"极坐标网格工具选项"对话框，通过对话框中的选项可设置网格的大小、方向、网格数量等，对话框如下页图所示。

STEP 28 用同样的方法再绘制几条路径，并与字母组合在一起，路径效果如下图所示。

STEP 29 继续在每个字母路径周围绘制一些弯曲的路径，组合漂亮的花纹，绘制效果如下图所示。

STEP 30 放大图像窗口，使用"橡皮擦工具"在字母H路径上将与花纹路径重合的区域进行擦除，如下图所示。

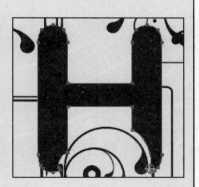

STEP 31 继续使用"橡皮擦工具"在将字母路径上与花纹有重合的地方进行擦除，如下图所示。注意在使用橡皮擦时，需要先选中字母路径，然后再进行擦除。

STEP 32 最后在图形的右方输入一些宣传文字，至此，海报制作完成，最终效果如下图所示。

绘制正方形和正圆形

若要绘制正方形或正圆形，则在选择"矩形工具"或"椭圆工具"后，按住Shift键的同时向对角线方向拖动鼠标，直到达到所需大小即可。

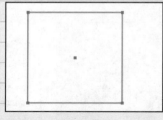

正方形

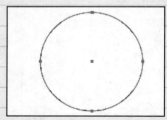

正圆

使用"铅笔工具"改变路径形状

使用"铅笔工具"不仅可以绘制路径，还可在已绘制的路径上改变路径形状。

STEP 01 选择要更改的路径。

STEP 02 将"铅笔工具"定位在重新绘制的路径上。

STEP 03 拖动工具，直到达到所需的路径形状。

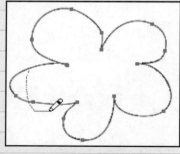

使用"铅笔工具"在路径上拖动

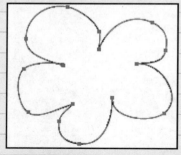

路径形状被改变

在多边形绘制过程中添加或减少边数

在使用"多边形工具"绘制多边图形时，使用鼠标单击并按住鼠标拖动的过程中，按小键盘上的向上方向键可增加边数，按向下方向键可减少边数。

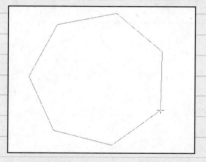

按↑键增加边数

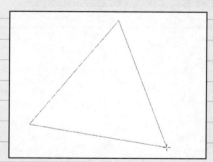

按↓键减少边数

PART 2 Ai
Illustrator CS4矢量图形绘制

Adobe Illustrator

Illustrator是由Adobe公司开发的专门用于矢量图形绘制的软件，现已推出CS4版本。其制作功能强大，且与图像处理软件Photoshop之间有良好的跨平台兼容与共通性。

Illustrator软件的功能强大、应用广泛，可进行插画设计、VI设计、动画制作、文字设计、网页设计、海报招贴、图文报表、工业图形设计等，并有完善的打印输出功能。

Illustrator CS4

最新版本的Adobe Illustrator CS4在原来版本的基础上优化了原有功能，并添加了一些新的工具、命令等，对操作界面也做了改变，更利于操作和管理。

Illustrator CS4版本使得这款矢量图形绘制软件功能更完善、更强大，为广大的图形绘制用户送上了一份充满惊喜的礼物。接下来就一起进入Illustrator编织的充满惊喜的矢量图形世界吧！

第13章
图形的填充和描边

在Illustrator CS4中，不仅可以绘制出任意需要的图形，而且还有丰富的色彩填充工具和命令为绘制的路径填充丰富的色彩，以更好地展示图形效果。路径的轮廓称为描边，应用于开放或闭合路径内部区域的颜色或渐变称作填充。本章就来学习如何在Illustrator中填充和描边图形对象，包括各种上色工具和面板的学习。

『 13.1 』 颜色的设置

在Illustrator中对路径进行颜色的设置可通过多种方法，常用到的方法是通过工具箱中颜色工具调出"拾色器"来进行颜色的拾取，也可通过"颜色"面板和"色板"面板来选取颜色，下面就具体介绍这几种颜色的设置方法。

13.1.1 通过"拾色器"拾取颜色

使用"拾色器"来拾取颜色在操作中是最常用的方法，在工具箱中双击"填色"或"描边"色块，即弹出"拾色器"对话框，在其中可直观地选择颜色或通过设置参数来选取颜色，具体操作如下。

STEP 01 执行"文件"|"打开"命令，打开随书配套光盘中的"素材\Chapter13\01.ai"文件，接着使用"选择工具"选中小的圆形编组图形，如下图所示。

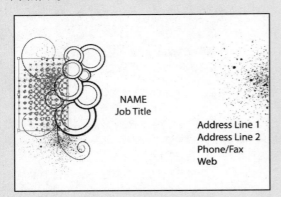

STEP 02 在工具箱中双击"填色"色块，在弹出的"拾色器"对话框的"选择颜色"块中单击红色，如下图所示，然后单击"确定"按钮，关闭对话框。

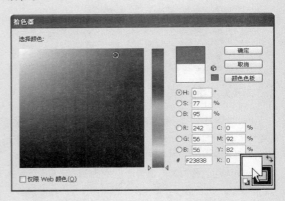

STEP 03 在工具箱中单击"描边"色块，然后单击下方的"无"按钮，取消描边颜色，在图形中即可看到选择图形设置颜色的效果，如下图所示。

STEP 04 用同样的方法选择中间的圆形，然后更改"描边"颜色为红色，设置效果如下图所示。

相关知识　创建渐变网格选项

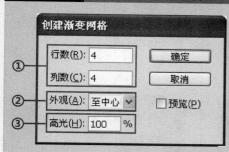

① **行数/列数**：在文本框内输入数值，确认创建网格的个数。

② **外观**：用于设置渐变网格高光的方向，单击下三角按钮，可选择3种外观。"无层次"在表面上均匀应用对象的原始颜色，从而导致没有高光；"至中心"在对象中心创建高光；"至边缘"在对象边缘创建高光。

③ **高光**：输入白色高光的百分比以应用于网格对象。100%时可将最大白色高光应用于对象；0%时不会在对象中应用任何白色高光。

13.4.3　实例进阶——为图形填充缤纷色彩

通过前面的学习，读者应该了解了Illustrator中颜色的填充工具和面板的使用，这里将结合前面所学，在绘制的图形中通过不同的方式为其设置丰富的色彩，包括网格的使用、渐变的设置和拾色器的使用，具体操作如下。

原始文件	素材\Chapter13\09.ai
最终文件	源文件\Chapter13\为图形填充缤纷色彩.ai

Before

After

STEP 01 新建一个空白文档，然后使用"矩形工具"在画板中绘制一个矩形，并设置"填色"为R184、G25、B91，"描边"为无，效果如下图所示。

STEP 02 单击"网格工具"，在刚才创建的矩形左下方位置单击，添加一个网格点，并更改网格点颜色为R255、G104、B187，网格填色效果如下图所示。

STEP 03 继续使用"网格工具"在右下方位置单击添加网格，添加的网格点颜色为刚才设置的紫红色，网格效果如下图所示。

STEP 04 使用"网格工具"继续在矩形上添加网格点，并更改上方边缘锚点颜色为R139、G0、B45，网格填色效果如下图所示。

STEP 05 单击"钢笔工具"，在矩形下方绘制一个弧形的闭合路径，并设置"填色"为R159、G0、B66，路径效果如下图所示。

STEP 06 使用"网格工具"在刚才绘制的路径上单击添加网格点，然后设置网格点"填色"为R210、G0、B86，添加网格效果如下图所示。

STEP 07 单击"圆角矩形工具"，更改"填色"为白色，然后在矩形中心位置绘制一个白色的圆角矩形，效果如下图所示。

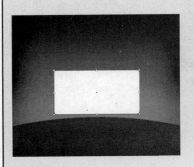

STEP 08 单击工具箱中的"渐变"按钮，圆角矩形即填充默认的黑白渐变，然后单击"渐变工具"，在圆角矩形下方中间位置单击并垂直向上拖移，重新调整渐变条位置，效果如下图所示。

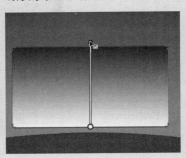

STEP 09 双击起点位置的渐变色标，在弹出的颜色编辑面板中设置颜色为R210、G33、B134，圆角矩形上即显示更改颜色后的渐变效果，如下图所示。

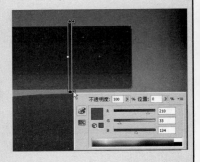

STEP 10 双击渐变条结束点位置上的渐变色标，然后在弹出的颜色编辑面板中设置颜色为R236、G172、B188，如下图所示。

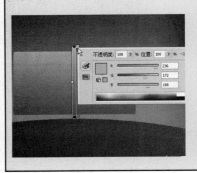

STEP 11 完成渐变编辑后，按快捷键V切换到"选择工具"，即隐藏渐变条，在面板中即可看到图形设置的渐变效果，如下图所示。

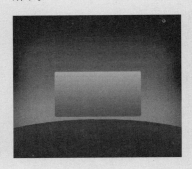

STEP 12 使用"选择工具"复制一个圆角矩形，并进行等比例缩小，然后将两个圆角矩形进行中心对齐，效果如下图所示。

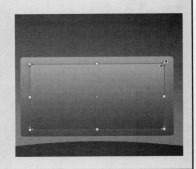

STEP 13 选中复制的圆角矩形，在选项栏中更改"填色"为无、"描边"颜色为黑色，设置效果如下图所示。

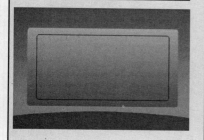

STEP 14 单击"矩形工具"，在圆角矩形中间绘制一个黑色的矩形，效果如下图所示。

STEP 15 执行"文件"|"打开"命令，打开随书配套光盘中的"素材\Chapter13\09.ai"文件，打开图形效果如下图所示。

STEP 16 使用"选择工具"选择打开图形中的黑色花纹图形，并复制到编辑的图形中，然后调整其大小和位置，完成效果如下图所示。

STEP 17 单击"钢笔工具"，在圆角矩形左上方位置绘制一条弯曲的闭合路径，然后设置"填色"为R255、G76、B174，路径形状如下图所示。

STEP 18 继续使用"钢笔工具"在刚才绘制的路径上绘制一条部分弯曲的路径，并更改"填色"为R255、G172、B255，路径效果如下图所示。

STEP 19 按快捷键Ctrl++放大窗口，然后单击"网格工具"，在刚才绘制的路径上单击，添加网格点，并更改网格点颜色为R255、G91、B187，网格效果如下图所示。

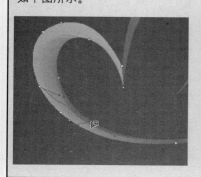

STEP 20 继续使用"网格工具"在路径上单击添加网格，并以设置的"填色"为网格点颜色，效果如下图所示。

STEP 21 完成网格编辑后，取消选择，即可看到路径设置渐变网格后的效果，如下图所示。

STEP 22 用同样的方法在路径上绘制其中的某一段路径，然后为其设置渐变网格，效果如下图所示。

STEP 23 使用"钢笔工具"在画面中继续绘制一些路径，然后用前面同样的方法为路径添加渐变网格，效果如下图所示。

STEP 24 切换到打开的09.ai文件中，将黑色花纹以外的图形全部复制到编辑的文档中，并根据画面效果调整到适当位置，效果如下图所示。

STEP 25 使用"选择工具"选中黑色花纹纹理，然后多次按快捷键Ctrl+[，向下调整图层顺序，调整到圆角矩形的下面，效果如下图所示。

STEP 26 单击"铅笔工具"，在图中右上方位置绘制一个蝴蝶形状的路径，路径效果如下图所示。

STEP 27 使用"渐变工具"为刚才绘制的路径设置从红色R255、G0、B151到黄色R255、G222、B111的渐变，渐变效果如下图所示。

STEP 28 使用"选择工具"按住Alt键，拖移蝴蝶图形，对蝴蝶图形进行复制，并调整大小和角度，这里调整效果如下图所示。

STEP 29 单击"文字工具"，在图形中间的黑色矩形中输入需要表达的文字，这里输入的英文效果如下图所示。

STEP 30 选择输入的文字，执行"文字"|"创建轮廓"菜单命令，将文字创建为路径，文字路径效果如下图所示。

STEP 31　单击工具箱中的"渐变"按钮，为文字路径填充渐变，并在"渐变"面板中单击"反向渐变"按钮，将渐变颜色反向，如下图所示。

STEP 32　在窗口中即可看到为文字路径填充了黄色到红色的渐变颜色，效果如下图所示。

STEP 33　继续使用"文字工具"在黑色矩形中输入文字，最终完成效果如下图所示。

『 13.5 』　图形的描边设置

在Illustrator中除了可以对路径设置填色外，还可对路径进行描边设置，包括对描边颜色、描边粗细、描边样式等进行设置。对描边的设置主要通过"描边"面板来完成，下面就来学习如何使用"描边"面板为路径设置描边。

13.5.1　设置描边的粗细

使用"描边"面板，可以设置描边线条是实线还是虚线，设置虚线次序、描边粗细、描边对齐方式、斜接限制以及线条连接和线条端点的样式。下面就来了解如何设置描边的粗细，"描边"面板的键盘快捷键为Ctrl+F10，具体操作如下。

STEP 01　执行"文件"|"打开"命令，打开随书配套光盘中的"素材\Chapter13\10.ai"文件，打开图形效果如下图所示。

STEP 02　单击"铅笔工具"，在图中背景墙上随意绘制一条开放路径，路径效果如下图所示。

STEP 03　在选项栏中设置刚才绘制的路径"填色"为无、"描边"颜色为浅黄色，路径设置描边后的效果如下图所示。

STEP 05 确认设置后，在图中即可看到文字路径上添加了"喷溅"效果，如下图所示。

STEP 06 使用"选择工具"选中深红色背景路径，执行"效果"|"纹理"|"染色玻璃"菜单命令，在弹出的"染色玻璃"对话框中设置"单元格大小"为25、"边框粗细"为1、"光照强度"为6，选项设置如下图所示。

STEP 07 确认设置后，即可看到选中的图形上添加了"染色玻璃"效果，如下图所示。

STEP 08 选中刚才绘制的路径，在"透明度"面板中设置混合模式为"变暗"，如下图所示。

STEP 09 图形设置混合模式后，即会与其他图形相融合，设置后的效果如下图所示。

14.1.2 投影、发光和羽化

通过Illustrator效果中的命令，同样可以为图形添加投影、发光、羽化等效果，以增加图形的可视性，执行"效果"|"风格化"菜单命令，在弹出的子菜单中即可选择这些命令，下面就来具体介绍这些效果的应用。

STEP 01 执行"文件"|"打开"命令，打开随书配套光盘中的"素材\Chapter14\02.ai"文件，打开图形效果如下图所示。

STEP 02 使用"选择工具"单击背景绿色，执行"效果"|"风格化"|"内发光"菜单命令，如下图所示。

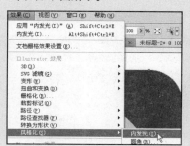

STEP 03 在弹出的"内发光"对话框中设置颜色为白色、"不透明度"为100%、"模糊"为7.76mm，选项设置如下图所示。

STEP 04 确认设置后，在选中的圆角矩形图形中即应用了设置的白色发光效果，图形边缘变得更加柔和，如下图所示。

STEP 05 继续使用"选择工具"将全部的字母选中，然后执行"效果"|"风格化"|"投影"菜单命令，如下图所示。

STEP 06 在弹出的"投影"对话框中已有默认的设置，单击"确定"按钮即可应用，对话框如下图所示。

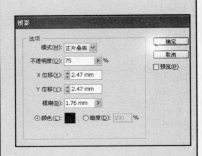

STEP 07 确认设置后，在图形中可看到所有的字母图形上已添加了黑色的投影效果，增强了立体感，如下图所示。

STEP 08 使用"选择工具"单击黄色月亮组，执行"效果"|"风格化"|"羽化"菜单命令，在弹出的"羽化"对话框中设置"羽化半径"为3mm，如下图所示。

STEP 09 确认设置后，选中的图形边缘即被羽化，完成效果如下图所示。

　　"内发光"命令可为图像设置从边缘向图形内部发光的效果，或是直接在图形中心设置发光效果。

　　"外发光"命令可设置在图形边缘向外的发光效果。

　　当对设置"内发光"效果的对象进行扩展时，"内发光"本身会变成一个不透明蒙版；如果对"外发光"的对象进行扩展时，"外发光"会变成一个透明的栅格对象。

14.1.3　创建素描和马赛克

　　通过"风格化"效果中的"涂抹"命令，可以将图形涂抹成素描的效果，通过"涂抹"对话框中的选项设置，可调整出各种变化的涂抹素描效果。

　　执行"对象"|"创建对象马赛克"菜单命令，在"对象马赛克"对话框中，可将图像创建为由不同色彩方块组成的拼贴马赛克效果，下面来详细介绍如何创建素描和马赛克效果，具体操作如下。

STEP 01 执行"文件"|"打开"命令,打开随书配套光盘中的"素材\Chapter14\03.ai"文件,打开图形效果如下图所示。

STEP 02 使用"选择工具"选中紫色矩形背景,执行"效果"|"风格化"|"涂抹"菜单命令,如下图所示。

STEP 03 在弹出的"涂抹选项"对话框中,单击"设置"下三角按钮,然后在其下拉列表中单击"素描"选项,如下图所示。

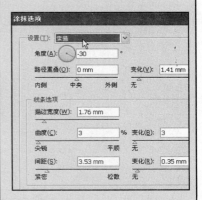

STEP 04 确认设置后,在图中就可看到选中的紫色背景被涂抹成素描效果,如下图所示。

STEP 05 再次选中涂抹效果的背景,执行"对象"|"栅格化"菜单命令,如下图所示。

STEP 06 执行命令后即弹出"栅格化"对话框,这里以默认的选项设置,然后单击"确定"按钮。

STEP 07 确认设置后,即可将选中的矢量图形栅格化为图像,在"图层"面板中可看到图层名称已更改为"图像",如下图所示。

STEP 08 继续对栅格化后的图像执行"对象"|"创建对象马赛克"菜单命令,如下图所示。

STEP 09 在弹出的"对象马赛克"对话框中,设置"拼贴间距"的"宽度"和"高度"都为1mm,选项设置如下图所示。

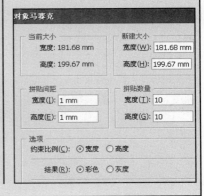

STEP 10 继续在对话框中进行设置，勾选"删除栅格"复选框，如下图所示。然后单击"确定"按钮，关闭对话框。

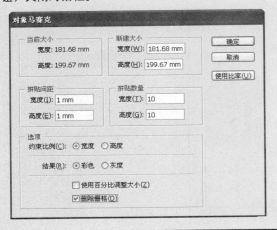

STEP 11 确认后，在图中可看到，选择的背景图像被创建为多个矩形马赛克拼贴效果，如下图所示。

相关知识 栅格化矢量图形

当需要将矢量图形转换为像素图像时，需要执行"对象"|"栅格化"菜单命令，即弹出"栅格化"对话框，用于对图形栅格化进行设置，包括颜色模型、分辨率、背景色等的设置。

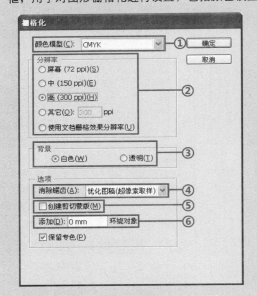

① **颜色模型**：用于确定栅格化过程中所用的颜色模型，在该下拉列表框中可选择RGB、CMYK、灰度等多个选项。

② **分辨率**：用于确定栅格化图像中的每英寸像素数，分别为用户提供了"屏幕"、"中"、"高"、"其他"和"使用文档栅格效果分辨率"5个选项。

③ **背景**：用于确定矢量图形的透明区域如何转换为像素，可选择"白色"和"透明"两种方式。

④ **消除锯齿**：应用"消除锯齿"效果可以改善栅格化图像的锯齿边缘外观，在其下拉列表中提供了"无"、"优化图稿"和"优化文字"3个选项。选择"无"选项则不会应用消除锯齿效果；选择"优化图稿"选项可应用最适合的无文字图稿的消除锯齿效果；选择"优化文字"选项可应用最适合文字的锯齿效果。

⑤ **创建剪切蒙版**：勾选该复选框，可以创建一个使栅格化图像的背景显示为透明的蒙版。

⑥ **添加环绕对象**：在"添加环绕对象"文本框中输入数值，可设置围绕栅格化图像添加指定数量的像素。

14.1.4 符号的应用   快捷操作 符号面板 Shift+Ctrl+F11

符号是在文档中可重复使用的图稿对象。例如，将由复选路径组成的鲜花图形创建为符号，即可将该符号的实例多次添加到您的图稿中，而无须实际多次添加复杂图稿。每个符号实例都链接到"符号"面板中的符号或符号库。使用符号可节省您的时间并显著减小文件大小。

STEP 06 单击"文字工具"，在图形中间输入一段英文，并设置成自己喜欢的字体，效果如下图所示。

STEP 07 单击鼠标右键，在弹出的快捷菜单中选择"创建轮廓"命令，将文字创建为路径，如下图所示。

STEP 08 单击"旋转扭曲工具"，更改画笔为5mm，然后在图中文字路径上单击，添加一些漩涡效果，如下图所示。

STEP 09 单击"矩形工具"，在图中绘制一个与图形相同长度的矩形，并设置"填色"为R240、G105、B154，路径效果如下图所示。

STEP 10 使用"选择工具"复制一条矩形路径，并更改"填色"为R165、G70、B134，复制路径效果如下图所示。

STEP 11 使用"选择工具"选择刚才绘制的两条矩形路径，多次进行复制，并以水平方向排列，复制后的效果如下图所示。

STEP 12 选中所有的矩形路径并编组，然后在"透明度"面板中设置混合模式为"颜色加深"，如下图所示。

STEP 13 在图中可看到设置混合模式后，矩形路径与其他的图形混合在一起，混合效果如下图所示。

STEP 14 选中矩形路径组，然后单击"变形工具"，在路径上进行随意的拖移，即可变形路径，如下图所示。

STEP 15 使用"变形工具"后，取消选择，在窗口中即可看到路径变形后的扭曲效果，如下图所示。

STEP 16 将变形后的矩形路径向下调整图层顺序，调整到黄色背景的上一个图层，调整顺序效果如下图所示。

STEP 17 可根据自己的需要，在图形右方较空的区域内输入需要表达的文字，以完善画面效果，如下图所示。

相关知识 了解液化工具选项

所有的液化工具都不能用于链接文件或包含文本、图形或符号的对象中，可直接使用液化工具在路径中进行拖移扭曲对象，需要限定为特定对象时，使用"选择工具"选中该对象再进行液化变形，当需要更改工具光标大小或设置其他选项时，双击液化工具，在弹出的对话框中设置以下选项即可。

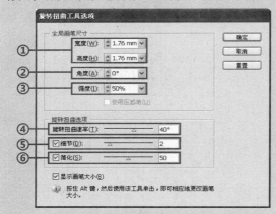

① **宽度/高度**：设置工具光标的大小，即画笔的大小。

② **角度**：控制工具光标的方向。

③ **强度**：指定扭曲的改变速度。值越高，改变速度越快。

④ **旋转扭曲速率**：指定应用于旋转扭曲的速率，负值会顺时针旋转扭曲对象，而正值则逆时针旋转扭曲对象。当设置的数值越大时，旋转扭曲的速度就越快。

⑤ **细节**：指定引入对象轮廓的各点间的间距，值越高，则间距越小。

⑥ **简化**：指定减少多余点的数量，而不影响形状的整体外观。

14.3.2 "收拢工具"和"膨胀工具"的应用

"收拢工具" 🔧可通过向十字线方向移动控制点的方式收缩对象，而"膨胀工具" 🔧可通过向远离十字线方向移动控制点的方式扩展对象。使用这两个工具在图形上单击或拖移，就可使图形达到收拢或膨胀的液化变形效果，具体操作如下。

STEP 01 执行"文件"|"打开"命令，打开随书配套光盘中的"素材\Chapter14\10.ai"文件，打开图形效果如右图所示。

STEP 02 双击"收拢工具" 🔧，在弹出的"收缩工具选项"对话框中设置选项参数，如右图所示。

全局画笔尺寸

宽度(W)：10.58 mr
高度(H)：10.58 mr
角度(A)：0°
强度(I)：10%

使用压感笔(

STEP 03 确认设置后，按快捷键Ctrl++放大图形，然后使用"收拢工具"在图中人物图形的嘴唇上单击，进行收缩，如下图所示。

STEP 04 继续使用"收拢工具"在人物嘴唇位置上单击，将原本的厚嘴唇收拢为细的嘴唇效果，如下图所示。

STEP 05 在工具箱中单击"膨胀工具"，然后在人物图形的眼睛上单击，使眼睛图形产生膨胀效果，以放大眼睛，如下图所示。

STEP 06 继续使用"膨胀工具"在人物图形的另一只眼睛上单击，放大眼睛，膨胀图形效果如下图所示。

STEP 07 继续使用"膨胀工具"在图中红色路径的边缘上单击，进行部分图形的膨胀，如下图所示。

STEP 08 对图形进行收拢和膨胀变形处理后的效果如下图所示。

14.3.3 "扇贝工具"和"晶格化工具"的应用

使用"扇贝工具"可以使对象产生贝壳外表波浪起伏的效果，"晶格化工具"则与"扇贝工具相反"，能够使对象表面产生尖锐外凸的效果，这两个工具的使用方法与其他液化工具相同，具体操作如下。

STEP 01 执行"文件"|"打开"命令，打开随书配套光盘中的"素材\Chapter14\11.ai"文件，打开图形效果如下图所示。

STEP 02 单击"扇贝工具"，在图中黄色圆形上单击，就可将圆形的边缘变形，效果如下图所示。

STEP 03 继续使用"扇贝工具"将另外两个黄色圆形进行变形，效果如下图所示。

STEP 04 单击"晶格化工具"，在绿色图形的左上角位置处单击并向外拖移，即可将图形变形为向外的锥化形状，如下图所示。

STEP 05 继续使用"晶格化工具"在其他的图形边缘上单击，即可将它们进行晶格化变形，如下图所示。

STEP 06 根据个人喜好和画面效果，继续使用"晶格化工具"在图中进行单击或拖移操作，效果如下图所示。

14.3.4　褶皱工具

　　"褶皱工具" 可在对象表面产生不规则的波浪效果，使用"褶皱工具"在想要变形的部分单击，则单击的范围就会产生波浪，也可持续按下鼠标左键，按下的时间越长，则波动的程度就越强烈，具体操作如下。

STEP 01 执行"文件"|"打开"命令，打开随书配套光盘中的"素材\Chapter14\12.ai"文件，打开图形效果如下图所示。

STEP 02 单击"矩形工具"，在打开图形的下方位置绘制一个矩形，并设置"填色"为R52、G87、B161，矩形效果如下图所示。

STEP 03 在选项栏或"透明度"面板中更改矩形的"不透明度"为50%，不透明效果如下图所示。

STEP 04 选中小鸟图形组，然后双击"镜像工具"，在弹出的"镜像"对话框中设置为"水平"镜像，并单击"复制"按钮。

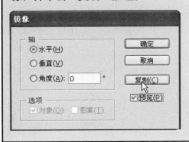

STEP 05 使用"选择工具"将镜像的图形调整到适当位置，效果如下图所示。

STEP 06 继续使用"选择工具"将镜像的图形组缩小，缩小效果如下图所示。

PART 3 ID
InDesign CS4专业排版

Adobe InDesign

InDesign是Adobe公司开发的一个页面排版软件，它集合了强大的电子排版功能和多种图像处理于一身。

InDesign与Adobe Photoshop、Adobe Illustrator都具有良好的兼容性，适用于编辑各类出版物，如传单、广告、海报、包装设计、书籍以及PDF格式、XML文件等。

InDesign CS4

最新版本的Adobe InDesign CS4在原来版本的基础上优化了原有功能，是专业排版软件的一次更新，为使用者提供了极大的创作空间。

InDesign CS4的诞生使得这款软件功能更完善、更强大，使用者的设计流程更顺畅、简洁。接下来就让我们一起感受使用InDesign排版所带来的那份惊喜吧！

第15章
掌握InDesign CS4的基本操作

Adobe InDesign是一款专业文档排版设计的应用程序。在InDesign中可以快速地创建文档并进行各种版面的设计。本章将主要学习InDesign的一些基本操作和设置，包括文档的管理、视图操作、快速创建模板等。通过对本章的学习，读者能够对InDesign软件有更深的了解。

『 15.1 』 文档的基本管理

文档的管理是InDesign中一个非常重要的操作环节，包括新建文档、库、打开文件以及保存、关闭等。下面就将具体介绍在InDesign中如何新建文档，并对文档进行基本的管理操作。

15.1.1 新建文档

启动InDesign后，在软件窗口中将会出现欢迎屏幕，此时页面中不会显示任何文档。这时就需要建立一个新的文档，具体操作如下。

STEP 01 启动InDesign，执行"文件"|"新建"|"文档"菜单命令，如下图所示，或直接单击欢迎界面右侧"新建"下的 文档 按钮。

STEP 02 弹出"新建文档"对话框，然后在对话框中设置文件的"页数"、"页面大小"等，如下图所示。

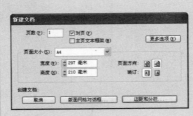

STEP 03 设置完成后，单击"边距和分栏"按钮，弹出"新建边距和分栏"对话框，再单击"确定"按钮，新建一个空白的InDesign文档，如下图所示。

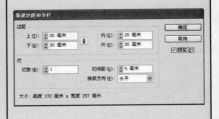

相关知识 进一步了解"新建文档"对话框

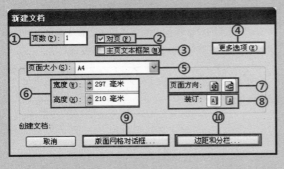

① **页数**：在"页数"文本框内输入需要新建的文档页数，每个单一的文档不得多于9999页。

② **对页**：勾选此复选框，可以同时在编辑窗口中显示正在编辑的两个连续页。

③ **"主页文本框架"复选框**：勾选此复选框，InDesign能自动以当前页面边距大小创建一个文本框。

④ **"更多选项"按钮**：单击"更多选项"按钮，可以对新建的文档进行更多选项的设置，即文档的出血与辅助信息。

⑤ **页面大小**：在"页面大小"下拉列表中提供了多种不同出版物的标准尺寸大小，便于使用者进行页面大小的选择。

⑥ **"宽度"和"高度"**：在"宽度"和"高度"文本框内输入任意数值，可自定义页面尺寸大小。

⑦ **页面方向**：用于选择页面的排版方向，包括"纵向"和"横向"两种。

⑧ **"装订"选项**：用于选择装订方向，包括"从左到右"和"从右至左"两个方向。

⑨ **"版面网格对话框"按钮**：单击此按钮，弹出"新建版面网格"对话框，用于设置新建网格的版面设置。

⑩ **"边距和分栏"按钮**：单击此按钮，将弹出"新建边距和分栏"对话框，用于设置新建文档的边距和分栏。

15.1.2 新建库

在InDesign中，库可以用来存入我们所创建的文档并能对文档进行更好的管理。在新建文档后，执行"文件"|"新建"|"库"菜单命令，即可为所创建的文档新建一个库。在InDesign中新建书籍和库的方法与新建文档的方法类似，具体操作如下。

STEP 01 启动并进入InDesign，执行"文件"|"新建"|"库"菜单命令，如下图所示。

STEP 02 或者启动并进入InDesign后，直接单击欢迎界面右侧"新建"下的 库按钮，如下图所示。

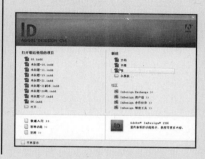

STEP 03 在弹出的"新建库"对话框中设置新建库的位置，设置完成后单击"确定"按钮，如下图所示。

15.1.3 打开文件

使用InDesign打开文档的方法与使用其他应用程度打开文档类似。在操作过程中，如果需要打开某个文档时，执行"文件"|"打开"菜单命令或按快捷键Ctrl+O，都可以打开文件，具体操作如下。

方法 ① 运行InDesign CS4后，执行"文件"|"打开"菜单命令，如下图所示，即弹出"打开"对话框打开文件。

方法 ② 单击欢迎界面中的"打开"按钮，如下图所示，也可弹出"打开"对话框。

方法 ③ 直接按快捷键Ctrl+O，即可弹出"打开"对话框，然后选择要打开的文件，也能打开文件。

15.1.4　保存和关闭文档

　　在对InDesign的文档进行编辑和修改后，必须经过保存再关闭后，才能使其与其他使用者进行交换。在InDesign中，有多种保存和关闭文档的方法，具体操作如下。

STEP 01 执行"文件"|"保存"菜单命令，或按快捷键Ctrl+S，如下图所示，即可打开"存储为"对话框。

STEP 02 在弹出的"存储为"对话框中对各项参数进行设置，效果如下图所示，完成后单击"保存"按钮，保存文档。

STEP 03 执行"文件"|"存储为"菜单命令，如下图所示，同样可以打开"存储为"对话框，然后在对话框中设置参数保存文档。

STEP 04 在保存好所编辑的文档后，执行"文件"|"关闭"菜单命令，如下图所示，即可将当前所编辑的文档关闭。

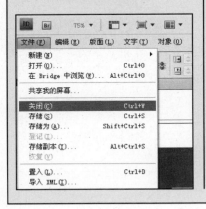

STEP 05 直接单击文档窗口右侧的"关闭"按钮，即可将当前文档关闭，如下图所示。

STEP 06 单击InDesign工作界面右上角的"关闭"按钮，则可以在闭文档的同时也退出InDesign，如下图所示。

15.1.5　恢复文档

　　在编辑排版文档时，有些操作不能够恢复，因此在对原文件编辑前需保存文档，如果对修改编辑后的效果不满意，可以采用恢复文档的方法来恢复操作。在InDesign中恢复文档有多种不同的操作方法，具体操作如下。

PART 3 Id
InDesign CS4专业排版

Adobe InDesign

InDesign是Adobe公司开发的一个页面排版软件，它集合了强大的电子排版功能和多种图像处理于一身。

InDesign与Adobe Photoshop、Adobe Illustrator都具有良好的兼容性，适用于编辑各类出版物，如传单、广告、海报、包装设计、书籍以及PDF格式、XML文件等。

InDesign CS4

最新版本的Adobe InDesign CS4在原来版本的基础上优化了原有功能，是专业排版软件的一次更新，为使用者提供了极大的创作空间。

InDesign CS4的诞生使得这款软件功能更完善、更强大，使用者的设计流程更顺畅、简洁。接下来就让我们一起感受使用InDesign排版所带来的那份惊喜吧！

第16章
设置文本、段落和样式

InDesign主要是用于图像中的字处理，本章将具体介绍怎样在InDesign中编辑文字、段落以及样式。通过对本章的学习，使用者能独立地运用InDesign对文字进行编辑和排版。

『 16.1 』 创建文本和段落

InDesign具有强大的文字处理功能，是一个全新的针对于艺术的软件。在InDesign中可以创建文本和段落，然后再对文字或段落进行各种不同样式的排版操作。本节将介绍在InDesign中创建文本和段落的方法。

16.1.1 置入文本

在InDesign中为了节省输入文字的麻烦，可以将已经创建好的文本直接置入到工作界面中，然后再对文本进行调整，具体操作如下。

STEP 01 执行"文件"｜"打开"命令，打开随书配套光盘中的"素材\Chapter16\01.indd"文件，打开图像如下图所示。

STEP 02 执行"文件"｜"置入"菜单命令，如下图所示，然后选择要置入的文本，单击"打开"按钮。

共享我的屏幕...	
关闭(C)	Ctrl+W
存储(S)	Ctrl+S
存储为(A)...	Shift+Ctrl+S
登记(I)...	
存储副本(Y)...	Alt+Ctrl+S
恢复(V)	
置入(L)...	Ctrl+D
导入 XML(I)...	

STEP 03 执行命令后，在光标旁边即会显示要置入的文字缩略图，如下图所示。

STEP 04 在图像中合适的位置上拖曳绘制一个文本框区域，如下图所示。

STEP 05 拖曳至合适大小后，释放鼠标，置入文本，如下图所示。

STEP 06 单击"屏幕模式"按钮，在弹出的列表中选择"预览"选项，查看文字效果，并作适当调整，如下图所示。

16.1.2 输入文本

使用工具面板中的"文字工具"可以在页面中的任意位置输入并添加文字。在选择"文字工具"后，可以使用鼠标在页面中拖曳文本框，然后在文本框内直接输入文本，具体操作如下。

STEP 01 打开随书配套光盘中的"素材\Chapter16\02.indd"文件，然后选择工具面板中的"文字工具" T ，如下图所示。

STEP 02 将光标放到页面中，单击并拖曳鼠标，在页面中绘制一个文本框区域，如下图所示。

STEP 03 释放鼠标，当光标出现在文本框左上角时，输入文字，效果如下图所示。

16.1.3 文本的选取

在InDesign中，文字的选取即是选择一部分文字作为编辑对象。在选中文字后，当前所选中的文字会反白显示在页面中。具体操作如下。

STEP 01 打开随书配套光盘中的"素材\Chapter16\03.indd"文件，选择工具面板中的"文字工具" T ，如下图所示。

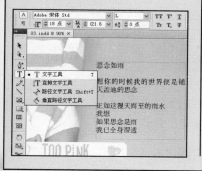

STEP 02 单击鼠标选中文字起始位置，然后拖动，如下图所示。

STEP 03 拖曳完成后，释放鼠标，此时所拖动过的文字将反白显示，如下图所示。

相关知识 段落文本的选取

如果需要选择的文字较多时，可按住Shift键，然后将光标移动至需要选择的文字尾部，然后单击鼠标，即可选择从起点位置到结束位置的文字。

16.1.4 直排文字工具

"直排文字工具"用于垂直方向上的文字输入。在工具面板中，右击"文字工具"下方的黑色小箭头，然后在弹出的隐藏菜单中可以选中"直排文字工具"。使用"直排文字工具"同样可以在图像中任意位置输入文字，具体操作如下。

STEP 01 打开随书配套光盘中的
"素材\Chapter16\04.indd"文
件，选择"直排文字工具" **IT**，
如下图所示。

STEP 02 当光标变为 时，单
击并拖动鼠标在页面中绘制一个
文本框区域，如下图所示。

STEP 03 释放鼠标，光标出现在
文本框的左上角处，然后输入文
字即可，如下图所示。

相关知识 "文字"首选项的设置

　　首选项是影响整个文档的设置，其中包括文字、
高级文字、排版、单位、增量等各个选项的设置。执
行"编辑"|"首选项"菜单命令，可以打开"首选
项"对话框，然后在对话框中选择"文字"选项，即
可对页面中的文字首选项进行设置，如"自动使用正
确的视觉大小"、"三击以选择整行"、"对整个段
落应用行距"等。

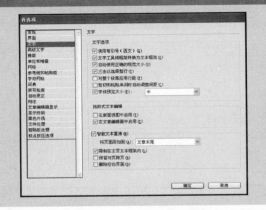

16.1.5 路径文字工具

　　"路径文字工具"和"垂直路径文字工具"均可用来创建曲线文字。通过"路径文字工具"所创建出
来的文字更具有个性化。在创建路径文字时，首先选择工具面板中的"钢笔工具"绘制路径，然后再使
用"路径文字工具"在所创建的路径上输入文字，即可完成路径文字的创建，具体操作如下。

STEP 01 打开随书配套光盘中的
"素材\Chapter16\05.indd"文
件，打开图像如下图所示，然后
选择"钢笔工具" 。

STEP 02 在页面中单击并拖动鼠
标，绘制任意一条曲线，如下图
所示。

STEP 03 然后在下一个需要创建
的曲线点位置单击，添加曲线点
并继续绘制曲线，如下图所示。

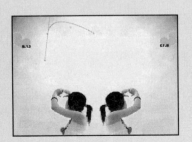

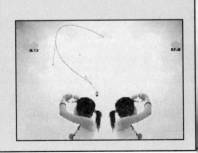

STEP 04 使用"选择工具" 单击页面中的图像，将其选中，如下图所示。

STEP 05 执行"对象"|"排列"|"后移一层"菜单命令，如下图所示。

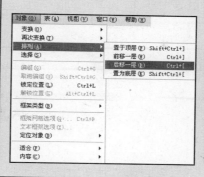

STEP 06 执行"后移一层"菜单命令后，被隐藏的文本将再次被显示出来，如下图所示。

相关知识 调整快捷键

在对文本框顺序进行调整时，可以利用InDesign提供的快捷键进行操作。

置于顶层：Ctrl+Shift+] **前移一层**：Ctrl+]

置于底层：Ctrl+Shift+[**后移一层**：Ctrl+[

16.3.5 文本框的剪切、复制和粘贴操作

在InDesign中，文本框同文本一样，可以通过执行命令进行剪切、复制和粘贴操作。右击文本框后，在弹出的快捷菜单中可以选择"剪切"、"复制"和"粘贴"命令。同时，在对文本框进行剪切、复制和粘贴操作时，也可以运用系统提供的快捷键进行操作，具体方法如下。

STEP 01 打开随书配套光盘中的"素材\Chapter16\20.indd"文件，使用"选择工具" 单击选中文本，如下图所示。

STEP 02 然后右击选择的文本，在弹出的快捷菜单中选择"复制"命令，如下图所示。

剪切(T)	Ctrl+X
复制(C)	Ctrl+C
粘贴(P)	Ctrl+V
贴入内部(K)	Alt+Ctrl+V
原位粘贴(I)	
缩放	▶
文本框架选项(X)...	
框架类型(B)	▶
用假字填充(I)	
在文章编辑器中编辑(Y)	Ctrl+Y
变换(O)	▶
再次变换(T)	▶
排列(A)	▶
选择(S)	▶

STEP 03 再次右击页面中的任意位置，在弹出的快捷菜单中选择"粘贴"命令，如下图所示。

剪切(T)	Ctrl+X
复制(C)	Ctrl+C
粘贴(P)	Ctrl+V
贴入内部(K)	Alt+Ctrl+V
原位粘贴(I)	
缩放	▶
文本框架选项(X)...	
框架类型(B)	▶
用假字填充(I)	
在文章编辑器中编辑(Y)	Ctrl+Y
变换(O)	▶
再次变换(T)	▶
排列(A)	▶
选择(S)	▶

STEP 04 在执行了"粘贴"命令后，被复制的文本将被粘贴到页面中，如下图所示。

STEP 05 连续按3次快捷键Ctrl+V，粘贴多个文本对象，如下图所示。

STEP 06 使用工具箱内的"文字工具"分别选中各个文本，然后对其大小和位置进行调整，如下图所示。

STEP 07 使用"选择工具"单击选中最上角的文本框，如下图所示。

STEP 08 右击选中的文本对象，在弹出的快捷菜单中选择"剪切"命令，如下图所示。

STEP 09 执行"剪切"命令后，该文本即被剪切掉，效果如下图所示。

剪切(T)	Ctrl+X
复制(C)	Ctrl+C
粘贴(P)	Ctrl+V
贴入内部(K)	Alt+Ctrl+V
原位粘贴(I)	
缩放	▶
文本框架选项(X)...	
框架类型(B)	▶
用假字填充(I)	
在文章编辑器中编辑(Y)	Ctrl+Y
变换(O)	▶
再次变换(T)	▶
排列(A)	▶
选择(S)	▶

16.3.6 设置文本框颜色

　　文本框在默认状态下显示为透明效果，操作时，为了使整个界面更加美观，使用者可以将文本框设置为各种不同的颜色。在选择文本框后，直接单击"填色"按钮，即可为文本框设置各种不同的颜色，具体操作如下。

STEP 01 执行"文件"|"打开"菜单命令，打开随书配套光盘中的"素材\Chapter16\21.indd"文件，如下图所示。

STEP 02 使用工具箱中的"选择工具"选中最上方的文本框，如下图所示。

STEP 03 单击工具箱中的"填色"按钮，打开"拾色器"对话框，然后在对话框中设置颜色值，如下图所示。

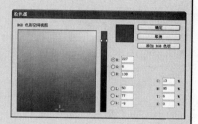

STEP 04 设置完成后，即可在所选择的文本框中应用所设置的颜色，如下图所示。

STEP 05 再使用工具箱中的"选择工具"选中下一个文本框，如下图所示。

STEP 06 单击工具箱中的"吸管工具"，在粉红色文本框内单击获取颜色，如下图所示。

STEP 07 单击后，被选中的文本框即填充上设置的粉色，如下图所示。

STEP 08 再使用同样的方法将其他部分的文本框也变为相同的颜色，如下图所示。

STEP 09 再使用"选择工具"分别对各个文本框的大小和位置进行调整，如下图所示。

16.3.7 锁定与删除文本框

在InDesign中，对于已经创建的文本框可以进行锁定和删除操作。右击选中的文本框，然后在弹出的快捷菜单中选择"锁定位置"命令，或按快捷键Ctrl+L，均可快速将文本框进行锁定。锁定和删除文本框的具体操作如下。

STEP 01 执行"文件"|"打开"菜单命令，打开随书配套光盘中的"素材\Chapter16\22.indd"文件，如下图所示。

STEP 02 右击下方的文本框，在弹出的快捷菜单中选择"锁定位置"命令，如下图所示。

STEP 03 再使用"选择工具"移动文本框时，该文本框内会出现一个锁图像，表现不能对文本框进行移动，如下图所示。

STEP 04 再次右击文本框，然后在弹出的快捷菜单中选择"解锁位置"命令，如下图所示。

STEP 05 此时，再使用工具箱中的"选择工具"拖曳文本框，即可进行任意位置的调整，如下图所示。

STEP 06 选择文本框后，按Delete键，即可将所选择的文本框删除，如下图所示。

相关知识 排版方向的更改

在默认情况下，文本框内的文字通常是以水平方向进行排版。如果在编辑完成后，需要对文字的排版方向进行设置时，先选择需要更改排版方向的文本框，然后执行"文字"|"排版方向"菜单命令，继续在下一级子菜单中选择"垂直"或"水平"命令，即可完成排版方向的更改。

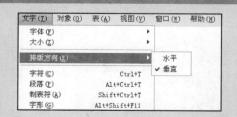

16.3.8 文本框的编组与解组　　　　快捷操作 编组 Ctrl+G

InDesign中允许将多个文本框进行编组操作。对文本框进行编组后，可以一次操作即可完成对多个对象的复制、移动、修改等。在完成统一编辑后，再将编组的对象进行解组即可，对文本框进行编组的键盘快捷键为Ctrl+G，具体操作如下。

STEP 37 设置完成后，即可对所选择的文字进行描边，突出文字效果，如下图所示。

STEP 38 选择"文字工具" T，在右侧的空白位置绘制文本框，然后输入文字，如下图所示。

STEP 39 打开"段落"面板，然后在面板中设置各项参数，如下图所示。

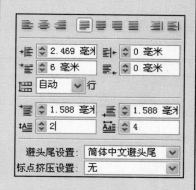

STEP 40 设置完成后，即可在输入的段落文本中应用所设置的缩进和首字下沉效果，如下图所示。

STEP 41 再选择"文字工具" T 继续在文字右侧绘制文本框，然后在文本框中输入文字，如下图所示。

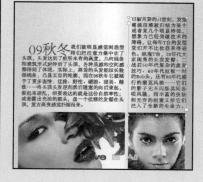

STEP 42 打开"段落"面板，然后在面板中设置各项参数，如下图所示。

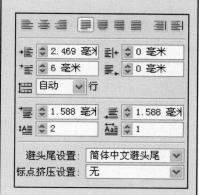

STEP 43 设置完成后，即可在输入的段落文本中应用所设置的缩进和首字下沉效果，如下图所示。

STEP 44 继续在文字上方输入文字，再将文字颜色设置为R241、G141、B0，如下图所示。

STEP 45 使用"选择工具" 选中页面最上方的文本框，如下图所示。

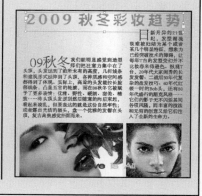

STEP 46 右击文本框内的文字，在弹出的快捷菜单中选择"效果"命令然后在其子菜单中选择"投影"选项，如下图所示。

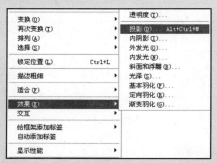

STEP 47 打开"效果"对话框，然后在对话框中勾选"投影"复选框，设置投影参数，如右上图所示。

STEP 48 再继续勾选"斜面和浮雕"复选框，然后在右侧的面板中设置各项参数，如右下图所示。

STEP 49 完成后单击"确定"按钮，即可为文字添加上样式效果，如下图所示。

STEP 50 选择工具箱中的"文字工具" T，然后在页面中拖曳绘制一个文本框，如下图所示。

STEP 51 打开"字符"面板，设置字型和大小，然后在文本框内输入文字，如下图所示。

STEP 52 选择"文字工具" T，打开"字符"面板并设置参数，然后输入如下图所示文字。

STEP 53 选中文本框，按Alt键并拖动，复制文本框及其中的文字，如下图所示。

STEP 54 再选中复制的文字，将文字颜色更改为白色，效果如下图所示。

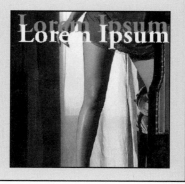

相关知识 旋转文字

在InDesign中，可以使用"旋转"命令将对象旋转一个特定量。旋转文字有3种不同的方法。
(1) 执行"对象"|"变换"|"旋转"菜单命令，可旋转文字。
(2) 双击"旋转工具"，在弹出的"旋转"对话框中指定旋转角度，可旋转文字。
(3) 直接在"控制"调板中输入旋转角度，然后按Enter键，可旋转文字。

STEP 55 执行"对象"|"排列"|"后移一层"菜单命令，如下图所示。

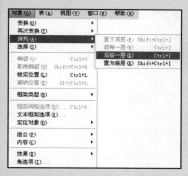

STEP 58 右击白色文字所在的文本框，然后在弹出的快捷菜单中选择"效果"选项，再在其子菜单中选择"透明度"选项，如下图所示。

STEP 61 再选择工具箱内的"文字工具"，然后在图像上输入文字，如下图所示。

STEP 56 调整文本框顺序，将白色文字后移一层，如下图所示。

STEP 59 打开"效果"对话框，然后在对话框右侧设置"模式"为"颜色减淡"、"不透明度"为69%，如下图所示。

STEP 62 打开"描边"面板，然后在面板中设置描边"粗细"为0.5点，如下图所示。

STEP 57 再向上移动文字，调整文字的位置，如下图所示。

STEP 60 设置完成后单击"确定"按钮，即可应用所设置的混合效果，如下图所示。

STEP 63 设置完成后，即可对文本框内的文字进行描边，突出文字效果，如下图所示。

STEP 64 选择工具箱中的"文字工具"T，在图像中拖曳，绘制一个文本框。

STEP 65 从光标起点位置开始输入文字，输入后的效果如下图所示。

STEP 66 打开"字符"面板，然后在面板中设置字型和字号，如下图所示。

STEP 67 设置完成后，文本框内的文字即可应用所设置的字型和字号，如下图所示。

STEP 68 分别选择文字，将文字颜色更改为红色和黄色，如下图所示。

STEP 69 单击工具箱中的"选择工具"，然后单击右下角的人物图像，如下图所示。

STEP 70 打开"描边"面板，将描边"粗细"设置为20点，如下图所示。

STEP 71 设置完成后，即可对图像进行描边，添加上边框效果，如下图所示。

STEP 72 单击工具箱中的"选择工具"，然后单击中间的人物图像，如下图所示。

STEP 01 打开随书配套光盘中的"素材\Chapter17\02.jpg"文件，打开图像如下图所示。

STEP 02 选择图像并将其拖曳至任务栏中的 InDesign 窗口缩览图上，此时将弹出 InDesign 界面，如下图所示。

STEP 03 释放鼠标，即可将图像导入到 InDesign 中的 03.indd 文件中，如下图所示。

STEP 04 单击工具箱中的"直接选择工具"，按下 Shift 键调整图像大小，如下图所示。

STEP 05 选择导入的图像，按快捷键 Ctrl+C，然后再按快捷键 Ctrl+V 粘贴图像，如下图所示。

STEP 06 单击工具箱中的"选择工具"，向图像左下角移动复制的图像，如下图所示。

17.2.3 置入图片的链接

在实际工作中，通常一个文件中会出现多个输入的图形，InDesign 提供了一个有效管理这些图形的工具，即链接。存储在 InDesign 中的链接图形，并非全复制而只是屏幕显示样本。在 InDesign 中有两种不同的链接方式，分别是通过存储副本和只在页面中显示一个低分辨率的图像，当外部文件发生改变时手动更新链接。链接图像的键盘快捷键为 Ctrl+Shift+D，具体操作如下。

STEP 01 打开随书配套光盘中的"素材\Chapter17\04.indd"文件，打开图像如下图所示。

STEP 02 执行"窗口"|"链接"菜单命令，打开"链接"面板，选择第一个链接，如下图所示。

STEP 03 单击面板右上角的扩展按钮，在弹出的快捷菜单中选择"嵌入链接"命令，如下图所示。

重新链接...
重新链接到文件夹...

更新链接
更新所有链接

转到链接
嵌入链接

STEP 04 此时，在"链接"控制面板中嵌入的图形其右侧显示一个嵌入标志，如下图所示。

STEP 05 再单击面板右侧的扩展按钮，在弹出的快捷菜单中选择"取消嵌入链接"命令，如下图所示。

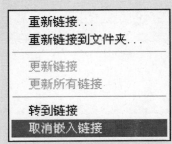

STEP 06 此时在图像右侧显示的嵌入标志消失，即该图像之间的链接也被取消，如下图所示。

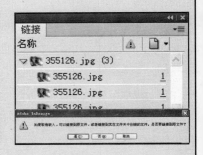

相关知识 **进一步了解"链接"面板**

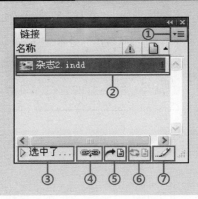

① **扩展按钮**：单击此按钮，打开快捷菜单，在快捷菜单中可进行链接设置。

② **链接列表**：显示版面中所有的链接。

③ **"显示隐藏链接信息"按钮**：单击此按钮，可显示或隐藏链接的图片信息。

④ **"重新链接"按钮**：按住Alt键单击此按钮，将重新链接所有缺失的链接。

⑤ **"转到链接"按钮**：单击此按钮可进行链接的转换。

⑥ **"更新链接"按钮**：按下Alt键单击该按钮，可更新所有链接。

⑦ **"编辑原稿"按钮**：单击此按钮，可打开链接原稿并进行编辑。

17.2.4　图片的替换和查找

在InDesign中，可以通过使用"链接"面板对页面中的图片进行查找和替换操作。执行"窗口"|"链接"菜单命令，打开"链接"面板，然后在面板中打开"在查找器中显示"和"在资源管理器中显示"菜单选项下的一个窗口，在该窗口中即包括了所有源文件图片，此时在窗口中即可进行图片的查找和替换操作。

STEP 01 打开随书配套光盘中的"素材\Chapter17\05.indd"文件，打开图像如下页左图所示。

STEP 02 执行"窗口"|"链接"菜单命令，打开"链接"面板，选择第一个链接，如下页中图所示。

STEP 03 单击面板右上角的扩展按钮，在弹出的快捷菜单中选择"重新链接"命令，如下页右图所示。

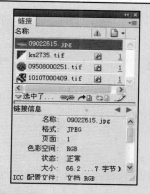

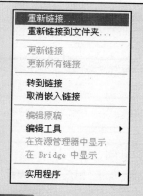

STEP 04 打开"定位"对话框，然后在对话框中选择需要重新链接的图像，如下图所示。

STEP 05 单击"打开"按钮，即可重新链接图像，此时在版面中的对象将自动更新为新的图像，如下图所示。

STEP 06 再选择右下角位置的图像，使用同样的方法对图像进行重新链接，最终效果如下图所示。

17.2.5　图片链接打包

在编辑完出版物后，要将其拿到输出中心打印或输出印刷用胶片时，需要把出版物和它的链接文件复制在一个文件夹内，然后进行打包操作。在InDesign中，可以直接运用打包命令对所有的图片链接进行打包处理，具体操作如下。

STEP 01 执行"文件"|"打包"菜单命令，如下图所示。

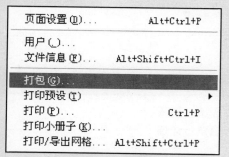

STEP 02 打开"打包"对话框，然后单击对话框下方的"打包"按钮，如下图所示。

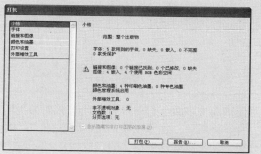

STEP 03 弹出提示信息对话框,单击"存储"按钮,如下图所示。

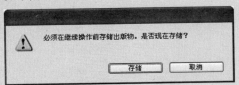

STEP 04 打开"打印说明"对话框,在此对话框中设置文件名等,然后单击"继续"按钮,如右图所示。

STEP 05 打开"打包出版物"对话框,然后在对话框中设置打包选项并单击"打包"按钮,如下图所示。

STEP 06 弹出"警告"对话框,然后单击"确定"按钮,将弹出"打包文档"对话框,开始文件的打包操作,如下图所示。

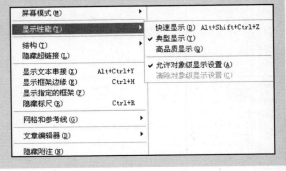

相关知识　关于图形在InDesign中的显示

在页面视图中,InDesign软件提供了3种显示图像的方式,分别如下。

① **快速显示**:可以快速显示屏幕,在有图形的部分都用灰方格子代替。

② **典型显示**:选择此显示方式,可以显示一个低分辨率的非InDesign图形,即由InDesign以外输入的图像,而非用InDesign工具所绘制的图形。

③ **高品质显示**:此显示方式用于显示高分辨率的黑白及彩色图像的显示。

具体的操作方法为,执行"视图"|"显示性能"菜单命令,然后在子菜单中选择显示方式。在未选择某个单独的图像时,默认情况是针对整个文档中的所有对象进行显示方式的设置。

屏幕模式 (M)	▶	
显示性能 (T)	▶	快速显示 (D) Alt+Shift+Ctrl+Z
		✓ 典型显示 (Y)
结构 (T)		高品质显示 (Q)
隐藏超链接 (L)		
		✓ 允许对象级显示设置 (A)
显示文本串接 (X) Alt+Ctrl+Y		清除对象级显示设置 (C)
显示框架边缘 (E) Ctrl+H		
显示指定的框架 (D)		
隐藏标尺 (R) Ctrl+R		
网格和参考线 (G)	▶	
文章编辑器 (U)	▶	
隐藏附注 (N)		

『 17.3 』 编辑图片和文字

图片与文字处于同一版面上时,可以有不同的关系,如文压图、图压文、文本绕排等。本节主要对InDesign中文字和图形的排版设置进行详细的介绍,如文本绕排中图文的绕排和文本间的绕排设置。

17.3.1 文压图

文字与图形前后顺序的不同可以得到不同的显示效果。在一个广告设计版面上，通常会选择一个底图，然后在上面添加文字，此时所添加的文字将压在图像上面。如果说图文框为不透明时，则背景图将被图文框底色所遮盖将无法看到。下面的两种版面均是以文压图的方式进行排版的作品。

17.3.2 图压文

在版面设计时，将图像置于文字框的上层，则可以产生图压文的效果。一般对于方块形的图像，会遮住下面文字框中的内容。如果使用路径来剪切图像，则可以得到剪切图效果且会露出部分文字。下面左图中下方的人图将上面的部分文字遮挡，而右图中的人像也将位于图像下方的文字遮挡，只显示了部分文字。

17.3.3 文本环绕

对于置入的图形作文字的环绕设定，可以将文字与图片更有效地组合在一起，使整个版面更加统一。在InDesign中，文字绕图有多种方式，可以是绕图像框架，也可以是绕图像的剪辑路径等。执行"窗口"|"文本绕排"菜单命令，在弹出的"文本绕排"对话框中可以进行文字的环绕，具体操作如下。

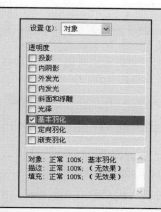
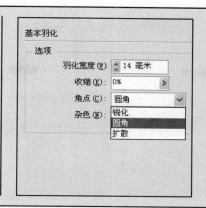

17.4.6　添加描边

对于以各种不同方式置入到页面中的图像，都可以对其进行描边处理。在InDesign中，可以快速实现对图像的描边操作，并可对描边后的图像添加上各种不同的描边样式，起到很好的修饰图像的作用，具体操作如下。

STEP 01 打开随书配套光盘中的"素材\Chapter17\18.indd"文件，打开图像如下图所示。

STEP 02 选择任意一种选择工具，然后单击需要进行描边图像的框架，如下图所示。

STEP 03 单击工具面板中的"描边"按钮，打开"描边"面板，如下图所示。

STEP 04 在"色板"面板中选择其中一种颜色作为描边颜色，如下图所示。

STEP 05 然后在"粗细"列表框中选择边线粗细为10点，单击"描边居外"按钮，如下图所示。

STEP 06 单击面板右上角的扩展按钮，在弹出的快捷菜单中选择"描边样式"命令，如下图所示。

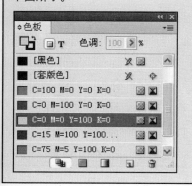

STEP 07 打开"描边样式"对话框，单击"新建"按钮，如下图所示。

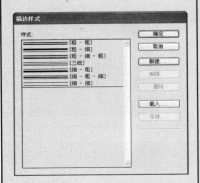

STEP 08 打开"新建描边样式"对话框，然后在对话框内对样式进行编辑，如下图所示。

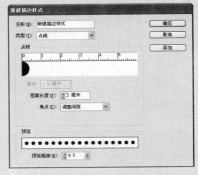

STEP 09 完成后单击"确定"按钮，返回"描边样式"对话框，此时在对话框中将显示新建的样式，如下图所示。

STEP 10 返回"描边"面板，然后在"类型"下拉列表中选择新建的样式，并将粗细设置为10点，如下图所示。

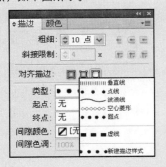

STEP 11 然后在"间隙颜色"下拉列表中选择"黑色"，设置"间隙色调"为53%，如下图所示。

STEP 12 选择后，此时所选择的右上角的图像即被添加上新建的描边样式，效果如下图所示。

17.4.7 实例进阶——制作文娱报纸版面

　　本节中学习了利用InDesign对导入的图像进行排版操作，下面将运用所学习的排版知识进行版面设计实例操作。本实例首先将图像置入到页面中，然后调整图像的大小并添加相关的文字，最终制作出一个文娱报纸版面，具体操作如下。

原始文件　素材\Chapter17\19.jpg
最终文件　源文件\Chapter17\制作文娱报纸版面.indd

Before

After

STEP 01 执行"文件"|"新建"|"文档"菜单命令，打开"新建文档"对话框并设置参数，然后单击"边距和分栏"按钮，如下图所示。

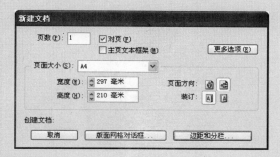

STEP 02 打开"新建边距和分栏"对话框，然后在对话框中对所要新建页面的页边距进行设置，如右上图所示。

STEP 03 设置完成后单击"确定"按钮，即可新建一个横向的空白页面，如右下图所示。

STEP 04 单击"填色"按钮，打开"拾色器"对话框，然后设置颜色值为R246、G211、B5，如下图所示。

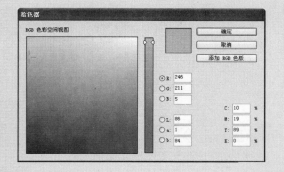

STEP 06 再次单击"填色"按钮，打开"拾色器"对话框，然后设置颜色值为R247、G243、B221，如下图所示。

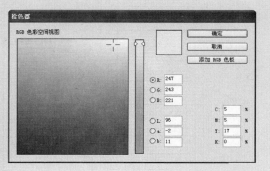

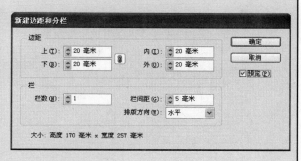

STEP 05 选择工具箱中的"矩形工具"，然后在页面左上角的位置拖曳鼠标，绘制一个矩形，如下图所示。

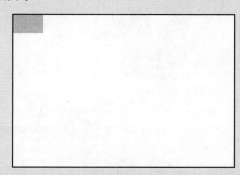

STEP 07 再次选择"矩形工具"，然后在页面中连续拖曳，绘制3个不同大小的矩形，如下图所示。

STEP 08 执行"文件"|"置入"菜单命令，打开"置入"对话框，然后在对话框中找到需要置入的图像，如下图所示。

STEP 09 单击"打开"按钮，将图像置入到文档左侧的中心，如下图所示。

STEP 10 再选择"自由变换工具" 调整置入的图像大小，并放置到文档的上半部分，如下图所示。

STEP 11 选择人物图像，执行"对象"|"效果"|"投影"菜单命令，如下图所示。

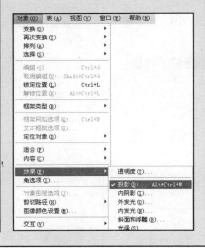

STEP 12 打开"效果"对话框，然后在对话框中设置投影参数，为图像添加上投影，如下图所示。

相关知识　"效果"面板

执行"窗口"|"效果"菜单命令，可以打开"效果"面板。InDesign中的"效果"面板与Photoshop中的"图层"面板功能有些类似，即在"效果"面板中可以对图像的混合模式以及不透明度进行设置，如右图所示。

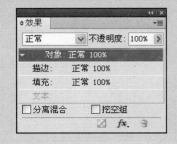

移动页面：在"页面"面板中，可以通过使用"移动页面"命令调整页面的顺序，选择要调整的页面，按下鼠标左键将其拖动到某一页的后面，当出现一垂直杆时，表明可以将该页面安放于此。

复制页：选择某页，然后在面板的快捷菜单中选择"复制页面"命令，则所选页面即被复制。

删除页面：在"页面"面板中选中一个或多个页面，直接单击"删除选中页面"按钮，或单击面板菜单中的"删除跨页"命令，均可以将所选择的页面删除。如果所选择的页面中包括对象，则会弹出"警告"对话框提示用户是否确认删除页面。

18.1.5 页间距的调整

在启动InDesign后执行"文件"|"新建文档"菜单命令时，可以在"边距和分栏"对话框中设置页间距离。如果对于已经制作好的页面，则需执行"版面"|"边距和分栏"菜单命令，打开"边距和分栏"对话框，并在对话框中重新设置页面间距，具体操作如下。

STEP 01 执行"文件"|"打开"菜单命令，打开随书配套光盘中的"素材\Chapter18\03.indd"文件，如下图所示。

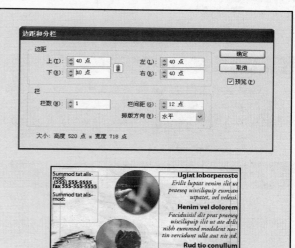

STEP 02 执行"版面"|"边距和分栏"菜单命令，打开"边距和分栏"对话框，然后设置上、下、左、右边距，如右上图所示。

STEP 03 完成后单击"确定"按钮，此时当前视图窗口中文档的边线向内缩进，如右下图所示。

『 18.2 』 制作主页

主页又称为主版页面，或者主控页。在InDesign中，如果要在每个页面中插入相同的类型，如页眉、页脚等时，可以通过创建主页的方式来完成。制作书籍最基础的操作即是怎样制作主页，本节将具体介绍怎样在InDesign中制作主页，如创建多主页、改建主页、删除主页等。

18.2.1 创建多主页

主页可以直接新建，也可以在现有主页的基础上进行改建。执行"窗口"|"页面"菜单命令，打开"页面"面板，单击面板右上角的三角形图标，在弹出的快捷菜单中选择"新建主页"命令，即可开始主页的创建，具体操作如下。

STEP 01 打开"页面"面板，然后单击右上角的扩展按钮 ，在弹出的快捷菜单中选择"新建主页"命令，如下图所示。

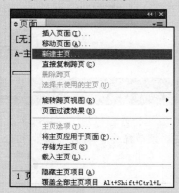

STEP 02 弹出"新建主页"对话框，然后在对话框中设置新建的主页名、页数等，如下图所示。

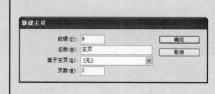

STEP 03 完成后单击"确定"按钮，即可在文档内新建一个"B-主页"，如下图所示。

相关知识 复制主页

在改建主页时，如果需要从其他文件复制主页，则是先打开其他文件，再执行"窗口"|"排列"|"拼铺"菜单命令，使两个文件同时在视图窗口中显示，然后从一个文件的"页面"面板中选择要复制的主页，按住鼠标拖动至另一个文件中，则此时该主页面即被复制到新的文件中。

18.2.2 改建主页

在编辑页面的过程中，可以将已做好的普通页面转换成主页页面，以方便于应用主页页面中的内容。通常将普通页面转换为主页有几种不同的操作方法，下面将具体介绍两种改建主页的方法。

方法 ① 直接在"页面"面板中拖曳改建主页

STEP 01 打开"页面"面板，选中要改变为主页的页面，如下图所示。

STEP 02 直接将选中的普通页面拖曳至主页"页面"面板中，如下图所示。

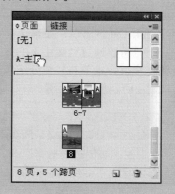

STEP 03 释放鼠标，此时即可将所选择的普通页面转换为主页，如下图所示。

方法 ②　使用面板菜单改建主页

STEP 01 打开"页面"面板，选择要更改为主页的普通页面，然后单击面板右上角的扩展按钮，如下图所示。

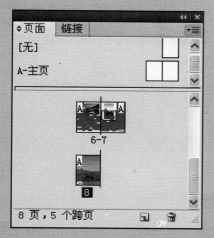

STEP 02 弹出"页面"面板快捷菜单，然后在菜单中选择"存储为主页"命令，即可将所选页面改建为主页面，如下图所示。

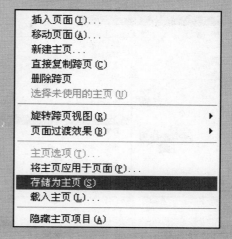

18.2.3　将主页用于页面

　　创建主页页面后，只有在将它应用于页面中时才有用，并且不会由于用新的主页页面而影响原来页面中的对象。在InDesign中，将主页应用于页面有两个不同的方法，分别是运用面板菜单中的命令和直接在"页面"面板中拖曳。具体操作如下。

方法 ①　直接在"页面"面板中拖曳将主页应用于页面

STEP 01 打开"页面"面板，然后在面板上方选择"B-主页"，如下图所示。

STEP 02 将选择的"B-主页"拖曳至面板下方的页面中，如下图所示。

STEP 03 释放鼠标，此时将光标放置到页面上时，会显示"已应用B-主页"提示，如下图所示。

方 法 ② 使用面板菜单将主页应用于页面

打开"页面"面板，选择"B-主页"，然后右击需要应用的页面，在弹出的快捷菜单中选择"将主页应用于页面"命令，即可应用所选主页，如下图所示。

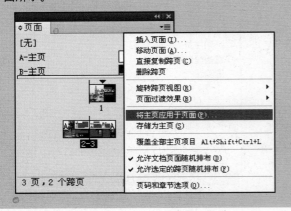

方 法 ③ 执行菜单命令将主页应用于页面

执行"版面"|"页面"|"将主页应用于页面"菜单命令，打开"应用主页"对话框，然后在对话框中设置要应用主页的页面，然后单击"确定"按钮，应用页面，如下图所示。

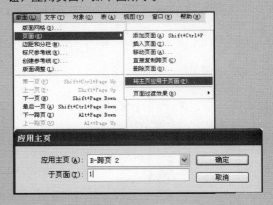

18.2.4 在新增页面中使用主页

执行"版面"|"页面"|"插入页面"菜单命令，打开"插入页面"对话框，然后在对话框中设置要插入的页面，并将主页应用于新插入的页面，具体操作如下。

STEP 01 打开"页面"面板，然后单击右上角的扩展按钮，在弹出的快捷菜单中选择"插入页面"命令，如下图所示。

STEP 02 打开"插入页面"对话框，然后设置所要插入的页数及位置，如下图所示。

STEP 03 完成后单击"确定"按钮，即可插入新的页面，在"页面"面板中显示如下图所示。

18.2.5 删除主页

在创建了主页后，如果发现不符合要求，则可以将其删除。在InDesign中删除主页有多种不同的操作方法，下面具体介绍3种不同的删除主页的方法。

STEP 04 完成后单击"确定"按钮，返回到页面中，光标变为载入图标，如右图所示。

STEP 05 此时，可以直接在页面中单击，将其放置在页面中并调整其位置，如右图所示。

18.5.5 实例进阶——创建书籍并制作主页

前面学习了文档的排版以及书籍的创建和添加页码、页眉、页脚等知识，下面就运用所学习的知识来创建书籍并为书籍制作主页。本实例首先创建一个书籍，然后制作书籍主页，通过对文字和图像的处理，进行适当排版以完善主页，最后将制作的主页添加到所创建的书籍中，具体操作如下。

原始文件　素材\Chapter18\10.jpg
最终文件　源文件\Chapter18\新锐时尚.indd

Before

After

STEP 01 打开并启动InDesign，执行"文件"|"新建"|"书籍"菜单命令，如下图所示。

STEP 02 打开"新建书籍"对话框，输入文件名为"新锐时尚"，如下图所示，然后单击"确定"按钮，创建书籍。

STEP 03 再执行"文件"|"新建"|"文档"菜单命令，如下图所示。

STEP 04 打开"新建文档"对话框，然后勾选"对页"复选框，并设置页面大小，如下图所示。

STEP 05 按Enter键打开"新建边距和分栏"对话框，然后设置边距，如下图所示。

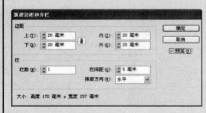

STEP 06 完成后单击"确定"按钮，创建一个对页式的主页，如下图所示。

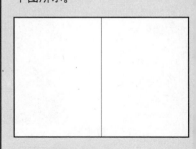

STEP 07 选择"矩形框架工具" ⊠，然后在左侧页面中绘制一个矩形框架，如下图所示。

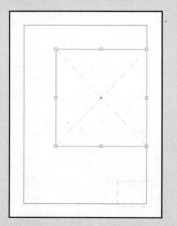

STEP 08 执行"文件"|"置入"菜单命令，在打开的对话框中选择10.jpg图像，如下图所示。

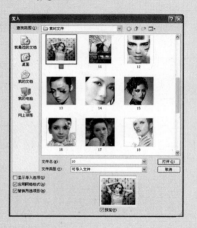

STEP 09 单击"确定"按钮，将选择的图像置入到矩形框架中，如下图所示。

STEP 10 再适当调整框架内图像的大小和位置，调整后的图像如下图所示。

STEP 11 设置颜色为白色，再选择"矩形工具" ▢，在图像的右侧绘制一个白色矩形，如下图所示。

STEP 12 执行"对象"|"效果"|"透明度"菜单命令，如下图所示。

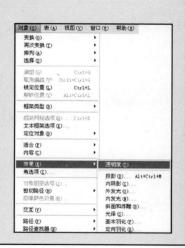

STEP 13 打开"效果"对话框，然后在对话框右侧将"不透明度"设置为60%，如下图所示。

透明度
基本混合
模式(M)：正常
不透明度(O)：60%
☐分离混合(I)
☐挖空组(K)

STEP 14 勾选对话框左侧的"基本羽化"复选框，然后在右侧的选项面板中设置如下图所示的参数。

基本羽化
选项
羽化宽度(W)：4 毫米
收缩(K)：0%
角点(C)：扩散
杂色(N)：0%

STEP 15 完成后单击"确定"按钮，降低矩形透明度，并对边缘进行羽化，效果如下图所示。

STEP 16 选择"文字工具"[T]，在页面中绘制一个文本框，然后输入文字，如下图所示。

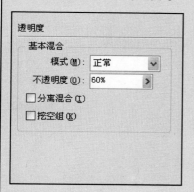

STEP 17 打开"字符"面板，然后在面板中设置文字属性，如下图所示。

字符
方正水柱_GBK
Regular
T 28 点　IA (33.6)
IT 100%　T 100%
AV 原始设　AV 0
T 0%　0
Aa 0 点
0°　T 0°
T 自动　T 自动

STEP 18 设置后，即可应用所设置的字型和字号，并将文本颜色设置为白色，如下图所示。

STEP 19 执行"对象"|"效果"|"投影"菜单命令，打开"效果"对话框，然后为投影选项设置如下图所示的参数。

投影
混合
模式：正片叠底　不透明度(O)：50%
位置
距离(D)：1 毫米　X 位移(X)：0.707 毫米
角度(A)：135°　Y 位移(Y)：0.707 毫米
　☐使用全局光(G)
选项
大小(S)：1.764 毫米　☑对象挖空阴影(B)
扩展(S)：0%　☐阴影接受其他效果(N)
杂色(N)：0%
确定　取消

STEP 20 完成后单击"确定"按钮，即可为文本框内的文字添加上投影效果，如下图所示。

STEP 21 设置颜色值为R189、G14、B249，然后选择"矩形工具"[□]，在页面中绘制一个矩形图案，如下图所示。

STEP 22 使用"直线工具"绘制一条白色直线，然后打开"描边"面板，设置描边"粗细"为3点，如下图所示。

STEP 23 单击工具箱中的"选择工具"，然后按Alt键并拖曳复制线条，如下图所示。

STEP 24 选中复制的直线，执行"对象"|"变换"|"水平翻转"菜单命令，如下图所示。

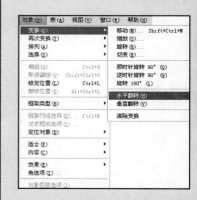

STEP 25 水平翻转线条，再适当调整直线的位置，调整后的图像如下图所示。

STEP 26 选择"文字工具"绘制一个文本框，然后将"文档1"中的文本置入到文本框中，如下图所示。

STEP 27 打开"段落"面板，设置"首行左缩进"为4毫米，如下图所示。

STEP 28 选择工具箱中的"矩形框架工具"，绘制一个矩形框架，如下图所示。

STEP 29 执行"文件"|"置入"菜单命令，将图像置入到文本框内，如下图所示。

STEP 30 设置颜色值为R189、G160、B253，然后使用"矩形工具"在页面顶端绘制如下图所示的矩形。

STEP 06 调整"色相/饱和度"后，在图像窗口中即可看到应用调整图层后的效果，如下图所示。

STEP 07 再继续添加一个"色彩平衡"调整图层，设置调整图层选项参数如下图所示。

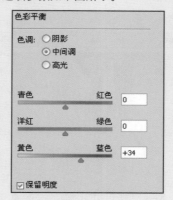

STEP 08 设置完成后，可看到图像色彩被调整为蓝色调，效果如下图所示。

STEP 09 在"图层"面板中，可看到为背景图像创建了3个调整图层，图层效果如下图所示。

STEP 10 切换到01.jpg人物图像中，单击"魔棒工具"，在图像中的灰色背景上单击，创建选区如下图所示。

STEP 11 单击"套索工具"，按快捷键Ctrl++放大图像，将多余选择的部分减选，最后将背景区域全部选中，如下图所示。

STEP 12 按快捷键Ctrl+Shit+I反向选区，将人物创建为选区，如下图所示。

STEP 13 将选区内的人物图像复制到02.jpg文件中，效果如下图所示。

STEP 14 复制的人物图像生成单独的图层"图层1"，图层效果如下图所示。

STEP 15 按住Alt键，双击"背景"图层名称，将背景图层转换为普通图层，并自动更改名称为"图层0"。

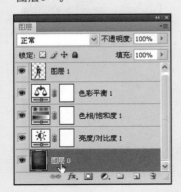

STEP 16 单击"减淡工具" ，在其选项栏中设置"曝光度"为30%，然后在背景图像下方进行涂抹，减淡该区域，如下图所示。

STEP 17 继续使用"减淡工具"根据画面效果进行减淡，接着使用"加深工具" 在下方位置上进行加深，制作出层次感。

STEP 18 按快捷键Ctrl++放大图像，继续使用"加深工具"在人物脚所站立的地方进行加深，制作出阴影效果。

STEP 19 再次使用"减淡工具"在人物右下方区域进行减淡处理，提亮图像，效果如下图所示。

STEP 20 继续使用"减淡工具"对背景左右两边进行减淡处理，最后背景处理后的效果如下图所示。

STEP 21 按住Ctrl键的同时单击"图层"面板中"图层1"的缩览图，载入人物选区。

STEP 22 选择"图层1"，然后单击"创建新的填充或调整图层"按钮，在弹出的快捷菜单中选择"亮度/对比度"选项，如下图所示。

STEP 23 在弹出的"调整"面板中设置"亮度/对比度"选项参数，如下图所示。

STEP 24 完成设置后，按快捷键 Ctrl+D取消选区，可看到人物图像被提亮，如下图所示。

STEP 25 单击"魔棒工具"，在"图层1"的人物图像衣服区域上单击，将衣服区域创建为选区。

STEP 26 为选区内的图像添加"色彩平衡"调整图层，设置选项参数如下图所示。

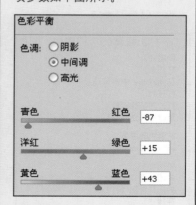

STEP 27 设置"色彩平衡"后，可看到选区内的衣服色彩被调整为蓝色，如下图所示。

STEP 28 在"图层"面板中将刚才创建的"色彩平衡2"图层移到"亮度/对比度2"图层下。

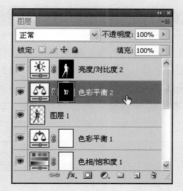

STEP 29 调整图层顺序后，可看到选区内的蓝色衣服被提亮，效果如下图所示。

STEP 30 按快捷键Ctrl+D取消选区，并将整个图像调整到适合窗口大小，整个图像处理完成后的效果如下图所示。

STEP 31 在"图层"面板中单击"图层1"及其上面两个图层前的"切换图层可视性"按钮，对这3个图层进行隐藏。

STEP 32 隐藏人物图像后，在图像窗口中可看到只显示处理后的背景效果，如下图所示。

STEP **33** 执行"文件"|"存储为"菜单命令，如下图所示。在弹出的"存储为"对话框中将其名称存储为01.psd。

STEP **34** 在"图层"面板中显示刚才隐藏的图层，并将"图层1"以下的所有图层都隐藏，如下图所示。

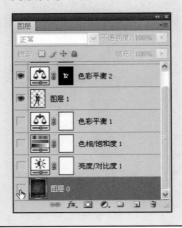

STEP **35** 在图像窗口中可看到只显示人物图像，背景为透明区域，然后用 STEP **33** 中的方法，将其存储为02.psd文件。

『 19.2 』　在Illustrator中添加矢量图形

在Illustrator软件中绘制图形是非常方便灵活的，对图形的颜色设置方法也多种多样，并能直接为图形添加效果，是绘制矢量图形的最好选择。在Illustrator CS4中可以直接打开或置入Photoshop文件，接下来就在Illustrator中为图像添加矢量图形，丰富图像效果，具体操作如下。

STEP **01** 启动Illustrator CS4软件后，执行"文件"|"打开"命令，如下图所示。在弹出的"打开"对话框中选择前面在Photoshop中处理后存储的01.psd文件，然后单击"打开"按钮。

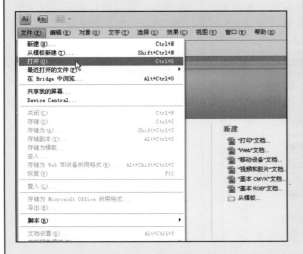

STEP **02** 在弹出的"Photoshop导入选项"对话框中，可通过"预览"框看到导入的图像效果，然后选中"将图层拼合为单个图像保留文本外观"单选按钮，如下图所示。

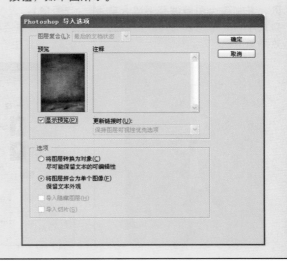

STEP 03 确认关闭"Photoshop导入选项"对话框后,即可在Illustrator CS4中打开01.psd文件,在"图层"面板中可看到打开的"01图像"图层,打开的图像在窗口中显示效果如下图所示。

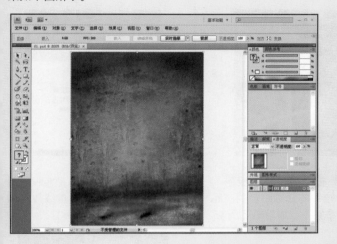

STEP 04 接着执行"文件"|"置入"菜单命令,如下图所示。在弹出的"置入"对话框中选择Photoshop中存储的02.psd文件,然后单击"置入"按钮。

STEP 05 在弹出的"Photoshop导入选项"对话框中,可预览导入图像的效果,然后选中"将图层拼合为单个图像保留文本外观"单选按钮,如下图所示,然后单击"确定"按钮。

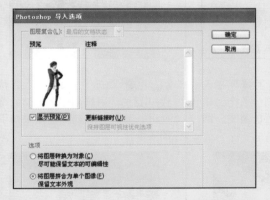

STEP 06 置入的人物图像效果如下图所示,然后在其选项栏中单击"嵌入"按钮,将链接的文件嵌入为图像。

STEP 07 在"图层"面板中可看到置入的人物图像为单独的一个图层,并将人物图层锁定。

STEP 08 单击"钢笔工具" ,放大图像后,在人物左脚下方绘制一条弯曲的闭合路径,如下图所示。

STEP 09 设置"填色"为白色、"描边"为黑色,并更改"描边粗细"为0.25pt,如下图所示。

STEP 31 确认设置后，可看到文字路径的投影效果，如下图所示。

STEP 32 复制一组文字路径，更改其"填色"为R189、G24、B25，并对其进行旋转倾斜，路径效果如下图所示。

STEP 33 按快捷键Ctrl+[将红色文字路径下移调整图层顺序，效果如下图所示。

STEP 34 单击"矩形工具" ▣，在文字路径左边绘制一条矩形路径，路径效果如下图所示。

STEP 35 单击"选择工具"对绘制的矩形进行旋转变换，旋转到与文字平行的位置，效果如下图所示。

STEP 36 单击工具箱中的"渐变"图标，在弹出的"渐变"面板中，为矩形设置黑色到黑色的线性渐变，如下图所示。

STEP 37 继续在面板中单击右边的渐变色标，然后设置"不透明度"为0%、"角度"为97.34°，设置渐变如下图所示。

STEP 38 选中的矩形路径即可应用设置的黑色渐变，取消选择后，可看到效果如下图所示。

STEP 39 使用"选择工具"复制一个矩形渐变路径，然后调整位置并缩小，复制效果如下图所示。

STEP 40 再复制一条渐变矩形路径，移动到文字路径的右下方，并调整大小，复制矩形效果如下图所示。

STEP 41 在"渐变"面板中，更改"角度"为-84°，选项设置如下图所示。

STEP 42 在画板中可看到更改渐变角度后的黑色渐变效果，如下图所示。

STEP 43 使用"选择工具"复制一条刚才更改渐变角度的矩形，并调整位置缩小矩形，为文字路径制作出具有立体感的背景，编辑效果如下图所示。

STEP 44 使用"文字工具"再输入一行英文，然后使用"选择工具"将文字调整到适当位置，并调整大小，效果如下图所示。

STEP 45 用 STEP 28 相同的方法，为刚才输入的一排英文创建轮廓，即转换为路径，文字路径效果如下图所示。

STEP 46 复制一排文字路径，并更改"填色"为红色，路径效果如下图所示。

STEP 47 为红色路径设置"投影"效果，然后将其调整到黑色路径的下一层，并移动位置，组合成具有层次的文字效果，如下图所示。

STEP 48 执行"窗口"|"符号库"|"绚丽矢量包"菜单命令，在弹出的"绚丽矢量包"符号面板中单击"绚丽矢量包09"符号，如下图所示。

STEP 49 单击"符号喷枪工具"，然后在画板中的任意位置单击，喷射一个选中的符号，符号效果如下图所示。

STEP 50 切换到"选择工具"选中符号，然后单击鼠标右键，在弹出的快捷菜单中单击"断开符号链接"选项，如下图所示。

STEP 51 断开链接后的符号，就将其转换为路径，路径效果如下图所示。

STEP 52 将转换为路径后的符号更改"填色"为白色并缩小，调整到字母L上面，效果如下图所示。

STEP 53 在"透明度"面板中更改混合模式为"滤色"，然后复制多个符号图形，并调整到英文LOVE的每个字母上，旋转成不同的角度，并将这些图形编组，调整后的效果如下图所示。

STEP 54 执行"文件"|"打开"菜单命令，打开随书配套光盘中的"素材\Chapter20\01.ai"文件，打开文件图形效果如下图所示。

STEP 55 使用"选择工具"将打开文件中的蝴蝶结图形复制到编辑的图形中，并调整大小和位置，调整后的效果如下图所示。

STEP 56 接着将心形图形复制到画板中的左下方位置，并缩小图形，调整效果如下图所示。

STEP 57 单击"钢笔工具"，在字母O上绘制一条闭合路径，路径形状如下图所示。

STEP 58 在"渐变"面板中为刚才绘制的路径设置红色和白色的渐变，并添加多个色标，设置渐变效果如下图所示。

STEP 59 设置完成后，在画板中即可看到路径应用渐变效果，如下图所示。

STEP 60 使用"钢笔工具"接着刚才的渐变路径再绘制一条路径，路径效果如下图所示。

STEP 61 在"渐变"面板中为路径设置红色到深红色的渐变，设置效果如下图所示。

STEP 62 路径应用渐变后的效果如下图所示，两条渐变路径组合成飘带效果，如下图所示。

STEP 63 再使用"钢笔工具"在蝴蝶结左边绘制路径，并使用"吸管工具"吸取前面设置的渐变颜色，组合成带子效果。

STEP 64 接着在蝴蝶结图形右边字母E上绘制飘带路径效果，如下图所示。

STEP 65 使用"钢笔工具"在左下方的红色心形图形周围添加一些小元素，丰富图形效果，如下图所示。

STEP 66 将画板调整到适合窗口大小，就可看到在Illustrator中矢量图形的绘制效果，如右图所示。

STEP 67 接着执行"文件"|"导出"菜单命令，在弹出的"导出"对话框中选择"保存类型"为TIFF格式，然后存储到素材文件夹中，方便后面的使用，如右图所示。

『 20.2 』　InDesign的排版

在**InDesign**中进行文字排版是非常容易控制的，将**19.1**小节中制作完成的图形置入到**InDesign CS4**软件中，然后通过文字工具和其他命令的配合即可轻松地进行排版，具体操作如下。

STEP 01 启动InDesign CS4软件，然后执行"文件"|"新建"|"文档"菜单命令，在弹出的"新建文档"对话框中设置页面大小为A4，然后单击"边距和分栏"按钮，如下图所示。

STEP 02 在弹出的"新建边距和分栏"对话框中应用默认的参数设置，然后单击"确定"按钮，如下图所示。

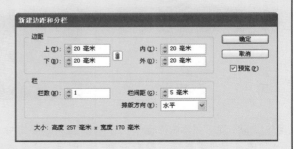

STEP 03 确认后，在窗口中即可看到新建的A4大小的页面，效果如下图所示。

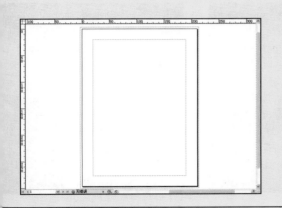

STEP 04 执行"文件"|"置入"菜单命令，在弹出的"置入"对话框中选中前面导出的TIFF格式的文件，如下图所示，并单击"打开"按钮。

STEP 05 将鼠标放置到画板的左上角，然后双击置入选择的图形，效果如下图所示。

STEP 06 在启动程序栏中单击"屏幕模式"按钮，在弹出的列表中选择"预览"选项，如下图所示。

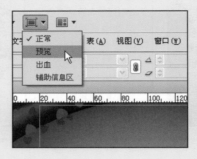

STEP 07 在窗口中可看到，画板以外的区域即会以灰色显示，并只显示画板以内的图像，如下图所示。

STEP 08 执行"文字"|"字符"菜单命令，或按快捷键Ctrl+T，在弹出的"字符"面板中设置字体和其他选项，如下图所示。

STEP 09 单击"文字工具"，在图形上方位置单击并拖移创建一个文本框，更改"填色"为白色，然后输入英文，如下图所示。

STEP 10 单击"选择工具"选中刚才的文本框，在选项栏中设置"旋转角度"为7°，旋转文字效果如下图所示。

STEP 11 调出"字符"面板，更改字体、字号等选项，参数设置如下图所示。

STEP 12 单击"文字工具"，再创建一个文本框，更改"填色"为R40、G49、B58，然后输入英文，效果如下图所示。

STEP 13 切换到"选择工具"，选中刚才输入的英文，同样设置"旋转角度"为7°，使文字平行，效果如下图所示。

STEP 14 执行"对象"|"效果"|"投影"菜单命令,在弹出的"效果"对话框中设置投影选项,这里设置的选项参数如下图所示,完成后单击"确定"按钮。

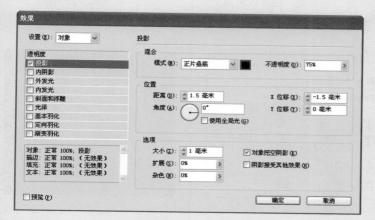

STEP 15 确认设置后,文本框内的文字即应用设置的投影效果,使其与背景区分开,效果如下图所示。

STEP 16 再次在"字符"面板中更改字体以及其他选项参数,设置后的效果如下图所示。

STEP 17 使用"文字工具"创建文本框,然后输入英文,并将每个单词第一个字母大写,如下图所示。

STEP 18 切换到"选择工具",设置"旋转角度"为7°,效果如下图所示。

STEP 19 再次执行"对象"|"效果"|"投影"菜单命令,在弹出的"效果"对话框中更改"投影"选项参数设置,如下图所示。

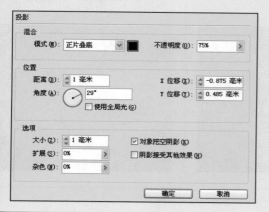

STEP 20 确认设置后,即可看到刚才输入的英文添加了投影效果,更具立体感,文字效果如下图所示。

STEP 21, 单击"文字工具", 在画板下方的深紫色区域上单击并拖移创建一个文本框, 设置"旋转角度"为7°, 文本框效果如下图所示。

STEP 22, 按快捷键Ctrl+T, 在弹出的"字符"面板中更改字体和其他选项参数, 设置效果如下图所示。

STEP 23, 使用"文字工具"在文本框内输入一行英文, 并设置为白色, 效果如下图所示。

STEP 24, 在"字符"面板中更改字体和其他选项, 选项设置如下图所示。

STEP 25, 继续使用"文字工具"在文本框内输入需要的内容, 效果如下图所示。

STEP 26, 用 **STEP 21** 中相同的方法创建一个文本框, 并旋转相同的角度, 然后使用"选择工具"将文本框移动到适当位置。

STEP 27, 在"字符"面板中更改字体, 选项设置如下图所示。

STEP 28, 使用"文字工具"在文本框内单击, 更改"填色"为R206、G62、B93, 然后输入需要的文字, 效果如下图所示。

STEP 29, 复制一个红色文字的文本框, 并移动到其下方位置, 然后使用"文字工具"更改文本框内的文字内容, 如下图所示。

STEP 30 使用"文字工具"在两行红色文字中间创建一个文本框，然后设置 STEP 24 中相同的字体与字号，更改"填色"为白色，输入一段英文，效果如下图所示。

STEP 31 单击"选择工具"，选中 STEP 30 中的文本框，按住Alt键单击并拖移，复制一个文本框，并向下移动到红色文字下方，文字排列效果如下图所示。

STEP 32 单击"钢笔工具"，在两行红色文字前绘制心形路径，并设置"填色"为R156、G31、B56，心形效果如下图所示。

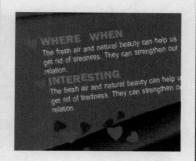

STEP 33 使用"选择工具"复制一个心形图形，并移动到字母L旁边，复制图形效果如下图所示。

STEP 34 为复制的心形设置"投影"效果，在"效果"对话框中设置投影选项如下图所示。

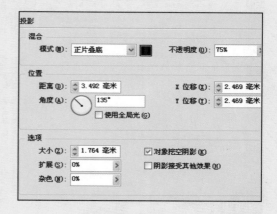

STEP 35 确认设置后，即可看到心形图形添加的投影效果，制作出漂浮在背景图形上的感觉，如下图所示。

STEP 36 使用"选择工具"复制多个带投影效果的心形，移动到画面中的适当位置，如下图所示。

STEP 37 至此本实例制作完成，最终效果如下图所示。

STEP 69 单击"文字工具"，在"字符"面板中设置字体和字号，并设置"颜色"为R64、G104、B11。

STEP 70 使用"文字工具"在整个图像上方位置单击输入一行文字，文字效果如下图所示。

STEP 71 在"图层"面板中的文字图层上单击鼠标右键，在弹出的快捷菜单中选择"栅格化文字"选项，如下图所示。

STEP 72 将文字图层转换为普通图像图层后，单击"添加图层样式"按钮，在弹出的菜单中选择"外发光"选项，然后在弹出的"图层样式"对话框中设置外发光选项参数，如下图所示。

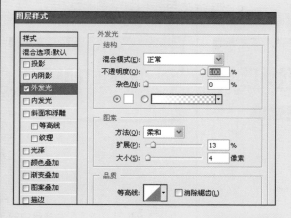

STEP 73 接着在面板中单击"斜面和浮雕"样式名称，在弹出的"斜面和浮雕"各选项中设置参数值，如下图所示，然后单击"确定"按钮，为文字图像添加两个图层样式。

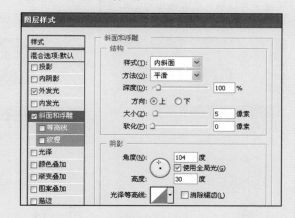

STEP 74 为文字图像设置图层样式后的效果如下图所示，增强了图像的立体感。

STEP 75 单击"钢笔工具"，在文字图像下方绘制一条弯曲的闭合路径，路径形状如下图所示。

STEP 76 按快捷键Ctrl+Enter将路径载入为选区，然后新建一个图层，为选区填充绿色，如下图所示。

STEP 77 取消选区后，用同样的方法再绘制一条路径，并将路径载入为选区，填充与文字相同的绿色，效果如下图所示。

STEP 80 新建"图层8"，单击"圆角矩形工具"，在选项栏中单击"填充像素"按钮，然后使用"圆角矩形工具"在文字图像下方绘制一个圆角矩形，如下图所示。

STEP 83 为白色圆角矩形设置"内发光"样式，在"图层样式"对话框中设置选项，如下图所示。

STEP 78 继续使用"钢笔工具"绘制路径，并载入为选区，然后填充绿色，绘制的图像效果如下图所示。

STEP 81 为绘制的圆角矩形图像添加"投影"样式，圆角矩形图像添加投影后的效果如下图所示，将背景与圆角矩形区分。

STEP 84 确认设置的"内发光"样式后，在图像窗口中可看到白色圆角矩形边缘向内侧发出黄色的光晕，效果如下图所示。

STEP 79 为前面使用"钢笔工具"绘制的图像设置 STEP 73 中相同的"斜面和浮雕"样式，添加样式后的图像效果如下图所示。

STEP 82 新建"图层9"，再使用"圆角矩形工具"绘制一个白色的圆角矩形图像，并放置到上一个圆角矩形图像上，效果如下图所示。

STEP 85 打开随书配套光盘中的"素材\Chapter21\08.jpg"文件，并将打开图像中的花朵图像创建为选区，选区效果如下图所示。

STEP 86 将选区内的花朵图像复制到编辑的图像文件中，生成"图层10"，并将其下移到圆角矩形图层下方，调整到适当位置，复制图像效果如下图所示。

STEP 87 按住Alt键单击并拖移花朵图像，进行复制，然后将复制的图像进行移动、旋转变换，编辑后的效果如下图所示。

STEP 88 为复制的花朵图像添加一个投影样式，增添立体感，与下面的图像分开，投影效果如下图所示。

STEP 89 至此，在Photoshop CS4中对图像的处理操作已完成，效果如右图所示。接着就需要将图像进行存储，执行"文件"|"存储为"菜单命令，在弹出的"存储为"对话框中选择"文件类型"为bmp格式，并选择适当的存储位置，将图像进行保存，方便后面进行排版时使用。

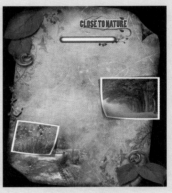

『 21.2 』 在InDesign中进行排版

21.1节通过Photoshop CS4将图像进行了处理，接下来就可以结合InDesign软件强大的文字排版功能在图像中进行排版，排列需要表达的文字信息内容，具体操作如下。

STEP 01 运行InDesign CS4软件，执行"文件"|"新建"|"文档"菜单命令，在弹出的"新建文档"对话框中，设置"页面大小"为A4、"页面方向"为"横向"，然后单击"边距和分栏"按钮。

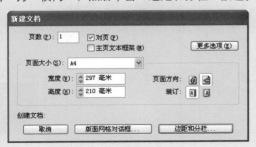

STEP 02 在弹出的"新建边距和分栏"对话框中应用默认的参数设置，单击"确定"按钮，如下图所示。

STEP 03 确认后，在窗口中即可看到新建的A4大小的横向页面，效果如下图所示。

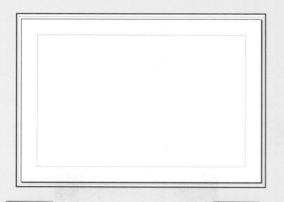

STEP 04 执行"文件"|"置入"菜单命令，在弹出的"置入"对话框中选中上一小节中存储的bmp格式的文件，然后在画板中双击，导入图像，如下图所示。

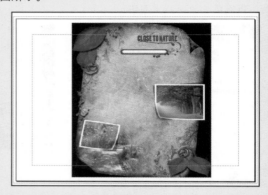

STEP 05 单击"文字工具"，在图像中的圆角矩形上单击并拖移创建一个文本框，文本框效果如下图所示。

STEP 06 执行"文字"|"字符"菜单命令，在弹出的"字符"面板中设置字体为宋体、字号为11点，如下图所示。

STEP 07 使用"文字工具"在刚才绘制的文本框内输入需要的文字，这里输入文字效果如下图所示。

STEP 08 使用"文字工具"在圆角矩形图像左下方位置再创建一个文本框，文本框效果如下图所示。

STEP 09 在"字符"面板中更改字体为楷体、字号为12点，如下图所示。

STEP 10 更改文字填色为R62、G24、B21，然后在文本框内输入段落文字，并设置为右对齐，文字效果如下图所示。

STEP 11 单击"选择工具"，选中上一步中编辑的文本框，执行"对象"|"效果"|"斜面和浮雕"菜单命令，在弹出的"效果"对话框中设置"斜面和浮雕"选项中的"样式"为"枕状浮雕"、"方向"为"向下"，如下图所示。

STEP 12 确认设置后，在画板中即可看到选择的文本框内文字添加了"斜面和浮雕"效果，如下图所示。

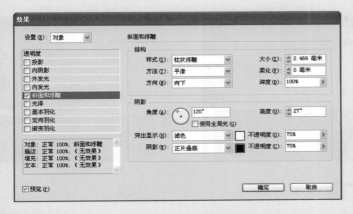

STEP 13 单击"文字工具"，在上一步操作的文本框下方创建文本框，文本框效果如下图所示。

STEP 14 更改字号为8点、填色为黑色，然后在文本框内输入需要表达的文字，设置为右对齐，文字效果如下图所示。

STEP 15 继续使用"文字工具"在图像中创建文本框，文本框位置如下图所示。

STEP 16 设置与 **STEP 09** 中相同的字体与字号，并更改填色为深红色，然后使用"文字工具"在文本框内输入文字，并设置为左对齐，文字效果如下图所示。

STEP 17 单击"直线工具"，在圆角矩形图像右下方位置绘制一条水平的直线段，并以默认的黑色填充，绘制直线效果如下图所示。

STEP 18 单击"文字工具"，在上一步中绘制的直线段左上方绘制一个文本框，文本框效果如下图所示。